El delirio de Turing

Edmundo Paz Soldán

El delirio de Turing

© De esta edición:
2003, Santillana de Ediciones, S.A.
Av. Arce 2333 La Paz – Bolivia
Fax: (591) 2442208 •
Email: santilla@ceibo.entelnet.bo
Teléfono: (591-2) 2441122

• Grupo Santillana de Ediciones S.A.
Calle Torrelaguna 60, 28043 Madrid
• Aguilar, Altea, Taurus, Alfaguara S. A.
Beazley 3860. 1437 Buenos Aires. Argentina
• Santillana Publishing Company Inc.
2105 N. W. 86th Avenue, 33122, Miami, Fl., E.U.A.
• Aguilar, Altea, Taurus, Alfaguara S. A. de C. V.
Avda. Universidad, 767, Col. del Valle,
México, D.F. C. P. 03100. México
• Distribuidora y Editora Aguilar, Altea,
Taurus, Alfaguara, S. A.
Calle 80 nº 10-23
Santafé de Bogotá. Colombia
• Aguilar, Chilena de Ediciones Ltda.
Dr. Aníbal Ariztía 1444, Providencia, Santiago de Chile
• Santillana S.A.
Avda. San Felipe 731 - Jesús María, Lima, 11 - Perú
• Editorial Santillana S.A.
Avenida Rómulo Gallegos, Edif. Zulia 1er. piso
Boleita Nte., 1071, Caracas, Venezuela

© Diseño de cubierta:
DG Herminio J. Correa R.

ISBN: 4-1-418-03
Depósito Legal: 99905-2-283-9

Impreso en Bolivia por:
SPC IMPRESORES S.A.
Av. Las Américas Nº 756 •Telf./Fax: 2111121
La Paz - Bolivia

A Tammy y Gabriel, este tiempo robado,

ahora por fin devuelto

A mi hermano Marcelo, que sólo sabe dar

Inútil observar que el mejor volumen de los muchos hexágonos que administro se titula *Trueno peinado*, y otro *El calambre de yeso* y otro *Axaxaxas mlö*. Esas proposiciones, a primera vista incoherentes, sin duda son capaces de una justificación criptográfica o alegórica; esa justificación es verbal y, *ex hypothesi*, ya figura en la Biblioteca. No puedo combinar unos caracteres *dhcmrlchtdj* que la divina Biblioteca no haya previsto y que en alguna de sus lenguas secretas no encierren un terrible sentido. Nadie puede articular una sílaba que no esté llena de ternuras y de temores; que no sea en alguno de esos lenguajes el nombre poderoso de un dios.

JORGE LUIS BORGES, *La Biblioteca de Babel*

The king has note of all that they intend,
By interception which they dream not of

WILLIAM SHAKESPEARE, *Henry V*

All information looks like noise until you break the code

NEAL STEPHENSON, *Snow Crash*

Uno

1

Cuando le das la espalda al irresoluto amanecer en la calle y traspones el umbral del edificio en el que trabajas, dejas de ser Miguel Sáenz, el funcionario público que uno adivinaría detrás del arrugado terno gris, los lentes redondos con monturas de alambre y la mirada medrosa, y te conviertes en Turing, desfazedor de códigos secretos, perseguidor implacable de mensajes cifrados, uno de los orgullosos orgullos de la Cámara Negra.

Insertas tu tarjeta electrónica de identificación en una ranura. Se te pide un código y escribes ruth1. La puerta de metal se abre y te espera el mundo con el que sin saberlo soñaste desde niño. Con pasos lentos, calculados como cada uno de tus movimientos –excepto los de la mente, la procesión va por dentro–, ingresas a un abovedado recinto de vidrio. Dos policías te saludan con ceremonia. Miran sin mirar el color de tu tarjeta: verde, que significa Más que Muy Secreto. Todo era tan fácil en tiempos de Albert, había sólo dos colores de tarjetas: amarilla (Secreto), y verde. Luego llegó el petulante de Ramírez-Graham (una vez lo habías llamado *señor Ramírez*, y él te había corregido: *Ramírez-Graham, por favor*); con él a cargo de la Cámara, los colores de las tarjetas fueron proliferando: en menos de un año, aparecieron la roja (Muy Secreto), la blanca (Nada Secreto), la azul (Ultra), y la anaranjada (Prioridad Ultra). El color de las tarjetas indica a qué partes del edificio se tiene acceso. Ramírez-Graham tiene la única tarjeta morada, que significa Alta Prioridad Ultra. En teoría, hay un solo cuarto del edificio de siete pisos para el que se necesita la tarjeta morada: el Archivo del Archivo, un cuarto pequeño en el corazón del Archivo. Da para reír tanta proliferación. Pero tú no te ríes, porque te sigue ofendiendo que haya compañeros de trabajo con tarjetas Ultra y Prioridad Ultra, capaces de entrar a donde tú no.

—Siempre tan temprano, profesor.

—Mientras aguante el cuerpo, capitán.

Los policías saben quién eres, han oído las leyendas que circulan sobre ti. No entienden lo que haces ni cómo lo logras, pero aun así te respetan. O acaso te respetan porque no entienden lo que haces ni cómo lo logras.

Pasas junto a la pared donde se encuentra el gran sello de la Cámara Negra, un refulgente círculo de aluminio con un hombre inclinado sobre una mesa, tratando de descifrar un mensaje. Un cóndor sostiene entre sus garras una cinta con un lema en Morse: *Razón e Intuición*. Es cierto, se necesitan ambas para penetrar la cripta de los códigos secretos. Pero es mentira que se usen en proporciones iguales; para ti, al menos, la intuición es la que señala el camino, pero el trabajo de zapa está a cargo de la razón.

No entienden lo que haces ni cómo lo logras, pero aun así te respetan. Lo que haces: ¿es correcto seguir hablando en el presente? Tus momentos de gloria, debes reconocerlo, se pierden en el vasto pasado. Por ejemplo: el 6 de diciembre de 1974, cuando detectaste esa célula de izquierdistas que utilizaba frases del diario del Che para codificar mensajes. O el 17 de septiembre de 1976, cuando lograste advertir al presidente Montenegro que se cuajaba una insurrección en regimientos de Cochabamba y Santa Cruz. O el 25 de diciembre de 1981, cuando descifraste mensajes del gobierno de Chile a su encargado de negocios, acerca del desvío de las aguas de un río en la frontera. Hay más, muchos más, pero desde entonces tus éxitos han sido más bien esporádicos, y a ratos sientes que tus jefes no te han despedido por lástima. Ramírez-Graham te ha relocalizado, y si bien al comienzo el nuevo trabajo parecía un ascenso, te han alejado de la acción y no has tardado en descubrir que ahora, como encargado del Archivo General de la Cámara Negra, te has convertido en un criptoanalista que no analiza códigos.

Tus pasos resuenan en el pasillo. Te frotas las manos buscando calor. El retorno de la democracia a principios de los ochenta no desarticuló la labor que se llevaba a cabo en el edificio, pero la minimizó: se trataba de interceptar conversaciones de sindicalistas al principio, y de narcotraficantes después (gente descuidada, que hablaba en frecuencias de radio interceptadas con facilidad y ni siquiera se molestaba en codificar sus mensajes). Los noventa fueron años de espasmódica labor escuchando a políticos opositores y turbios empresarios con los teléfonos pinchados.

Cuando Montenegro regresó al poder por la vía democrática te alegraste: se te ocurrió que todo cambiaría con él, y volvería la urgencia a tu labor. Qué decepción: lo cierto era que no había un gran peligro a la seguridad nacional como en los años de su dictadura. Había que admitir que eran otros los tiempos. Para colmo, en la recta final de su mandato, al vicepresidente, un tecnócrata carismático –valga la contradicción– de ojos muy despiertos y hoyuelos en las mejillas, se le había ocurrido reorganizar la Cámara Negra y convertirla en el eje de la lucha contra el ciberterrorismo. «Será uno de los desafíos clave del siglo veintiuno», les había dicho al visitar el edificio y anunciar su iniciativa, «hay que estar preparados para lo que vendrá». Acto seguido, el vicepresidente había procedido a presentarles a Ramírez-Graham, el nuevo jefe la Cámara Negra. «Uno de nuestros compatriotas que ha triunfado en el exterior, alguien que ha dejado una carrera promisoria en el Norte para venir a ayudar a su país». Salva de aplausos. Te había caído mal desde el primer momento: un terno negro impecable, como de ejecutivo bancario, los relucientes mocasines, el prolijo corte de pelo. Abrió la boca, y la impresión fue de mal en peor: sí, podía tener la tez algo morena y los rasgos algo aindiados, pero su acento español era el de un norteamericano. No ayudó nada enterarte que ni siquiera había nacido en Bolivia; él era de Arlington, Virginia.

La mirada escudriña las paredes en busca de un signo salvador. En torno tuyo, sólo estructuras que se resisten a hablar, enmudecidas por el sigilo de un superior que creyó prudente negar oportunidades para la distracción a los empleados de la Cámara Negra. Aparte del círculo de aluminio a la entrada, nada de letreros, avisos, señales: todo aquel ruido de signos capaz de entreverarte en la inacabable búsqueda del texto que late detrás de todo texto. Pero tú eres capaz de encontrar mensajes hasta en las paredes inmaculadas. Es cuestión de buscar. Los lentes están chuecos y sucios –huellas digitales, manchas de café–, y el marco se halla algo curvado hacia la izquierda: tienes un ligero dolor en el ojo izquierdo, el cristal debe estar en un ángulo incorrecto. Hace semanas que te prometes pedir una cita al oculista.

Ramírez-Graham va a cumplir un año en sus funciones. Ha despedido a muchos colegas tuyos y los ha reemplazado con jóvenes expertos en informática. Si es obvio que tú no figuras en sus planes de recambio generacional, ¿por qué no te ha despedido? Te pones en su piel: es imposible hacerlo. Eres, después de todo, una suerte de archivo viviente, un gran repositorio de conocimientos de la profesión: cuando te vayas, se irá contigo todo un saber milenario, una infinita enciclopedia de códigos. Los colegas que no han cumplido los treinta años no se acercan para pedirte ayuda sino para que los diviertas contándoles historias de Etienne Bazeries, el francés que en el siglo XIX pasó tres años de su vida tratando de descifrar el código de Luis XIV (tan lleno de vericuetos que tardó más de dos siglos en ser descifrado), o de Marian Rejewski, el criptoanalista polaco que ayudó a vencer a Enigma en la Segunda Guerra Mundial. Esos colegas utilizan software para descifrar códigos, y te ven como una anacrónica reliquia de los tiempos en que la profesión no se había mecanizado del todo (otra es la historia en el mundo desde Enigma; pero en Río Fugitivo los desfases históricos suelen ocurrir con frecuencia, y es normal encontrar, lado a lado, el ábaco y la calculadora).

Te detienes frente a la Sala Bletchley, donde estilizadas computadoras tratan de entenderse con complejos procesos matemáticos de codificación de mensajes y las más de las veces se dan por vencidas: se necesitan años para decodificar una frase.

Con el desarrollo de la criptografía de clave pública, y particularmente con la aparición del sistema asimétrico RSA en 1977, ahora se puede codificar un mensaje con valores tan altos que todas las computadoras del universo, puestas a trabajar en su desciframiento, tardarían más que la edad del universo en encontrar la solución. Ironía de ironías: con las computadoras a su servicio, los criptógrafos le han ganado la batalla a los criptoanalistas, y gente como tú, que no depende tanto de ellas, todavía podría ser útil.

Los jóvenes colegas: tanto talento para las ciencias de la computación, inservible ante el mismo poder de la computadora. Lo que ellos hacen es más actual que lo tuyo (al menos para el cine, obsesionado por mostrar a jóvenes programadores resolviendo problemas frente a la pantalla de un computador), pero es igual de inútil: son tan anacrónicos como tú. Descifrar códigos, en general, se ha convertido en una tarea inútil. Mas alguien tiene que hacerlo: la Cámara Negra necesita aparentar que sigue siendo útil para el gobierno, que el poder no es tan vulnerable como realmente lo es a los embates de una conspiración manejada a través de códigos secretos.

La Sala está vacía y el silencio la ronda: cuando comenzaste a trabajar en el edificio, las computadoras eran gigantes y ruidosas, roperos metálicos de cables proliferantes. Las máquinas se han ido miniaturizando y acallando, son cada vez más asépticas (todavía queda en la Sala Babbage una vetusta supercomputadora Cray, donación del gobierno norteamericano). Alguna vez te sentiste menos que quienes trabajaban en Bletchley con incansables algoritmos. Intentaste incluso aprender de ellos, transferirte desde tu vieja oficina a este lugar más a corriente de los tiempos. No pudiste, no duraste mucho. Te interesaban las matemáticas, pero no tanto como para dedicar las mejores horas de tu vida a ellas. Sabes las cosas básicas de la informática, dominas la computadora como muy pocos de tu edad y puedes hacer muchas cosas con los números, pero te faltó el grado de sacrificio necesario para transformar la habilidad en herramienta cotidiana de trabajo, digna de ser pulida sin cesar para que no hubiera nota discordante a la hora del concierto. Había el culto de lo funcional, no la pasión. Por suerte, aquí la mayoría de los conspiradores son de poca monta y tampoco saben manejar computadoras más allá de lo básico.

Continúas tu camino, metes las manos en los bolsillos del saco. Un lápiz, un lapicero, algunas monedas. Te viene a la mente una imagen de tu hija Flavia, y te invade la ternura. Antes de salir entraste a su cuarto, a despedirte de ella con un beso en la frente. Duanne 2019, la heroína que Flavia había creado para algunas de sus visitas a la red, te miró desde el screensaver de una de sus dos computadoras en el escritorio profuso en fotos de célebres hackers (Kevin Mitnick, Ehud Tannenbaum). O *crackers*, como insistía ella: «hay que aprender a diferenciarlos, papá; los crackers son los que abusan de la tecnología con fines ilegales». «¿Y por qué tu sitio se llama TodoHacker y no TodoCracker?». «Buena pregunta. Porque sólo los que saben mucho del tema hacen la distinción. Y si mi sitio se llamara TodoCracker, no tendría ni el uno por ciento de los visitantes que tiene». Hackers, crackers: son lo mismo para ti. ¿O deberías llamarlos piratas informáticos? Preferías ese nombre, aunque te sonaba algo extraño: el inglés había llegado primero y se imponía la costumbre. La gente enviaba attachments y no archivos adjuntos, emails y no correos electrónicos. En España, al screensaver le decían salvapantallas; en verdad, sonaba ridículo. Sin embargo, uno no debía darse por vencido: valía la pena luchar contra la corriente. Estaba en juego la supervivencia del español como lengua del nuevo siglo. Piratas informáticos, piratas informáticos…

Flavia dormía con la respiración ronca, perdida en el abismo del sueño, y te quedaste contemplándola bajo la luz de la lámpara del velador, fabricante de un cono protector. El enmarañado y pegajoso pelo castaño le caía sobre el rostro de labios carnosos y húmedos; el camisón dejaba al descubierto el seno derecho, el pezón rosado y puntiagudo. La cubriste, avergonzado. ¿En qué momento tu niña de traviesa cola de caballo se había tornado en una inquietante mujer de dieciocho? ¿Qué rato te habías descuidado, qué habías hecho mientras ella florecía? Lo peor de todo era que había salido con la adecuada combinación de álgebra y fuego para enloquecer a los hombres. Le fascinaban las computadoras desde chiquilla, y había aprendido a programarlas antes de los trece. Tenía en la red TodoHacker un sitio dedicado a informar sobre la poco comprendida subcultura de los piratas informáticos. ¿Cuántas horas al día al frente de sus clones de IBM? En muchas cosas, había dejado la adolescencia tiempo atrás. En una, sin embargo, y por suerte, Flavia no estaba ni en su momento ni adelante, sino muy atrás: no le interesaban para nada los muchachos que comenzaban a rondar la casa atraídos por su belleza lánguida y distante.

La Sala Vigenère está vacía. Las manecillas del reloj en la pared indican las seis y veinticinco de la mañana. Ramírez-Graham se había descuidado y había dejado relojes mecánicos en el edificio. Seguro pronto los reemplazaría, las manecillas dejarían su lugar a los números rojos en el cuarzo, lo análogo a lo digital. Tanta modernización inútil. Segundos más, segundos menos, preciso o impreciso, el tiempo seguiría fluyendo y los atraparía a todos en su red, la piel todavía joven o acaso ya los huesos haciéndose polvo a cada movimiento.

El frío te hiere el rostro. No importa: te gusta ser el primero en llegar al trabajo. Lo aprendiste de Albert, tu jefe durante más de veinticinco años: continuar con la costumbre es, a su modo, un homenaje a quien hizo más que nadie por el criptoanálisis en Río Fugitivo (ahora recluido en una habitación olorosa a remedios en una casa en la avenida de las Acacias, delirante, sus facultades mentales incapaces de responderle: no es bueno recargar de trabajo al cerebro, los cortocircuitos están a la orden del día). Te gusta caminar por los pasillos vacíos, observar los cubículos con los escritorios llenos de papeles; en el aire quieto de la madrugada tus ojos se posan sobre cartapacios y máquinas fantasmales con la arrogancia displicente de un dios benévolo, alguien que hará su trabajo porque alguna desconocida Causa Primera lo ha dispuesto así y no es de sabios rebelarse contra el destino.

Oprimes un botón para llamar al ascensor. Ingresas a ese universo metálico en el que se te ocurren los pensamientos más escabrosos. ¿Fallará la máquina y te precipitarás a tu fin? Te diriges al subsuelo, al Archivo, al fondo de la tierra, cámara mortuoria que sólo tú habitas. Hace más frío allá abajo. Suspendido en el aire por gruesos cables, te mueves sin moverte, en paz, en armonía.

Tiene algo especial ese ascensor que te cobija. Sus paredes verdes, su seca eficiencia, su núcleo sólido de movediza estabilidad. ¿Qué harías sin él, qué harían los hombres sin ellos? Otis, *seis personas, cuatrocientos ochenta kilos*. Te quedas mirando el nombre. Lo deletreas: O-T-I-S. A la inversa: S-I-T-O. Un mensaje pugna por salir, y está destinado sólo para ti. S-T-O-I. *Soy Tu Oscuro Individuo*. ¿Quién es tu oscuro individuo?

En el subsuelo está el Archivo General: eres el nexo vital entre el presente y la historia. Colocas tu saco en un perchero desvalido. Te sacas los lentes, limpias los cristales con un pañuelo sucio, te los vuelves a poner. Te metes un chicle de mentol a la boca, el primero de una larga serie (no más de dos minutos entre tus dientes, van a dar a un basurero apenas exprimido el jugo).

Tienes ganas de orinar. Esa sensación de inminente desborde en la vejiga te acompaña desde la juventud: una de las formas más intolerables que toma tu ansiedad, la manera en que el cuerpo compensa tu apariencia de inmunidad a las emociones. Tus calzoncillos se llenan de manchas acídicas del color del pasto quemado por el sol. Sufres aún más desde que trabajas en este subsuelo: al arquitecto no se le ocurrió colocar un baño en el piso. Acaso pensó que quien trabajara en el Archivo podría tomar el ascensor o subir las escaleras en busca de los baños en el primer piso. Un ser normal, alguien que lo haría una o dos veces al día sin molestarse. Pero, ¿y qué de un ser incontinente? Insensible.

Abres el cajón inferior derecho de tu escritorio, sacas un vaso de plástico con el dibujo de un sonriente Correcaminos (lo conseguiste en una promoción de McDonalds). Te diriges a una esquina del recinto, de espaldas al Archivo; te bajas la bragueta y orinas en el vaso: seis, siete, ocho gotas ambarinas. Por eso no te gusta ir al baño: las más de las veces, el resultado es incompatible con la sensación de urgencia. Lo mejor, entonces, es ir acumulando gotas en el vaso, y luego, casualmente, a la hora del almuerzo pasar por el baño y deshacerte de tu deplorable tesoro.

Dejas el vaso en el cajón.

Te seduce el alboroto de papeles sobre la mesa; ordenar el caos, vencerlo parcialmente y estar listo para la aparición del nuevo desorden es un juego que dura días y meses y años. Las mesas de los criptoanalistas suelen ser impecables, los papeles apilados en torres a los costados, los lapiceros y los libros de referencia codeándose uno al lado de otro, el monitor de la computadora montando guardia y el teclado escondido en la tabla móvil bajo la mesa: reflejos de mentes prístinas que hacen su trabajo con gran dedicación lógica pero no están preparadas para las confusas brumas con que a veces habla la realidad (mejor, quienes hablan a nombre de la realidad: descorteses individuos que hacen circular peligrosa información a espaldas del gobierno).

Enciendes la computadora, revisas el correo electrónico en la dirección normal y en la reservada. Escupes el chicle, te metes otro en la boca, y de pronto encuentras en la dirección reservada un correo de una sola frase:

FXJXNRTYNJRJXPFXQFRTXQFRHMFIFXIJXFRLWJ

Te fijas en la secuencia XQFRT XQFRH. Un análisis de frecuencias no te llevaría más de un par de minutos. Cada letra tiene su propia personalidad, y por más que aparezca desplazada del lugar que le corresponde en la frase, se traiciona, susurra, habla, grita, dice de su historia, extraña su puesto en la tierra –en el papel–. ¿Quién te habría enviado ese mensaje? ¿Desde dónde? La dirección es desconocida, y eso es raro: no más de diez personas conocen tu correo electrónico. Alguien ha logrado burlar las murallas de la Cámara Negra, y acaricia tu corazón con un burdo mensaje.

Todos los mensajes de la Cámara Negra llegan encriptados a tu correo secreto, y tu computadora desencripta los mensajes de forma automática. Quizás algo falló en el programa. Aprietas un par de teclas, pruebas a desencriptar el mensaje. Nada. No está encriptado con el programa que se usa en la Cámara Negra, lo cual confirma tus sospechas: el mensaje ha sido enviado por un extraño.

Era una provocación. Por lo pronto, debes hacer lo que mejor sabes: análisis de frecuencias. La F tiene que ser una vocal: ¿a? ¿e? ¿o? El sentido común te indica la a.

Al rato, lo sabes: se trata de un simple código cifrado por sustitución, una variante del que, según Suetonio, usaba el emperador Julio César. Cada letra había sido movida cinco espacios a la derecha, de modo que a la F le correspondía la a, a la G le correspondía la b, y así sucesivamente. QFRHMFIFX era *manchadas*.

ASESINOTIENESLASMANOSMANCHADASDESANGRE

¿Quién era el asesino? ¿Tú? ¿Por qué las manos manchadas?

2

Negros nubarrones en el horizonte prefiguran la lluvia. Flavia se despide de sus compañeras y sube al micro azul que la llevará de regreso a casa. Un maletín de cuero negro con libros y revistas, su Nokia plateado en el bolsillo (lo revisa con impaciencia cada rato: no hay mensajes). La una de la tarde y tiene hambre.

En el micro apenas hay espacio. Se agarra de un tubo de metal, se abre un hueco entre un gordo calvo con la mirada fija en su celular –otro obsesivo del Playground– y una señora con bigotes de foca. Hay olor a perfume barato y a sudor. La música con que el chofer ha elegido entretenerse participa con fe de lo estridente, lo tropical. Debería escuchar algo de música en su Nokia, así al menos alzaría su propia barrera de sonido al ruido que la azota, pero no ha descargado nada nuevo últimamente y no le interesan las canciones que tiene en la memoria. Debería ingresar al Playground, como un par de jóvenes en el colectivo. Mejor no. Para experimentar el Playground prefiere una pantalla más grande que la de su celular.

Incómoda, alza la vista y lee la publicidad sobre las ventanas. Cibercafés, conexiones baratas al Internet, abogados: es cada vez más difícil poner los ojos en un espacio donde nadie ofrezca nada. El mundo se puebla de seres y objetos, para escaparse una debe viajar adentro de sí misma, o proyectarse en alguna realidad virtual.

—Pasajes, pasajes —dice el cobrador, un chiquillo de mirada huraña y mocos en la nariz. Tan anticuado: en otras latitudes, es suficiente deslizar una tarjeta por una ranura para pagar el boleto; en otras, un código en el celular se encarga de ello (¿deberían seguir llamándose celulares? Esos diminutos artefactos eran ahora puntos de convergencia de teléfonos, agendas personales, computadoras y todo lo que a uno se le antojaba añadir: cámaras fotográficas, walkmans, escáners. La publicidad de una compañía telefónica privada los llamaba *i-fonos*: Flavia al comienzo había pensado que la *i* significaba *internet*, pero luego se enteró que la respuesta correcta era *información*).

Flavia le da unas monedas al cobrador. Debería estar prohibido trabajar en la infancia. ¿Qué historias contaría esa mirada? La vida en las afueras de la ciudad, los cinco hermanos, la mamá trabajando en el mercado, el papá vendedor informal. Sopa de fideo como único alimento diario. Río Fugitivo progresaba, pero era apenas una isla en medio de un país muy atrasado. Y esa isla tampoco estaba aislada, en sus calles podía encontrarse edificios inteligentes en el que todos sus sistemas eran controlados por computadoras, y mendigos en las puertas de esos edificios.

Los años están llenos de trucos, y con prestidigitación sorprendente borran aquello que algún momento pareció indeleble. De niña, su escape era el colegio. Ahora, la aburre: tan lenta y poco entretenida circula la información desde la boca de sus profesores. Sus amigas chismean de fiestas y de muchachos con acné en las mejillas que al bailar aprietan sus húmedos miembros contra sus cuerpos, de noches que se extienden más allá de lo permitido y terminan en descampados y moteles. Tiene ganas de correr a casa, encender su computadora y actualizar TodoHacker: gracias a sus contactos en el universo de los hackers/crackers ha tenido la primicia acerca de la sospechosa muerte de dos hackers semanas atrás, y está cubriendo todo lo que ocurre en torno a La Resistencia mejor que cualquiera de los medios de comunicación más poderosos del país. Periódicos como El Posmo y La Razón utilizan TodoHacker para informar a sus lectores sobre La Resistencia, aunque muy de vez en cuando citan a su sitio como fuente de la información.

Se desliza la ciudad por las ventanas: fugaz recorrido por un paisaje que se destruye y reconstruye cada día, que ya no sabe ser inmóvil. Una flaca de tenis rosados con su pekinés.

Dos hombres agarrados de la mano con disimulo. Un policía recibiendo la coima de un taxista. Un borracho tirado en la acera. Una cuadrilla de trabajadores de cascos amarillos abriendo el cemento de las aceras para instalar poderosos cables de fibras ópticas: trabajo que recomienza apenas termina, porque en el transcurso de la instalación han aparecido cables aun más poderosos. En las paredes, carteles de la Coalición llaman a movilizaciones contra el gobierno *vendido a los intereses de las transnacionales*. Ahora la culpa de todo la tiene la globalización, ahora se puede hacer patria dinamitando un McDonalds. Con razón los del McDonalds se quieren ir. Aparte de lo poco que ganan.

A medida que el micro se acerca hacia la zona de urbanizaciones y condominios al oeste de la ciudad, hay más espacio, se respira mejor. Flavia se sienta junto a una anciana que lee Vanidades (título para un reporte: «De la Persistencia de Jackie Kennedy Onassis en las Páginas de las Revistas»). Tiene ganas de decirle que las Heroínas están en Otra Parte. Es de otro siglo ser pasiva consumidora; ahora importa crear modelos propios, tan privados que a veces nadie más los conoce.

En su Nokia observa la acumulación de emails, videomensajes y STMs (*short-text messages*, o mensajes de texto breve: frases de palabras cortadas y emoticones, un nuevo lenguaje que no se basta con las palabras, que las despedaza o las suplanta con imágenes). Lee un par a la rápida. Alguien que no conoce le envió la semana anterior un correo electrónico en el que sugería que Nelson Vivas y Freddy Padilla, los dos hackers muertos de manera sospechosa, pertenecían a la Resistencia, y que el responsable final de su muerte era Kandinsky, el jefe de la Resistencia. ¿Por qué? Porque Kandinsky era un megalómano que no aceptaba el disenso en su grupo, y Vivas y Padilla se habían atrevido a señalar ciertos errores en la conducción de la Resistencia. No es costumbre de Flavia publicar noticias cuyas fuentes no son confiables; sin embargo, esa primicia, si era cierta, era muy tentadora y explosiva, y se las ingenió para publicar una nota en la que, si bien no acusaba directamente a Kandinsky, al menos sugería la posibilidad de que su grupo estuviera involucrado. Recibió, de manera predecible, muchos emails insultantes y amenazadores: en la comunidad de los hackers, Kandinsky era idolatrado por la forma en que había convertido a la Resistencia en un grupo de hackers que atacaba los sitios del gobierno y las grandes multinacionales como forma de lucha contra las políticas neoliberales y la globalización (ciberhacktivismo, en la jerga técnica). Una parte de Flavia también admiraba a Kandinsky, pero otra parte suya veía con preocupación cómo la prensa perdía su objetividad al tocar el tema, y se ponía del lado de Kandinsky.

Vivas y Padilla trabajaban en la edición digital de El Posmo. Habían sido asesinados un mismo fin de semana: Vivas, acuchillado la madrugada del sábado al salir del edificio del Posmo, y Padilla el domingo por la noche, con un disparo en la nuca en la puerta de su casa. Los medios habían informado de esas muertes como dos incidentes aislados que el azar había unido. Las muertes eran extrañas, porque no se les conocía enemigos ni problemas de ningún tipo, pero no había material suficiente para la especulación. Que ambos hayan formado parte de la Resistencia, como sugería el email, era para Flavia interesante, pues le daba un hilo conductor a la narrativa de esas muertes. El azar no siempre era responsable de todo. Había que desconfiar de las coincidencias.

Se coloca los audífonos, busca algún canal de noticias en la pantalla del celular. Aparece Lana Nova, su presentadora favorita: la mujer virtual tiene el pelo negro en un moño, lo cual da mayor relieve a los rasgos asiáticos de su rostro. En los audífonos escucha la voz metálica y envolvente de Lana, capaz de conmover con sólo dar el informe del tiempo: con razón a los adolescentes se les ha dado por escuchar noticias y llenar las paredes de sus cuartos con el póster de Lana. Ciudadanos de diversos sectores sociales protestan por segundo día consecutivo contra el alza de tarifas de la luz eléctrica. GlobaLux, el consorcio ítalo-norteamericano que hacía menos de un año había ganado la licitación para hacerse cargo de la energía eléctrica en Río

Fugitivo, se defiende diciendo que la crisis no le da más alternativas. El alza de tarifas permitirá financiar la construcción de una nueva central eléctrica. La Coalición convoca a un bloqueo general de calles y caminos para el jueves. Las protestas en Río Fugitivo se han extendido a otras ciudades: en La Paz y Cochabamba, violentos choques de trabajadores fabriles y estudiantes con la policía. En Sucre, una torre de alta tensión dinamitada. En Santa Cruz, los empresarios convocan a paro cívico. Políticos de la oposición y líderes indígenas piden la renuncia de Montenegro: dicen que los meses que restan de su mandato serán suficientes para fundir al país (transcurren los primeros días de noviembre: habrá elecciones en junio del próximo año, y nuevo presidente en agosto).

Increíble, nada sobre La Resistencia que yo no haya reportado antes. Y ni mención a Vivas y Padilla. Por suerte mi competencia informativa anda tan mal.

Apaga el Nokia. Ahora que hay espacio en el micro puede verlo: sentado al fondo, la espalda apoyada en los respaldares cortados con navaja, se encuentra el mismo chico de ayer. ¿Dieciocho? Alto, el pelo rizado, las cejas gruesas y un celular amarillo que le sirve para aparentar distracción. ¿Qué música estará escuchando para librarse de los ritmos tropicales? ¿Las noticias, algún partido de fútbol en Italia o Argentina? Mejor no lo miro mejor no me pongo nerviosa mejor vuelvo a Lana mejor qué mejor.

De pronto, como ayer, unos ojos que la clavan contra el asiento. Suele ignorar a los hombres, tan primitivos, pero hay algo en esa mirada que la incomoda. Se pasa la mano por la cabellera, cerciorándose de que está despeinada con estilo: lleva el pelo al estilo rastafari, las greñas desplegadas como si se acabara de despertar. Con la lengua humedece sus labios. Y qué ridícula debe verse con el uniforme que las monjas del colegio no se resignan a dejar de lado: falda azul hasta la rodilla, camisa blanca, chaleco azul y, colmo de colmos, esa corbata tricolor sacada de una pesadilla de diseño. ¿Diferente a sus amigas, o quizás no tanto? Pero esto no es simple diversión.

Cuando baja del micro comienza a lloviznar, patas de araña que acarician el rostro. Se esfuerza en mantenerse de espaldas al micro y lo logra: una pequeña victoria sobre el chico que imagina con el rostro pegado en la ventana, paladeando el momento en que Flavia se dará la vuelta para mirarlo por última vez.

En la parada hay un basurero abrumado por moscas grandes y verdiazules sobre los desperdicios. Un perro desnutrido gruñe sin ganas a las personas que pasan por su lado. Flavia piensa en Clancy, su doberman ciego, dando vueltas por la casa, golpeándose contra las paredes mientras espera ansioso su llegada. Los vecinos se quejan de sus aullidos en la madrugada; su mamá ha sugerido que ya está muy viejo, once años, quizás sea hora del descanso final.

Le faltan cinco cuadras para llegar a su urbanización. Esas calles no son concurridas, y a Flavia le gusta sentirse dueña de ellas y caminar sobre el asfalto agujereado, equidistante de las aceras donde habitan polvorientos árboles de níspero. Camina, salta en una rayuela imaginaria, se pregunta qué estará haciendo su papá ese preciso instante en la Ciudadela, y descubre, molesta, avergonzada, que no está sola.

—Del alfa al omega, de la nada al infinito —dice una voz ronca y envejecida, fuera de lugar en el cuerpo joven del muchacho—. Un juego con múltiples connotaciones metafísicas y teológicas.

¿En qué rato había bajado del micro? No lo había oído caminar tras suyo. Sintió, por un momento, miedo. La ciudad se había llenado de desquiciados que violaban a niños o asesinaban por una mala mirada. Estaba a cuatro cuadras del refugio protector, del ansiado cielo de la urbanización, donde la esperaban, en la puerta, dos parcos policías.

—Para divertirse jugando rayuela no es necesaria ninguna connotación —dice, poniendo la expresión más indiferente que le ha sido dada.

—Uno quisiera quedarse en la superficie de las cosas, disfrutar de ellas como vienen —dice el muchacho—. Pero es imposible. Todo significa algo más, y ese algo quizás sea lo trascendente. El mandala que buscamos.

La llovizna ha perdido su poesía; ahora, la lluvia moja y molesta. Flavia reanuda la marcha; quisiera correr a casa, pero debe aparentar tranquilidad. Una nunca sabe. Y debe confesarlo, se trata de un miedo extraño, a la vez que la empuja a correr la obliga a quedarse cerca de ese desconocido.

—Me llamo Rafael. Tú eres Flavia, ¿no? No me preguntes cómo lo sé. ¿Otros nombres, otras identidades? Imposible no tener otros. Yo tengo al menos ocho en la red.

—Dejémoslo así por ahora.

—No hay drama. Si no dices la verdad, lo sabré muy pronto.

Camina sin mirarlo, sintiendo su presencia como una amenaza prometida. Ahora Rafael se mantiene en silencio, y ella se ve obligada a hablar.

—Sabes a qué colegio voy pero yo no sé en cuál estás tú.

—Hace mucho que dejé el colegio, Flavia a secas. Si estás interesada, algún día te mostraré lo que hago para mantenerme. Tiene que ver con manejo de información.

—¿Reportero?

—Anacrónica estás. Hay gente que paga mucho para obtener información privilegiada. Y hay gente que debe hacer malabarismos para acceder a esa información. Algún rato todo esto te podría ser útil. Pero primero tienes que ser muy cuidadosa. A veces no lo eres. A veces informas sin estar segura de ello. Y hay gente que se molesta. No es bueno jugar con temas peligrosos.

Flavia se detiene y lo mira. ¿Será un hacker? ¿Cuál de ellos? ¿De La Resistencia? ¿Un Rata? ¿O ambas cosas? ¿Me está amenazando? Está tan nervioso como ella; le tiembla el labio inferior, y su mirada no parece tan firme como en el micro. La lluvia en el pelo rizado y las mejillas ha hecho que desaparezca su compostura. Tiene la expresión de un hombre con un gran secreto entre manos y perseguido por culpa de éste. A los hackers no les tengo miedo a los de la Resistencia tampoco si es un rata es peligroso son capaces de acuchillarte por cumplir con su trabajo. Los Ratas se dedicaban a vender información y habían proliferado en los últimos años; los continuos escándalos en torno a ellos, su amenaza a la privacidad del ciudadano, los había desplazado a la ilegalidad. Algunos también oficiaban de hackers para obtener información; otros preferían formas más tradicionales (hurgar en basureros, pagar a sirvientas, sobornar a compañeros de trabajo).

—Debo irme —dice Flavia—. Siempre hay otro día. Espero que entonces puedas hablar con más claridad.

—No siempre hay otro día.

—Fatalista estás.

—Fatalista soy.

Rafael le extiende la mano y se despide. Flavia lo mira alejarse, perderse entre la lluvia que arrecia. Luego corre hacia su casa.

3

Mi nombre es Albert. Mi nombre no es Albert.

Nací… Hace. Muy. Poco.

Nunca nací… No tengo memoria de un principio. Soy algo que ocurre. Que siempre está ocurriendo… Que siempre ocurrirá.

Soy. Un. Hombre. Consumido. Y. Terroso… Ojos. Grises… Barba. Gris… Rasgos. Singularmente. Vagos… Me. Manejo. Con. Fluidez. E. Ignorancia. En. Varias. Lenguas… Francés. Inglés. Alemán. Español. Portugués de Macao.

Estoy conectado a varios cables que me permiten vivir. Por la ventana de la habitación miro el fluir del día en la avenida. Jacarandás en la jardinera y también en las aceras… Nada difícil… Bautizar la avenida… de las Acacias.

¿Dónde están las acacias? Buena pregunta.

Al fondo. Las montañas. De Río Fugitivo. El color ocre. No como otras montañas. Que recuerdo. De un pueblo. En un valle. Montañas azuladas. Mercados. Torres medievales. Ruinas de fortificaciones. Un río. No recuerdo de qué pueblo se trata… Pero la imagen está… Hay un niño. Que corre y corre.

No soy yo. No puedo ser yo… Yo no tengo infancia. Nunca la tuve.

Puedo hablar y a veces lo hago. Prefiero no hacerlo. Pronunciar unas cuantas palabras me deja sin energías. Eso puede hacer pensar en mi fragilidad. En una posible muerte. Pero no es así. Nunca es así. No hay muerte para mí.

Soy una hormiga eléctrica. Conectado a la tierra. Y a la vez más Espíritu que todos… Soy el Espíritu del Criptoanálisis. De la Criptografía ¿O son una las dos?

Me zumban los oídos. Y hay voces en la habitación... Dicen... Que... Necesito... Este. Aislamiento... Esta. Tranquilidad... Es muy buena. Para. Atrapar. Los. Pensamientos. La tranquilidad. Debe haber un camino. Que ellos siguen. De alguna forma. El pensamiento. Debe convertirse. En pensamiento... De alguna forma. Entreverada. Las asociaciones de ideas. Deben tener su lógica oculta. Para que a la imagen de una monja. Le suceda la de un piano. Y todo eso nos lleve. A decidir perdonarle la vida o no... A nuestros semejantes.

Una lógica delirante.

Responsable de mis actos. De todo aquello que me condujo a esta cama.

Hubo sentimientos. Hubo intuiciones. Pero mi razón. Tomó las decisiones finales.

Me gustaría saber cómo ocurrió. Ayuda este silencio.

Pero los pasos nunca dejan de sonar. Los escucho. Retumban aquí. En esta caja de amplificación que es mi cabeza... Esperan mis palabras. Esperan. Esperan.

Mi nombre es Albert. Mi nombre no es Albert.

Soy. Una. Hormiga. Mecánica.

Que. Yo. Recuerde... Mis. Trabajos. Empezaron... El año mil novecientos antes de Cristo. Yo fui quien escribió jeroglíficos extraños. En vez de los normales. En la tumba de Khnumhotep II. Lo hice en las veinte últimas columnas... De las doscientos ventidós de la inscripción. No era un código secreto. Desarrollado del todo... Pero sí fue. La primera transformación. Intencional... De la escritura... Al menos... Entre los textos que se conocen.

Ah. El cansancio. Fui tantos otros. Imposible enumerarlos todos.

Mercados. Torres medievales. Ruinas de fortificaciones.

El año cuatrocientos ochenta antes de Cristo... En ese entonces me llamaba Demarato. Era un griego que vivía en la ciudad persa de Susa. Y fui testigo de los planes que Jerjes tenía para invadir Esparta. Cinco años de preparaciones de una fuerza militar capaz de destruir la insolencia de Atenas y Esparta. Y se me ocurrió raspar la cera de unas tabletas de madera. Escribir de los planes de Jerjes en las tabletas... Y luego volverlas a cubrir de cera. Las tabletas fueron enviadas a Esparta. Y la guardia de Jerjes no las interceptó... Y allí una mujer llamada Gorgo. Hija de Cleomenes. Esposa de Leonidas. Adivinó que las tabletas contenían un mensaje. E hizo raspar la cera. Así Jerjes perdió el elemento de sorpresa... Los griegos se enteraron de lo que ocurría y comenzaron a armarse. Cuando ocurrió el enfrentamiento entre persas y griegos. Un veintitrés de septiembre. Cerca de la bahía de Salamis... Jerjes se creyó triunfador. Creyó que acorralaba a los griegos. Cuando en realidad caía en la trampa preparada por ellos.

Mi nombre es Demarato. Soy el inventor de la estenografía. Que no es otra cosa que el arte de ocultar el mensaje... También. Me. Llamo. Histaiaeo... Gobernador de Mileto. Para animar a Aristágoras a que se revelara contra el rey persa Darío... Hice que raparan la cabeza de un mensajero. Escribí el mensaje en su cabeza. Esperé a que le creciera el pelo. Y lo mandé en busca de Aristágoras... El mensajero entró a territorio persa sin problemas... Llegó donde Aristágoras... Hizo que le raparan el pelo. Y Aristágoras pudo leer mi mensaje.

Estenografía. Soy. Una. Hormiga. Mecánica. Oigo voces...

Soy también el inventor de la Criptología. El arte de ocultar el sentido del mensaje. Soy aquel que le envió un mensaje al general espartano Lisandro... Lisandro estaba lejos de Esparta. Apoyado por sus nuevos aliados. Los persas... Cuando llegó un mensajero a buscarlo. El mensajero no tenía mensaje para él. Sólo se le había ordenado encontrarlo. Lisandro lo vio... Y supo de qué. Se trataba... Ordenó que le entregara su grueso cinturón de cuero. Y descubrió... Impresa a lo largo de la circunferencia del cinturón. Una secuencia de letras al azar... Envolvió cuidadosamente el cinturón en forma de espiral descendente en torno a una larga vara de madera... Mientras lo envolvía. Las letras fueron formando frases que le dijeron que su aliado persa. Pensaba traicionarlo y apoderarse de Esparta ante la ausencia de Lisandro… Gracias al mensaje. Lisandro regresó a tiempo y destruyó a su ex aliado.

Me duele la pierna derecha. Tanto… Tiempo… Estar… Echado. En. Cama. La espalda. No podré volver a levantarme. Sí podré… Tengo los pulmones vencidos. Tanto cigarrillo… A veces me orino sin darme cuenta. La enfermera viene a cambiarme. Defecar es una humillación… Cuando no está la enfermera. Casi nunca está. Debo llamar con una campanilla al guardia. El olor de mi piel es olor de viejo. Costras como escamas van cayendo al piso. El dolor de la cabeza es a ratos insoportable…

Tantas noches y días gasté enfrentándome a los mensajes. Era predecible que no saliera indemne. Todo tiene su precio.

Algo pasó en mi cabeza. Voy en busca de ese mundo perdido.

Quiero saber cómo fue que pensé lo que pensé.

Necesito una Máquina Universal de Turing.

Una Máquina Universal de Albert.

Albert. Demarato. Histaiaeo. Acumulo nombres como pieles de serpiente. Historias. Identidades. Nada de lo humano me es ajeno. Nada de lo inhumano me es ajeno…

Cruzo los siglos e influyo en los hechos. Sin mí. Las guerras. La historia hubiera sido diferente… Soy un parásito en el cuerpo de los hombres. Soy un parásito en el cuerpo de la historia.

Tengo sed. Mi garganta está seca y se quiebra. Tengo los ojos cerrados. No puedo abrirlos. Los tengo abiertos pero no veo nada… Veo sin ver… Y huelo. Huelo mucho. Esta habitación cerrada. Olor a orín. Olor a vómito. Olor a remedio. Gente que entra y sale. Mujeres viejas. Hombres. Uniformes. Caras que no reconozco. La de Turing…

Yo lo bauticé así. Claro que el verdadero Turing. Fui yo algún día. Pero ésa es otra cosa. Lo que importa ahora es que yo fui un agente de la CIA. Me había tocado ese cuerpo después de la Segunda Guerra Mundial… Fui enviado por mi gobierno a asesorar al servicio de inteligencia. Llegué un día de lluvia y neblina en 1974. Me desvanecí en el aeropuerto de La

Paz. La altura… Apenas había tenido tiempo de admirar las montañas nevadas. Que se podían ver. A través de las ventanas sucias y rotas. De la terminal…

Estuve un día en cama y luego el ministro del Interior me recibió. Eran otros tiempos. Montenegro era dictador. Y hoy el ministro del Interior se llama ministro de Gobierno. Entablamos una cordial amistad. Cualquiera que sea nadie en otros países puede ser alguien aquí. Y antes de venir aquí yo era nadie en el Norte… Apenas un agente más… Después de ser muchos en otros lugares y otros tiempos… Yo era más que alguien aquí. No un simple asesor… Alguien con mucho poder.

Por eso me dio pena. Cuando. Después. De. Un. Año. Me llegó la orden de volver… A los Estados Unidos. No quería volver a ser nadie.. Me había gustado el país y me quería quedar. Había encontrado mi norte en el sur. Y convencí a los militares de que era necesario desarrollar un organismo especializado en interceptar y descifrar mensajes de la oposición. Y Chile. La Cámara Negra.

Montenegro estaba obsesionado con Chile. Quería ser el hombre que le devolviera el mar a su país. Yo me reía. Pero le dije que sí. Por supuesto. Cómo no. Lo que usted diga. Y me puso a cargo de la Cámara Negra desde las sombras. Renuncié a la CIA. Este país es muy bueno con los extranjeros. Un alemán dirigió su ejército en la Guerra del Chaco.

Torres medievales.

Rostros. Pasan frente a mí. Se sientan. Esperan. Me esperan… Sus gestos son códigos. Sus ropas son códigos. Todo es código… Todo es escritura secreta. Todo es palabra escrita por un Dios ausente… O hemipléjico… O un torpe demiurgo… Un incontinente demiurgo…

No sabemos cómo comenzó el mensaje. Sabemos. Que. Le. Cuesta. Terminarlo… Y va rellenando líneas. Páginas. Cuadernos. Libros. Bibliotecas. Universos.

Entran y me quieren tocar. No lo hacen…

Estoy y no estoy. Mejor no estoy.

¿O son una las dos?

4

En su despacho en el piso más alto de la Cámara Negra, Ramírez-Graham revisa, malhumorado, las carpetas que acaba de traerle Baez. Toma su tercer café de la mañana. Not as hot as I wanted it, but then, ¿qué se hace bien en este fucking país? Las últimas semanas había tenido problemas estomacales; el médico le dijo que podía ser gastritis o un principio de úlcera y que debía dejar durante dos meses el alcohol, la comida picante y el café. Le había hecho caso durante diez días exasperantes, el tiempo exacto que se debe hacer caso a los médicos. Después se acordó de su papá, que tenía un enfisema y pese a sus ruegos siguió fumando porque decía que igual había que morir de algo y de nada servía privarse de los placeres de la vida. Había muerto un año después de que le dijera eso. Qué muerte más tonta, había pensado; si se cuidaba, podía haber vivido unos cinco años más. Ahora que está a punto de llegar a los treinta y cinco, comienza a comprenderlo un poco. En los últimos dos años, su mesa de noche se había llenado de medicamentos, y su vida de prohibiciones.

La computadora está encendida, en la pantalla aguamarina flotan varias fórmulas matemáticas. Un acuario de aguas verdes donde cuatro escalares dan vueltas como imantados por su propio aburrimiento. Un celular Nokia sobre el escritorio.

Detrás del escritorio se encuentra, en una caja de cristal protegida por una alarma antirrobos, una oxidada máquina Enigma. El caparazón, había pensado Ramírez-Graham la primera vez que la vio, tiene la apariencia de las máquinas de escribir de nuestros abuelos; sin embargo, en verdad se trataba de una máquina de escribir descontenta con su función humilde de pasar al papel las palabras de los hombres, y dispuesta a una función más avanzada a través de sus rotores y cables. Nadie sabe dónde la consiguió Albert; quedan pocas en el mundo, algunas en museos y otras en manos de coleccionistas privados; su precio es exorbitante. No es para menos: gracias a Enigma, los nazis habían logrado mecanizar el envío secreto de sus mensajes, y durante un par de años habían logrado grandes ventajas en la guerra debido en parte a su impenetrable sistema de comunicación (por suerte, hubo un grupo de criptoanalistas polacos que no se amilanó ante la complejidad de Enigma; por suerte, hubo Alan Turing). Albert había traído la máquina al despacho su primer día de trabajo en la Cámara Negra; las primeras semanas, antes de que se montara la caja de seguridad, se la llevaba a casa todas las noches. Los empleados de Albert, a sus espaldas, lo llamaban Enigma, y hacían circular rumores sobre su pasado desconocido: la máquina era prueba irrefutable de que era un refugiado nazi. El gobierno mentía cuando afirmaba que se trataba de un asesor de la CIA. Su español, con una letra *ere* que se transformaba en una *ge* gutural, con una *ve doble* que sonaba a *ve*, era el de un alemán, no el de un norteamericano. Albert jamás se había molestado en desmentir los rumores.

A Ramírez-Graham le intriga Albert. Siente que todos sus actos son medidos con la vara dejada por el creador de la Cámara Negra. Se pregunta cuánto hay de verdad en lo que escucha del hombre. Ha refrenado la curiosidad de ir a verlo a su piso de agonizante. Quizás la imagen de su cuerpo decrépito podría ser suficiente para destruir el aura invencible que la gente, con sus palabras, ha construido en torno a él. Pero no. Prefiere estudiar primero la historia. Bajará al Archivo del Archivo, a revisar los documentos que detallan cómo se construyó la Cámara Negra. Y qué fue lo que Albert hizo.

Está agotado. No duerme bien en las noches; a veces, después de tres horas, se despierta con la imagen de Kandinsky en su mente, y luego le es imposible volver a conciliar el sueño. Supersónico duerme al pie de la cama con un ronroneo metálico; ya se ha acostumbrado a ese ruido, los primeros días debía refrenar la tentación de tirar al perro por la ventana. O de callarlo abriendo su corazón con un destornillador.

La imagen de Kandinsky es inventada porque no hay fotos de él. Seguro Kandinsky era pálido y desnutrido de tantas horas que pasaba encerrado en su cuarto frente a una pantalla, y era incapaz de tener una conversación madura con una mujer y mucho menos de seducir a alguien como Halle Berry: los senos de ella eran lo más convincente de la película. *Verry muy reales.*

¿Será ése su fin? El presidente no está muy complacido por la forma en que está manejando el caso, y quiere respuestas inmediatas. El vicepresidente trata de ganar tiempo y lo defiende, pero cualquier rato se puede dar la vuelta: es, después de todo, un político.

Escribe números y fórmulas algorítmicas al borde de las hojas que revisa, un ingrato laberinto de códigos. Creyó que quizás emergería alguna estructura subyacente, la olvidada huella digital que permitiría aprehender al criminal. Pero el estudio de las varias escenas de los crímenes no lo lleva a ninguna parte. Los chiquillos de la Resistencia son profesionales a la hora de hacer su trabajo. Kandinsky se ha rodeado de gente capaz. Ironías del destino: hacía un año que Ramírez-Graham había llegado a Río Fugitivo con la arrogancia de un pasado como experto de la National Security Agency, al que el trabajo de salvador de la Cámara Negra de Bolivia le quedaba chico. Y ahora se encontraba jaqueado por un hacker tercermundista.

No es culpa de los códigos, sino suya. Nunca debió haber aceptado un trabajo burocrático que lo alejaría de la práctica diaria con la teoría de números, con los algoritmos de la criptología.

Ramírez-Graham había nacido en Arlington, Virginia. Su papá, inmigrante del valle alto de Cochabamba, se había casado con una mujer de Kansas que enseñaba matemáticas en una escuela pública. El papá había logrado establecerse administrando un restaurant de comida criolla, y ni siquiera se había molestado en registrarlo en el consulado boliviano cuando nació. No había pasado una semana de su nacimiento y a Ramírez-Graham ya le había llegado por correo la tarjeta de Seguro Social que lo hacía parte legal de la gran familia norteamericana. A su papá le había costado tanto conseguir la residencia que no creía que su hijo, por el solo hecho de nacer en territorio estadounidense, fuera considerado ciudadano del mismo país.

Ramírez-Graham aprendió español en su casa y lo hablaba muy bien, exceptuando su uso algo deficiente del subjuntivo. Tenía un inconfundible acento anglosajón, sobre todo al pronunciar la *ele* y la *ere*. Durante su infancia y adolescencia, visitó Bolivia varias veces; le fascinaba la vida social, la multitud de parientes, las continuas fiestas. Era el país de las vacaciones, pero nunca se le hubiera ocurrido vivir allí. Nunca, hasta que en una recepción en la embajada boliviana en Washington conoció al vicepresidente. Se trataba de un homenaje a jóvenes destacados de la comunidad, y Ramírez-Graham había sido invitado por su notable trabajo como experto en sistemas criptográficos de seguridad de la NSA (se suponía que su trabajo era secreto, y lo fue los primeros años, hasta que un nuevo jefe quiso tener una mejor relación con los medios y darle transparencia a la NSA, y dejó que se supieran ciertas cosas; el proyecto de apertura fracasó: no era para menos, la NSA era una agencia tan secreta que la cantidad de fondos que se le asignaban anualmente estaba escondida dentro del presupuesto general de la nación).

En la recepción, el vicepresidente le había preguntado a bocajarro si le interesaba hacerse cargo de la Cámara Negra. Ramírez-Graham contuvo la risa: la Cámara Negra, *the Black Chamber,* era el nombre con el que se conocía a los organismos europeos de inteligencia tres o cuatro siglos atrás. Ese nombre hablaba de un deseo de modernidad, pero quizás revelaba de manera indiscreta lo atrasados que estaban. Pese a ello se sorprendió por la oferta, y sin saber nada de la Cámara Negra, de su presupuesto anual o de los equipos con que contaba, pero sospechando que eran infinitamente inferiores a los que daba por sentado en la NSA, se preguntó si era mejor ser cabeza de ratón o cola de león.

El vicepresidente le explicó qué era la Cámara Negra.

—Fue creada para los desafíos a la seguridad nacional en los años setenta. Ahora se ha vuelto obsoleta. El presidente Montenegro, que fue quien dio la orden para su creación, se ha dado cuenta de esto, y me ha encargado la misión de hacerla útil para este nuevo siglo. Pienso que uno de los principales desafíos a la seguridad nacional será el cibercrimen. Sí, incluso en Bolivia: mark my words. Porque digo estas cosas creen que soy hecho al moderno, cuando lo cierto es que allá hay que lidiar a la vez con problemas premodernos y modernos, incluso postmodernos. Tanto el gobierno como las empresas privadas dependen cada vez más de las computadoras. Los aeropuertos, los bancos, el sistema telefónico, you name it. No creemos mucho en estas cosas, allá no se gasta ni el 0.01% en seguridad de los sistemas de computadoras. Así nos irá.

A Ramírez-Graham lo sedujeron las palabras del vicepresidente. Se vio, de pronto, asumiendo un puesto vital para los intereses de una nación.

—Make me an offer I can't refuse –se descubrió respondiendo, aún sin digerir las consecuencias de su respuesta.

El vicepresidente le hizo una oferta que, sin ser espectacular, era tentadora.

—Ni siquiera soy boliviano —dijo Ramírez-Graham—. Supongo que una institución del Estado debe estar a cargo de bolivianos.

—Yo me encargo de hacerlo boliviano en cinco minutos.

Cuando, a los diez días, le llegó por correo expreso su nuevo pasaporte, con carnet de identidad y certificado de nacimiento en Cochabamba, se maravilló ante el desparpajo con que se hacían las cosas en su segunda patria. Ese mismo día lo llamó el vicepresidente. No pudo decirle que no.

Toma su café y recuerda los primeros días a cargo de la Cámara Negra. La forma en que maldijo su decisión al encontrarse con una realidad harto más precaria de la que había imaginado. Ingenuo, había venido con *Mathematica* en su laptop:

creía que se daría tiempo para programar. Imposible. Era frustrante querer sentarse a trabajar con sus números y no poder hacerlo.

Y Río Fugitivo... ¿qué hubiera dicho Svetlana? La extrañaba, y tenía en su escritorio una foto suya, el pelo negro y rizado, las mejillas huesudas y de un rojo intenso, la boca de labios que parecían despegar de su posición natural y aprestarse tanto al gesto hosco como al recibimiento cálido de otros labios. No pasaba un solo día sin escribirle un email o una semana sin llamarla, pero ella no contestaba. Habían salido juntos diez meses hasta el día en que ella le dijo que estaba embarazada, y él abrió la boca y enarcó las cejas y pronunció las palabras de las que se arrepentiría después: no estaba listo para un hijo. Svetlana salió furiosa del departamento; cuando, al día siguiente, él la llamó a casa de su hermana, se enteró de que estaba en el hospital y acababa de perder al bebé. La hermana le dijo que no era su culpa, Svetlana había estado manejando distraída después de irse de su departamento, y había chocado con un taxi; Ramírez-Graham, sin embargo, no pudo evitar un sentimiento de culpa, acrecentado luego, cuando ella no quiso recibirlo en el hospital ni más tarde en casa de su hermana. Fue en esos días que le llegó la oferta del vicepresidente. Se le ocurrió que quizás lo mejor sería quedarse a intentar la reconquista de Svetlana. Su orgullo le impidió hacerlo: aceptó el cargo en la Cámara Negra por dos años.

Observa el movimiento soporífero de los escalares en el acuario. Idas y venidas, flujos y reflujos. A ratos, piensa que su salida de la NSA se debió a su impotencia ante el curso que tomaban los acontecimientos. La agencia, uno de los organismos centrales del gobierno norteamericano en los años de la guerra fría, se iba hundiendo en la irrelevancia, acosada tanto por recortes presupuestarios como por nuevos sistemas de codificación de datos, prácticamente invulnerables. La NSA seguía interceptando muchos mensajes alrededor del mundo, a un promedio de dos millones por hora, pero le costaba descifrarlos cada vez más. A Ramírez-Graham eso no debía preocuparle mucho, porque después de todo él se encargaba de desarrollar sistemas de seguridad y en ese momento los criptógrafos le llevaban la delantera a los criptoanalistas. Pero le preocupaba, y mucho: la pérdida de prestigio de la NSA significaba su propia pérdida de prestigio. Fue en ese momento de depresión que le llegó la oferta del vicepresidente. Quizás aceptarla había sido una forma de tomar un sabático, de volver a sentirse relevante para regresar a la NSA con renovadas fuerzas. (No había cumplido un año en Bolivia y todo había empeorado: en los días previos a la destrucción del World Trade Center, la NSA había interceptado muchos mensajes perturbadores de Al Qaeda, que mencionaban la cercanía de un ataque de proporciones nunca antes vistas. Esos mensajes, sin embargo, no habían sido descifrados ni traducidos a tiempo. Ocurría todo el tiempo, aunque las consecuencias de ello no habían sido de importancia hasta el 11 de septiembre de 2001).

Quizás. Pero cuando se le viene una imagen de unos globos amarillos, rojos y verdes en el living de una casa recién comprada, y la de una volqueta de plástico y un resbalín anaranjado y un cienpiés azul de peluche, y el living está vacío y nadie juega con esos juguetes, sabe que todo lo demás son racionalizaciones que no engañan a nadie.

Qué estará haciendo Svetlana. Tan flaca, le gustaba besar sus costillas. Su desbordante colección de zapatos. Su compulsión para comprar de catálogos y en línea, para ser sorprendida por los paquetes de Victoria's Secret y J.Crew que dejaban los de UPS a la entrada del edificio. La forma en que en las noches, mientras dormía, se iba adueñando de la cama y le dejaba un espacio tan mínimo que terminaba sin poder moverse ni a izquierda ni a derecha. Extrañaba el apartamento que habían compartido en Georgetown, en la calle 27, a menos de diez minutos de Dupont Circle. Extrañaba los gatos de Svetlana, que se acurrucaban entre sus piernas cuando se recostaba a ver la tele en el mullido futón naranja. ¿Qué hacía en este país tan lejano, de costumbres tan extrañas a las de su país natal? Su papá había hecho un gran esfuerzo por inculcarle amor y respeto por su cultura y raíces latinas. Lo había logrado: seguía con curiosidad los recurrentes percances de la historia boliviana, y le gustaba ir de vacaciones a Cochabamba (sus parientes del valle alto habían emigrado a la ciudad). Pero otra cosa era vivir en Bolivia.

Cuando llegó, estuvo a punto de volverse a los pocos días. Albert, el creador de la Cámara Negra, había hecho un trabajo digno del aplauso con un magro presupuesto. Pero aun así, se encontraba tan, tan lejos de Crypto City (el nombre con el que se conocía al inmenso complejo de edificios de la NSA en Fort Meade). Las computadoras tenían más de cinco años de antigüedad, su memoria y velocidad se hallaban fuera de lugar en el nuevo siglo. Los sistemas de comunicación eran muy limitados, al igual que los equipos de monitoreo de conversaciones y desciframiento de códigos. Ni siquiera un equipo de software para traducción inmediata del quechua y el aymara al español, en un país en que la mayoría hablaba esos idiomas. ¿Acaso los indígenas no conspiraban? ¿Acaso sólo se podía complotar en español? Y apenas una vieja supercomputadora Cray... Venía de un mundo high tech y no estaba preparado para valerse de sistemas low tech. Sólo se quedó porque el vicepresidente le prometió un presupuesto que le permitiría actualizar el hardware y el software de la Cámara Negra.

La pantalla se oscurece por unos segundos. Luego vuelve a reanimarse. Las bajas de tensión son frecuentes estos días. The hell with GlobaLux. Ahora anuncian bloqueos, como si eso pudiera lograr que se haga la luz. The hell with this country.

Se acerca a la ventana. A los cuatro meses de trabajo había comenzado a sentirse a gusto. Debía reconocerlo, le agradaba el poder, la facilidad de acceso al vicepresidente, que venía seguido a Río Fugitivo (Ramírez-Graham hacía todo lo posible por no ir a La Paz, su cuerpo tenía reacciones adversas a la altura). Se habían instalado varias computadoras nuevas y había contratado a jóvenes capaces (Santana, el más viejo de los nuevos, tenía cuarenta y dos). Los veteranos, como Turing, habían sido relocalizados. Ahora comprendía por qué Albert se había rodeado de lingüistas y no de expertos en ciencias de la computación: para descifrar la mayoría de los códigos interceptados por la Cámara Negra no se necesitaban equipos muy sofisticados. «Tanto adelanto tecnológico en los últimos años ha tornado obsoletos los sistemas de desciframiento de mensajes de la NSA», había sentenciado un experto; «para volver a ser útil la agencia debe recurrir a las tres B: *bribery, blackmail, burglary*». *Coima o mordida, chantaje, robo*. En la Cámara Negra no existía ese problema, porque la gran mayoría de los que cifraban mensajes en el país no aprovechaba todos los adelantos tecnológicos a su disposición. Sin embargo, entrenado como estaba a prepararse hasta para lo más inesperado, Ramírez-Graham igual había decidido continuar con el plan modernizador del vicepresidente. Había sido la decisión correcta: lo inesperado era Kandinsky, era la Resistencia.

Tocaron a la puerta. Era Baez, uno de sus hombres de confianza. Tenía el rostro alterado.

—No sé cómo ha podido pasar esto, jefe. Nuestros equipos de seguridad son los mejores del país. Un virus ha penetrado en el sistema. Está devorando nuestros archivos.

Golpea su mesa con violencia. No necesita preguntarse quiénes son. Hijos de puta. ¿Será ése su fin?

5

El juez Cardona contempla la plaza principal desde el balcón de su cuarto en el hotel Palace. Está sentado en una silla de metal, y con una ajada revista Time en la mano se enfrenta a las moscas que revolotean en torno a los restos del almuerzo: papas, una lechuga, un tomate sumido en la profundidad de su jugo. El aire polvoriento de la ciudad penetra por sus fosas nasales, lo hace estornudar. La luz del mediodía lo ilumina de la cintura para abajo; el rostro barbado se encuentra guarnecido en la sombra, los labios apretados, la mirada revoloteando sin rumbo fijo. Se ha aflojado el cinturón y se ha sacado los zapatos. Ha terminado dos Paceñas y no se anima a la tercera, al menos no todavía. Detrás de él, por la puerta entreabierta que da a la habitación, asoma el ruido del televisor encendido. El hotel Palace se encuentra en el Enclave, en una esquina de la plaza. Es una construcción con aires neoclásicos, de fines del siglo diecinueve. Fue la casa de una de las familias más tradicionales de Río Fugitivo, un amplio patio con higueras y parrales y al centro una fuente con cisnes, en torno a la cual Cardona imagina a hombres de sombrero y mujeres de encorsetados vestidos coqueteando con risas y miradas mientras la tarde discurre lánguida. Desde los balcones se podía ver, en la plaza, a la banda de música de la alcaldía en la retreta dominical, la gente caminando sin mucho ajetreo, no como ahora, en que reina el bullicio, no como hace casi treinta años, en que regía la violencia. Cuántos años ya. No debí volver. Pero el tiempo y sus exabruptos, el tiempo y sus exabruptos. Goznes que rechinan de un espacio capaz de materializarse con un solo pestañeo. Como un dios herido, que abre y cierra los ojos y no sabe por qué, y de pronto sabe. La piel de Cardona está llena de manchas color vino. Están en sus piernas, en sus brazos, en su pecho. Salpican sus mejillas. La barba que se ha dejado crecer las esconde en parte. Comenzaron a salirle a medida que se internaba en los territorios del insomnio y se dedicaba con intensidad al estudio. Puede precisar la fecha exacta en que salió la primera mancha, en la mejilla derecha: tenía diecinueve, era su tercer semestre y se había pasado toda la noche preparándose para un examen oral. Curioso abogado que tartamudeaba en público, que sentía revolver su sangre cuando debía pasar al frente de un aula o una sala de audiencias. Y luego la segunda. Y la tercera. Cuerpo manchado como el de una lagartija del desierto o un sapo de aguas tóxicas. De todas formas y tamaños, como desperdigados mapas de islas y países y continentes. No duelen. Están ahí, como un recordatorio; las toca, las acaricia, juega con ellas. Los doctores que ha visitado le han recomendado todo tipo de cremas y pomadas, no exponerse al sol, no comer comidas picantes: nada ha funcionado. Ha terminado aceptándolas, son parte suya, ellas son él. Ha aceptado también la distracción que causan en sus interlocutores: secretarias en el juzgado, clientes, colegas, enemigos. En la frente, en la nariz, en el cuello, como una sobrecargada metáfora. Ha aceptado a la gente que se le queda mirando en la calle, en especial los niños, que nada saben de delicadezas, de esconder lo que piensan y sienten. Si el sol intenso de Río Fugitivo quemara esas manchas y las hiciera desaparecer, se vería en el espejo y no se reconocería, y acaso caería fulminado al piso (o puede que siga viviendo, pero a manera de fantasma, deshabitado habitante de un cuerpo). Mira su reloj de bolsillo. Ya va siendo hora. La portada de Time: algo sobre el Genoma, un recuadro sobre los permanentes retos de la democracia en América Latina. Deja caer la revista al suelo. Le había interesado un artículo sobre los intentos de un juez argentino por extraditar a Montenegro. El juez Garzón había hecho escuela con su pedido de extradición de Pinochet. Ahora había muchos abogados que querían ser tan heroicos como él. Hay formas y formas de cobrar justicia: seguir los procedimientos jurídicos es de las más inútiles. Que un obnubilado creyente en la ley como alguna vez lo fui yo haya terminado aceptando esa verdad, da para confiar en que algún día un niño con cola de cerdo se hará presente en este ingrato territorio.

Se levanta e ingresa a la habitación. La cama está todavía destendida, sábanas blancas y un cobertor azul hechos un ovillo, había dormido hasta hacía poco, un sueño tranquilo en que se veía correteando de niño detrás de la bicicleta de Mirtha, su prima hermana. Tantos sueños en los que Mirtha aparecía, como un ser intranquilo que no aceptaba el reposo. En todos los disfraces, detrás de la cara de un calvo profesor de la universidad, asomando bajo los anteojos de un vecino paralítico, o con la perpleja frescura de su adolescencia. Sueños que a veces se tornaban pesadillas: tan delgado el hilo que separaba la placidez de la conmoción. Estruendos que nos sacuden hasta inconscientes, fallas que de pronto se abren y nos tragan y no sabemos dónde queda el epicentro. Pero yo sé, terca fortuna.

Se afeita, provocándose un leve corte sobre el labio superior. Ese rostro es mi rostro, sin cesar se posan los años en él, y ya comienza a irse de aquí. Qué viejo que soy. No. Qué viejo que parezco. Y sin embargo lo ideal sería verse el rostro no en un espejo sino en una pared, en un techo: imagen que rebota en el mundo y vuelve a ti antes de irse. Kleenex sobre el corte. Loción para después de afeitarse que arde en la piel. Se lava la boca con un enjuague de menta, empeñado en eliminar su viscoso aliento a alcohol. Spray para fijar el pelo. Perfume con fragancia a limón. Se pone el terno negro confeccionado para él por el mismo sastre que le hace los trajes a Montenegro. La única coincidencia, ahora. Sastre promiscuo, dado a políticos de toda catadura. Se pone una camisa blanca y una corbata azul. Debe dar sensación de autoridad, presencia moral.

Apaga el televisor. Está tentado de ver el Informe Exclusivo en su Samsung. ¿O Lana Nova? Hay más primicias en los sitios en la red que en los noticieros de la televisión. El Informe Exclusivo es su favorito por su sobriedad en un medio nada dado a ello; Lana Nova carece de profundidad, es la periodista ideal de la generación MTV, tan vaporosa que, literalmente, no existe. Pero, es cierto, no debe negar la fuerza de su sexualidad, que a veces lo lleva a buscarla en la red, desvelado: sabe que, a cualquier hora del día, ella estará allí, con la sonrisa desaforada y los senos belicosos para hablar de un suicida palestino explotando en un centro comercial de Jerusalén. La presencia de Lana es incongruente con el contenido de las noticias, pero a la vez hace tolerable ese cotidiano exceso de tragedias. Quiere a Lana, se decide por el Informe; éste anuncia nuevos enfrentamientos en el Chapare. Los campesinos de la federación de productores de coca, azuzados por su líder, han decidido resistir hasta las últimas consecuencias los intentos del gobierno por erradicar la coca con apoyo norteamericano. El líder aymara de los cocaleros comienza a adquirir dimensiones nacionales con un discurso antiimperialista que está logrando que, después de décadas de errancia en el desierto, la izquierda se reorganice y encuentre una razón de ser. ¿Sería candidato en las elecciones del próximo año? Si lo es, piensa Cardona, no llegará lejos: no tiene mucho apoyo en las ciudades. Piratas informáticos de un grupo autodenominado la Resistencia interfieren en los sitios del gobierno. El país, en sus cíclicas convulsiones de ahogado. Montenegro, como tantas veces, tambaleándose. Le piden la renuncia desde diversos sectores, ha logrado lo imposible: que gente tan opuesta entre sí que se escupiría si se encontrara en la calle, se halle unida en su rechazo. Cardona dice a todos que faltan siete meses para las elecciones y que prefiere dedicarse a acumular archivos para que el primer día que Montenegro vuelva a la vida civil, lo espere un juicio de responsabilidades sobre los hechos sangrientos de su dictadura. Un nuevo juicio, que no fracasaría como el primero, que aprendería de los errores e ingenuidades del primero. Porque no prosperará el intento de extradición del juez argentino, dice. Un nuevo juicio que va preparando en silencio, dice, aunque la verdad es otra. Y tiene que andar con sigilo, porque un paso en falso le impedirá llevar a cabo su plan. La muerte siempre está rondando, y hay contubernios donde menos se espera, y cualquier descuido o negligencia puede acabar con esto antes de que esto empiece, yo puedo acabar, en el próximo instante, en este instante, desgracia sobre desgracia, nadie es salvador de la patria pero se me necesita, Mirtha me necesita, lo político es personal, lo político es local, yo existo y soy la memoria ante tanta desmemoria, alguien tiene que recordar, Mnemosyne, Mnemosyne, alguien, incluso un ser falible, deleznable a su modo, capaz de transas dignas del remordimiento, y sí lo hay, la conciencia, la memoria, el asco, el asco. Apaga el Informe.

Sobre la mesa de noche se halla el expediente que ha recopilado en las últimas semanas sobre Ruth Sáenz. La había visto en un congreso de historia en La Paz, en la universidad estatal. Había ido a escucharla, le interesaba conocerla: ella había trabajado en la Cámara Negra durante la dictadura de Montenegro, allá por 1975, y su esposo seguía trabajando allí. Turing. Ah, ese nombre: ahora pasado a un retiro poco honroso, encargado de los Archivos de la Cámara Negra porque no les convenía despedirlo, pero en su momento el brazo derecho de Albert, el legendario criptoanalista a cargo de las operaciones de la Cámara Negra en los años más duros de la dictadura. Cardona sospechaba que en 1976 Albert o Turing habían descifrado el código que el grupo de conspiradores al que pertenecía Mirtha había establecido para sus comunicaciones ultrasecretas. Oficiales jóvenes del ejército, aliados a un grupo de civiles, planeaban derrocar a Montenegro. En dos días, todos los conspiradores, uno por uno, fueron eliminados. Los años no han sido capaces de sepultar su visita a la morgue para identificar el cuerpo de Mirtha, encontrado en un basural bajo un puente. Señales de tortura en la espalda, en los senos, en el rostro. Mirtha, que lo llevaba a la matinal de la mano, a ver dibujos animados. Mirtha, que no usaba maquillaje y sujetaba su insumiso pelo negro en dos largas pichicas y organizaba en su casa guitarreadas hasta la madrugada. Mirtha, que admiraba a Allende y leía el diario del Che y a Martha Harnecker y cantaba canciones que hablaban de un nuevo amanecer para el pueblo. No recuerda nada de la charla de Ruth, muy técnica, plagada del lenguaje arcano de la criptología. Se le había acercado al final, para presentarse. Una mujer madura de rostro opaco y sin maquillar, de mirada huidiza y uñas cortadas y sin pintar, el vestido negro y asexual de profesora de kinder, con aretes de perlas falsas como único adorno. Lo saludó como si lo conociera, sorprendente en su efusividad. «No puedo entender qué hace un juez entre historiadores», dijo, mientras la escasa concurrencia iba abandonando el salón lleno de retratos al óleo de arrugados patricios en las paredes. «La ley necesita siempre de la historia», dijo él. «Y ahora, más aún». «¿Y por qué, entonces, los jueces honestos aceptaron alguna vez trabajar para gobiernos deshonestos?». «¿Y por qué aceptaron lo mismo las historiadoras honestas?». «Las historiadoras eran jóvenes e inexpertas y corrigieron pronto su error». «Los esposos de las historiadoras no». «Y los jóvenes no eran tan jóvenes y tenían algo de experiencia como para decir no». Las luces del salón se fueron apagando gradualmente. Debían salir. En la semipenumbra, siguieron conversando, frases hechas que ocultaban la comunicación que se desarrollaba en silencio. Al despedirse, Cardona le dio su tarjeta. No le sorprendió recibir su llamado a la mañana siguiente. Se encontraba en el aeropuerto. Su voz delataba nerviosismo. La imaginó mirando a todas partes sin descanso, vacilante, incómoda, apretando una servilleta entre sus manos de dedos largos, inquietos, escurridizos. Quería hablar con él, pero no en La Paz. ¿Se animaba a visitarla a Río Fugitivo? Cardona dudó: había prometido no volver jamás a su ciudad natal. Le dijo que lo pensaría. Ella iba a colgar cuando él le dijo que iría en un par de semanas. No debía desaprovechar esa oportunidad. Abre el expediente. Sabe qué le va a preguntar, tiene todo organizado, el asunto es aparentar naturalidad, que todo está ocurriendo de manera espontánea. Tiene incluso preparadas algunas salidas por si existiera algún atasco, suele suceder, un testigo que se arrepiente de declarar y se muerde la lengua cuando todo está listo. No habrá problemas. Parece muy dispuesta a hablar, él sólo debe oficiar de amigo que entiende y consuela. ¿Qué podría estarla llevando a dar ese paso, saltar al abismo, abandonarse al precipicio? No debe preguntarse eso: pese a todo, ella pertenece al enemigo, no le interesa entenderla, lo que quiere es grabar su confesión, las frases que incriminarán a Turing. En los juicios de responsabilidades contra los dictadores, los abogados se han concentrado en llevar a la justicia a los cabecillas visibles, a los militares que dieron las órdenes, a los paramilitares y soldados que apretaron el gatillo. Se han olvidado de toda aquella gran infraestructura que sostiene y permite a una dictadura, los burócratas que no se mancharon las manos de sangre pero que al participar del gobierno en cierta forma aceptaron los crímenes. Se han olvidado de aquellos que, detrás de sus oficinas en la Cámara Negra, descifraban los códigos o interferían señales secretas de radio que llevaban a algún foco subversivo, políticos en la clandestinidad que encontraban la muerte, universitarios idealistas que desaparecían sin saber cómo habían dado con ellos. A Cardona no le interesa mucho descubrir el nombre y apellido de quienes torturaron a Mirtha, peones en una gran conflagración. Le preocupa más descabezar a quienes, con su silencioso trabajo, permitieron que la tortura y la muerte ocurrieran. Su objetivo es llegar a Turing y a Albert, y con ellos a Montenegro.

Se dirige a la sala contigua a la habitación y coloca la minigrabadora en un florero, oculta a los ojos de Ruth, que sabrá que la estarán grabando pero al no ver el artefacto no se intimidará, y dejará, ojalá, que corran las palabras. Un par de vasos de agua sobre la mesa. Endereza un cuadro al modo impresionista de una pelea de gallos. Uno de los gallos está ciego, hilos de sangre le caen de los ojos. Extirpar el pus, y ser más grandes que tanta mediocridad, trascender tanta corrupción, tanta defenestración, manos que se manchan, conciencias que se compran y no saben de remordimientos, todo es tan fácil, todo es tan fácil, el pasado no existe, se lo borra de un plumazo, parafernalia de mentiras, compromiso tras compromiso, el pasado pisado, cuando no es así, está vivo, palpita en cada segundo, en cada minuto, nos embriaga con su fuerza y pretendemos ignorarlo, saltimbanquis de feria, simulacros que nos esconden de nosotros mismos, mutilación de la vida, extraviados en nuestra esplendente promesa, fracaso de humanos, ventana entornada a la habitación del ser. Golpes a la puerta. Levanta la mirada hacia la araña que cuelga del techo en el centro de la sala, se frota las manos sudorosas, baja la mirada y se acerca a la puerta para hacer pasar a Ruth.

6

El niño está sentado en el patio de tierra de su casa en Quillacollo, bajo la sombra de un frondoso pacay. Es moreno y regordete, tiene un indócil cerquillo. Está descalzo, sólo lleva un calzón blanco. La mirada es vivaz, escudriñadora, y sus labios apretados hacen un gesto de concentración. Una libélula se posa sobre su oreja derecha. Dentro de una oxidada bañera, un gato pardo duerme mostrando sus costillas al sol del mediodía.

El niño tiene entre sus pies los restos de una radio. La encontró en un basural bajo el puente. Su caparazón plateado brillaba en medio de los desperdicios, latas de sardina y duraznos al jugo, toallas higiénicas, un perro muerto. La ha armado y desarmado a lo largo del verano, acaso tratando de imitar a su papá, que se pasa las horas reparando autos. Se mete unos cables a la boca, los muerde. Se mete el botón del volumen a la boca, siente el frío metal en su paladar.

En ese momento, abstraído del mundo, es feliz. Pronto lo llamarán sus papás. Deberá volver a la casa oscura, a las ventanas rotas, al bebé que llora por falta de leche.

El colegio Nicolás Tesla está cerca de la plaza principal de Río Fugitivo. Una casona semiderruida que data de la Colonia. Los cuartos en torno a un patio rectangular –cancha de fulbito y basketbol– han sido convertidos en aulas donde se hacinan los alumnos. Las paredes están llenas de graffitis políticos y escatológicos.

Ya está dejando de ser un niño y no extraña tanto Quillacollo. No recuerda nada de Oruro, donde había nacido;

tenía cuatro años cuando el gobierno cerró las minas y su papá fue uno más de los «relocalizados» que debió buscar trabajo. Un primo de su mamá los había socorrido los primeros años en Quillacollo; luego vino Río Fugitivo. El papá estaba tentado de irse al Chapare, a plantar cocales como tantos otros ex mineros, pero un amigo del primo les ofreció, barata, una casa en anticrético en Río; el papá tenía algunos ahorros y terminaron allí. El papá se dedicó a inflar pelotas de fútbol y arreglar autos y bicicletas. Al menos tenían qué comer.

Es el mejor alumno de la clase. Es, sobre todo, rápido para las matemáticas: cuando el profesor hace ejercicios complejos en el pizarrón, suele corregirlo sin asomo de burla o prepotencia, como si saber más que el resto fuera parte del orden natural de las cosas. Le han llamado la atención por adelantarse en las lecciones, aprender por su cuenta antes que el resto. Fue así desde primero básico, cuando, gracias a un vecino que también le enseñó a jugar al fútbol, llegó al colegio dominando la tabla de multiplicación. Es generoso con las tareas; para copiarse de él, sus compañeros hacen cola antes de clase. Es de pocas palabras y eso atrae a las chicas; es alto y eso también atrae, al igual que sus ojos cafés de restallante firmeza, incapaces de descanso. Ha perdido el exceso de kilos de los primeros años, es desgarbado y tiene un cuello largo y delgado que parece tornar a la cabeza independiente del resto del cuerpo.

El Tesla es un colegio fiscal. Le gustaría que tuviera un laboratorio de computación como el San Ignacio, a una cuadra de donde vive, cerca a un parque de airosos jacarandás. Los alumnos del San Ignacio vienen a su casa a que su papá les parche las llantas de sus bicicletas o les infle la pelota de fútbol. Hacen bromas, hablan de mujeres con displicencia, tienen dinero en la billetera. Detrás de la puerta, a través de una ventana resquebrajada, observa a esos chicos bien vestidos que a veces llegan en auto al colegio, insolentes en la forma en que sienten que el mundo les pertenece. Odia que sea su papá el que los tenga que atender. Le parece humillante.

También ha acompañado a mamá –el pelo entrecano, el hijo menor envuelto en un aguayo en la espalda– a lavar ropa o limpiar casas inmensas, de salas llenas de adornos de porcelana y patios con piscina. Nunca olvidará la casa de un doctor, las luminosas habitaciones de los hijos, la computadora Macintosh (en las paredes, pósters de Maradonna, de Nirvana, de Xuxa). Por los diplomas de *buenos compañeros* en las paredes, descubrió que iban al San Ignacio. No le gustaría dividir el mundo de manera esquemática. Pero ya está dejando de ser un niño, y va aprendiendo de injusticias.

Jugaba al billar con sus amigos, hasta que una tarde pasó por un salón de videojuegos y la curiosidad lo indujo a entrar. Ruidos de explosiones, colores intensos y parpadeantes. Gastaba en ese salón las escasas monedas que se ganaba ayudando algunas tardes a papá. Tenía gran destreza para las máquinas de pinball –conocidas como tilines– y SuperMario. Obsesivo, podía pasar tardes enteras en procura de batir algún récord. Tenía quince años.

Pero las monedas se acaban rápido. ¿Qué hacer? Una soleada mañana que no va a clases se acerca a la entrada del San Ignacio. Una Brasilia con la ventana semiabierta. Gira el cuello a ambos lados: está solo. Mete la mano por la ventana, abre la puerta del auto. Descubre, en un receptáculo junto a la caja de cambios, un billete de veinte dólares.

Ése será el primer robo. Habrá otros. Al comienzo, sólo tendrá como víctimas a los alumnos del San Ignacio. Luego irá expandiendo su radio de acción. Cuando visita casas con su mamá, es fácil descuidarla y meterse al bolsillo cualquier cosa que valdrá unos billetes en la casa de empeño: unos aretes, un anillo, un cenicero de fina cerámica que, espera, los dueños no echarán de menos.

Comienza a ser conocido en el salón de juegos como el rey de los tilines. Cuando le preguntan cómo se llama, responde que le dicen Kandinsky. Le ha gustado el nombre desde que vio el afiche de una exposición suya en una de las casas en las que trabajaba su mamá. Un nombre sonoro, con ritmo y armonía en la conjunción de vocales y consonantes, un nombre que le gusta repetir cuando camina solo por las calles de Río, explosivas la primera y tercera sílabas, la segunda un puente acentuado y ascendente.

Pronto pasará a los cafés internet que han comenzado a aparecer en la ciudad. Con el equivalente a medio dólar, puede jugar una hora en las computadoras. Juegos de guerra y estrategia en los que compite con otros jugadores en el mismo café, o en otras computadoras en la misma ciudad o en otras ciudades y continentes. No tarda en aprender las estratagemas que lo convierten en un jugador temido. Es rápido con las manos, más veloz aún con la mente. Parece, en cierto nivel, entender los juegos, o mejor, entender a los programadores de códigos que elaboran los juegos. *Asheron's Call* es su especialidad. Y se le van las horas, y comienza a faltar a clases perdido en la escenografía medieval de fantasía.

En el café internet al que asiste con regularidad, cerca del puente de los Suicidas, hay adolescentes que lo admiran. Uno de ellos se hace llamar Phiber Outkast: pecoso, labios gruesos, bien vestido, incapaz de sacarse los Ray-ban. Phiber Outkast lo espera una noche a la salida del café. Lo acompaña en silencio a su casa. Le dice, bajo la luz de un farol en la plazuela, que tanta habilidad no debería ser desperdiciada sólo en juegos. Le dice que se puede hacer mucho dinero en el internet.

Kandinsky lo mira en silencio. Los insectos revolotean en torno al farol. Le pide que le explique a qué se refiere. A eso mismo, dice Phiber Outkast: a que se puede hacer mucho dinero en la red. Es cuestión de enfocar los conocimientos de manera adecuada. Para pulir su talento, podría entrar al mismo instituto de computación al que va Phiber.

A Kandinsky le gustaría resistir las tentaciones. Tiene diecisiete años, está en el último de colegio. ¿No debería salir bachiller primero?

Su papá tiene siempre la ropa manchada de grasa. Pasan los años, y no hay forma de que progrese. Inflará pelotas y parchará llantas el resto de su vida. Se refugiará en su casa, le pondrá unas velas a la Virgen de Urkupiña –hay un altar con su efigie de yeso en la cocina–, cruzando los dedos para que mejore su suerte y la de su familia; se contentará con las victorias del San José, triunfos que son vistos como necesarias y justas redenciones.

Su mamá trabaja por monedas en residencias obscenas de tan enormes. En un país muy pobre, alguna gente vive como en los Estados Unidos. O como en la versión que tiene de los Estados Unidos: el país de la abundancia, del materialismo rampante.

Esteban, su hermano menor, no va al colegio. Ayuda a su papá a parchar llantas. A veces va al Boulevard a cuidar autos en la puerta de una salteñería.

En su casa hay ventanas rotas por donde se cuela el frío todas las noches.

Hablemos mañana, dice Kandinsky bajo el farol. Phiber Outkast suspira, aliviado. Sabe lo que eso significa.

Situado en el Enclave, el instituto es una alicaída casa de tres plantas que alguna vez albergó las oficinas de El Posmo (cuando se llamaba Tiempos Modernos); los techos son bajos y hay grietas en las paredes y escombros en las escaleras. Las computadoras son lentas, ensambladas localmente, pero los jóvenes se las ingenian para que hagan más de lo que en principio pueden. Son muy pocas, se debe llegar temprano para hacerse de una; las peleas son inevitables. En ese ambiente, Kandinsky aprende más de sus compañeros que de sus profesores. Aprende diversos lenguajes informáticos, algo de programación, muchos trucos para varios programas de Microsoft y juegos en la red. Sus clases, pagadas por Phiber Outkast, son por la noche; apenas terminan, se va a casa.

Sus compañeros son hackers especializados en el golpe menor, la línea telefónica gratuita por un mes, el ingreso sin pagar a un sitio porno en la red, la venta de programas copiados ilegalmente, la ocasional tarjeta de crédito. Le confían sus secretos con facilidad, y luego lo miran con suspicacia, cuando él les muestra sin quererlo que sabe más que ellos. No importa: no está interesado en hacer amistades, y está resuelto a dejar el instituto al final del semestre. Su trabajo final consiste en un programa para adquirir ilegalmente contraseñas de cuentas privadas en la red; lo justifica escribiendo que en la red el flujo de la información debe ser libre y no debería haber secretos: las contraseñas atentan contra ese flujo libre y por lo tanto deben ser atacadas. El director lo llama a su oficina y le dice, devolviéndole su trabajo, «éste no es un instituto para piratas informáticos, jovencito». Al día siguiente, lo expulsan. Phiber Outkast no necesita consolarlo: Kandinsky está feliz.

La primera misión de Phiber y Kandinsky: ingresar a computadoras particulares y robar las contraseñas de sus dueños. Lo hacen desde un café internet atendido por un amigo de Phiber. En las ventanas empañadas del local se anuncian clases de computación. El amigo recibe unos pesos y los deja trabajar en paz en una computadora en la esquina más lejana del recinto. Phiber da en principio las instrucciones: sabe algo de programación. Kandinsky las sigue e improvisa sobre ellas, juega, las tuerce, las lleva hasta su punto de máxima tensión, como si los signos en la pantalla tuvieran la materialidad de los metales.

Con la primera contraseña que logra robar, Kandinsky se pasea por los récords de un individuo desconocido como ladrón en casa ajena. Recorre las diversas habitaciones en busca de los objetos a saquear. La emoción lo atosiga por dentro; por fuera, debe mantener la calma.

Ya no volverá a robar autos y casas, poner su físico en riesgo. Preferirá teclear los signos correctos que emiten pulsaciones en la pantalla, saquear a distancia, ingresar desde una computadora alquilada por unas horas a las cifras que condensan una vida: números de tarjetas de crédito, de cuentas bancarias, de seguros de vida. Números y más números, violados con impunidad.

Phiber Outkast le da unas palmadas en la espalda y le dice que en menos de lo que piensa se convertirá en un hacker de los mejores. A Kandinsky le gusta cómo suena esa palabra misteriosa. Hacker. Le da un aire peligroso, inteligente, transgresor. Los hackers abusan de la tecnología, encuentran en los artefactos usos para los que no estaban programados. Los hackers ingresan a territorios prohibidos por la ley, y una vez en ellos, se burlan del poder. Es, acaso, la metáfora de su vida.

Un mediodía, llega a casa y encuentra a su papá en la puerta, blandiendo una nota de la dirección del colegio. Debido a sus continuas ausencias, la dirección ha resuelto expulsarlo. El papá está furioso: ¿no era hasta hace poco el mejor alumno? ¡Y ahora ni siquiera iba a salir bachiller! ¿Qué había ocurrido?

A Kandinsky le fallan las palabras rápidas que podrían permitirle salir del paso.

Su mamá está en la cocina picando cebollas. Rehúye su mirada. No podría aguantar la decepción empozada en sus pupilas.

Ingresa al cuarto que comparte con su hermano. Esteban está leyendo un libro sacado de la biblioteca municipal: una biografía del que fuera líder máximo de la Central Obrera durante cuarenta años. Era muy despierto y le gustaba leer. ¿Podría estudiar en paz? Difícil. ¿Dejaría el colegio para ayudar a sus papás? Acaso lo más probable.

Para qué seguir mintiendo. Los papás habían visto a Kandinsky como la esperanza que les permitiría, acaso, una vejez más digna de la que prometían y permitían sus oficios. Acaso lo mejor era irse, escapar…

Kandinsky sale de la casa en silencio, acompañado por los gritos del papá y los sollozos de la mamá. Cruza el parque alborotado de palomas, pasa al lado de un grupo vociferante de alumnos del San Ignacio sentados en un banco frente al colegio. Deja atrás la casa, el parque, el colegio.

7

Como tantas otras veces al anochecer después de una larga jornada, atraviesas en tu Corolla dorado la calle Bacon y de inmediato piensas en William David Friedman, el criptoanalista norteamericano convencido de que en la obra de Shakespeare se encontraban anagramas y frases secretas que remitían al verdadero autor, Francis Bacon. Friedman, el hombre que logró descifrar Púrpura, el intrincado código japonés durante la Segunda Guerra Mundial. No es casualidad que la calle Bacon esté en mi camino, susurras, y sin darte cuenta casi cruzas en luz roja la intersección a cuatro cuadras del Edificio Dorado.

Las calles convocan a espesas tinieblas; de cuando en cuando, el ojo iluminado de una ventana asoma desde un edificio, un taxi con un letrero parpadeante cruza una avenida con un traqueteo feroz. La falta de energía eléctrica agobia a Río Fugitivo desde hace un buen tiempo. La ciudad fue creciendo desordenadamente, y a nadie se le ocurrió planificar una planta de electricidad que pudiera mantener el ritmo de la demanda. GlobaLux había llegado para arreglar el problema, pero se había tornado rápidamente impopular: apagones sin previo aviso, continuas bajas de tensión, y a pesar de ello un alza escandalosa en las tarifas. Primera vez que tanto los sectores populares como la clase más acomodada se unían en la protesta. ¿Sería la falta de luz el detonante para la caída de Montenegro? Irónico, después de haber capeado cosas harto peores y a tan poco del fin de su mandato.

Te metes un chicle a la boca, Addams, mentol. Por suerte sólo faltan cuatro cuadras: ahí te podrás relajar. Desnudo y protegido por la noche, un vaso de whisky en la penumbra de una habitación, el televisor encendido y deseando la desaceleración del tiempo, el congelamiento de los minutos. Carla, Carla, Carla. Habrá sombras en las paredes, sombras que se confunden y se desencuentran.

No es la primera vez ni será la última, susurras, apretando el acelerador. Te gustaría, de vez en cuando, ser capaz de no pensar. Dejarte llevar por la mente en blanco, impedir que circulen esos pensamientos encabalgados que no cejan de visitarte y aniquilan tu sueño. Gozar embarcado en la pura sensación, dejarte arrullar por la nada en el día, no ir haciendo exhaustivas analogías, frenéticas asociaciones de ideas, obsesivas lecturas de una realidad reverberante en ecos de otra realidad. *Nada con exceso*, alguna vez quisiste que fuera tu frase emblemática; ahora, te vas resignando: el pensamiento es exceso.

Carla, Carla, Carla. Quién lo creyera.

Estacionas en el lote adyacente al edificio. Cuatro autos: una noche tranquila. Escupes el chicle al suelo. En una mohosa pared posterior han desplegado un anuncio publicitario. *Camiones Ford*. Un anagrama en la primera palabra: *Es camino*. Un signo ominoso: apresada entre esas ocho letras, la palabra *Cain*. Hace mucho, desde tu infancia, que sientes que el mundo te habla, en todo tiempo y en todo lugar. Esa sensación se ha intensificado en los últimos meses, a tal punto que ya no puedes encontrarte con ningún signo o palabra sin pensarlos como códigos, escrituras secretas que necesitan ser descifradas. La primera página de un periódico te puede producir un mareo con tanto mensaje chillando tu nombre, pidiéndote desatarlo de su precario envoltorio. La mayoría de la gente peca de literal y asume que *Camiones Ford* se refiere a *Camiones Ford*; tú estás aquejado del mal opuesto y, con desconsuelo, te ahogas en noches de insomnio por la pérdida de lo literal.

Bajo una roja luz de neón, el recepcionista juega al blackjack en la computadora. La pantalla muestra sus cartas en close-up. El blackjack se encuentra en un casino en el Playground. Casi toda la ciudad se halla aquejada de esa manía, y pierde las horas en una ciudad virtual y hace millonarios a los tres jóvenes que compraron los derechos del Playground para

Bolivia. Eres uno de los pocos inmunes a ese virus, pero de todos modos financias, pese a las quejas de Ruth, la insalubre cantidad de tiempo que Flavia transcurre pegada a la pantalla. Te había dicho que dejaría de hacerlo, estaba cansada de tanta publicidad en el Playground, parecía un hipermercado con esteroides; y sin embargo no podía evitar una visita más, y otra... Las energías libidinales que liberaba la pantalla de la computadora terminaban por seducirla.

El recepcionista te saluda con un leve movimiento de cabeza, como si debiera hacer un esfuerzo para alzar los párpados y mover los músculos del cuello. Con un click, las cartas en la pantalla –corazones cautivos, reyes en su ocaso– dan paso a una agenda. Te entrega una llave de metal dorado en la que se puede ver el número 492. Cuatro. Nueve. Dos. D. I. B. BID. Farfullas un gracias sabiendo que no te responderá. Lo ves desde hace un buen tiempo, y todavía no has escuchado el timbre de su voz. ¿Para qué, en todo caso? La transacción ya ocurrió antes, en línea, con tu tarjeta de crédito (los dieciséis números encriptados en 128 bits). No es necesario hablar, él lo sabe y tú también. La diferencia: tú tienes nostalgia del ruido de la voz. No te interesa el mensaje en sí, sino el medio en que éste ocurre, cada vez más acorralado. Eres, definitivamente, un ser de otro siglo.

La alfombra roja está manchada –toda clase de fluidos derramados en su pegajosa intimidad–. El ascensor es vetusto, el metal oxidado y el vidrio partido en dos; sin embargo, se desliza hacia arriba en silencio. Imaginas así el ascenso al cielo: con quebradas porciones del mundo en diálogo con la perfección del infinito. Poco a poco, el mundo queda atrás y el ascensor se detiene; la puerta se abre y te acercas, con pasos de pronto ágiles, al corazón de la armonía.

Cuando eras joven solías visitar estos lugares. Allí era imposible encontrar eco alguno: todo lo devoraba el continuo murmullo de las carcajadas, de vasos entrechocando, de música estridente para el show de turno, de borrachos en discordia. Al fondo, detrás de una cortina de varillas de madera, se alineaban los cuartos, rechinaban las camas en frenética arritmia. Por unos billetes, eras feliz, al menos por unos cuantos minutos, siempre rápidos, siempre fugitivos.

Carla te abre la puerta, el rostro de tez muy blanca e incongruentes ojeras, una polera amarilla con una enorme C blanca en el pecho, minifalda azul y zapatillas de tenis: está vestida de porrista de la universidad de California. Te hace pasar. «Good evening, darling, good evening». El pelo corto y rubio, los labios gruesos, la sonrisa tan abierta que es una amenaza, la curvatura esponjosa y aguerrida de los senos, la minifalda dejando entrever los muslos: ha cumplido a la perfección todos los requisitos de tu nada original fantasía californiana. La belleza estragada del rostro, las pupilas rojizas y las venas de azul intenso en las mejillas pálidas contrastan con la aparente imagen de salud y vigor físico que proyecta Carla. Hay ciertas cosas que no se pueden ocultar.

Te sientas en la cama redonda y te dejas reflejar por el espejo en el techo. La habitación es oscura, la semipenumbra dota a los muebles de un color mustio, de una luz de ceniza. Por fin, algunos minutos para que te relajes. ¿Podrás? Vuelves a mirar a Carla. Y tiemblas: si tuviera el pelo castaño y lo llevara como Flavia, podría pasar como su hermana. Acaso son los labios. Intentas despejar esa idea de tu mente. Tu hija tiene el rostro más dulce y los excesos no han abrumado su cutis.

Cierras los ojos.

Vuelves a abrirlos. Cuando no sonríe, el aire a Flavia se torna más indiscutible. Es la edad, te dices; es el cariño que le tienes a tu hija, que te hace verla en todas partes.

Tuviste la misma sensación la primera vez que viste a Carla. Era la hora del almuerzo, salías de un McDonalds con una bolsa de papas fritas en la mano cuando te topaste con ella. Estaba sentada en una mesa cerca a la puerta, los codos apoyados en una bandeja llena de servilletas y restos de una hamburguesa; te miró al salir y te conmovieron los ojos llorosos. Tenía un vestido rojo manchado de mostaza, los aretes redondos, un collar de estridentes piedras verdes. Algo te hizo detenerte; le preguntaste si la podías ayudar. «Mis papás me acaban de botar de mi casa», contestó, sorbiendo sus mocos y señalando un bolsón con sus ropas en el suelo. Debías volver al trabajo. Pero ella tenía casi la misma edad de Flavia, y había algo en el encaje de su rostro que terminó por despertar tu instinto paternal. «Si quieres, págame la noche en una pensión», dijo, el tono de pronto firme. «Por supuesto, no te podría devolver el dinero. Pero tengo otras maneras de pagarte».

En las paredes hay dos lúgubres litografías de alguien que combinó digitalmente a Klimt con Schiele. Los marcos dorados de los espejos, el jacuzzi que hace más de un mes no funciona, el color rojo sangre del cobertor de la cama, el televisor suspendido desde el techo en una esquina de la habitación: el Edificio Dorado trata de pasar desapercibido y no hace público a qué menesteres se dedica, pero un vistazo a cualquiera de sus habitaciones es suficiente para saber que se trata de un motel y también de un hotel donde viven muchas prostitutas. Aunque tu relación con Carla ya es estable y podrías encontrarte en otros lugares, utilizan el Edificio Dorado para que Carla pueda pagar sus deudas con los propietarios. La habían salvado de tantos apuros, eran tan considerados con las chicas a quienes alquilaban las habitaciones. Carla tiene la 492 todos los días de cinco de la tarde a diez de la noche; tratas de utilizar al menos dos de esas horas. Nunca le has preguntado si se ve con otros hombres las demás horas; prefieres no saberlo.

—Te noto pensativo, darling.

—No me notas. Soy.

Te acuerdas del mensaje insultante que recibiste por la mañana. *Asesino tus manos están manchadas de sangre.* ¿Qué asesino? ¿Qué manos? ¿Qué sangre? ¿Quién te lo habría enviado? ¿Cómo habían logrado ingresar a la red de comunicación secreta de la Cámara Negra? No sabías cuán importante era ese mensaje y decidiste ignorarlo hasta nuevo aviso. No sabes si has obrado bien. Tampoco te interesa. Que se joda tu jefe, tan paranoico en cuestiones de seguridad.

Carla te entrega el vaso de whisky y se sienta a tu
Apurado por su mirada decidida, por la elocuente expresió
deseo en su rostro, pones una mano en su muslo izquierdo
cil y salpicado de manchas rojizas. Ella apoya sus labios e
tuyos; con su lengua cálida, inquisitiva, los va abriendo
destreza. Temeroso y tembloroso, te dejas hacer. Así había
rrido la primera vez. La habías llevado a una pensión, le pa
el cuarto y la ayudaste a instalarse, y te aprestabas a irte cua
te encontraste con la urgencia de su boca, con un intempes
jalón que te hizo caer a la cama, con unas manos que te de
tieron con prisa. Sólo después, cuando te citó al día sigui
en una habitación del Edificio Dorado, descubriste cómo se
naba la vida y entendiste un poco a sus papás. Pero ya era ta

—¿Te gusta así? Estás muy tenso, darling.

Deberías corregirle: *eres* muy tenso. La visita a C
es tu gran escape a una forma de ser que te ha llevado más
una vez al sicólogo; aun así, se trata de un escape a med
Tus fantasías más diversas te han acariciado y hecho el an
mientras tú estabas en otros parajes. Deberías dejarte llev
que la mente participe de la experiencia tanto como el cu
po. No puedes ser lo que no eres; en las fotografías, esta
siempre a un costado, la mirada perdida en el suelo, nunca
frente al ojo de la cámara, intentando pasar desapercibido.

—Si no quieres que se te vaya la hora, deberás dejar
pensar en tu esposa.

Quieres: la insoportable levedad de la *r* en la boca
una californiana, al menos en esa palabra. Se está tomando e
serio la imitación.

—Hace años que no pienso en ella.

Curioso, pero cierto: ya son dos meses que te encuen
tras regularmente con Carla, y ni siquiera sientes que le eres in
fiel a Ruth. Desprovisto de deseo, el matrimonio se ha convertido en una sosegada amistad. Ella hace sus cosas, tú las tuyas
tienen conversaciones estimulantes, producto de la afinidad te-
mática, pero dormir juntos ha dejado de ser una aventura y es
más bien una tolerable molestia.

La forma en que Carla desabotona tu camisa o juega con la cremallera del pantalón: hay destreza en sus manos. Tus medias caen sobre la alfombra y forman una equis. Estás desnudo y el espejo del techo te deforma: no son tuyas esas piernas regordetas, ese tórax desproporcionado con el resto del cuerpo. Y hay tantas arrugas en la cara... Los años no pasan en vano.

Está a punto de bajarse la minifalda cuando la detienes.

—La idea es que no te saques la ropa. Por eso pedí que te vistieras así.

Tiene una mirada vacía, tres lunares en la mejilla izquierda y su manera de hablar es algo antipática. «Darling por aquí, y darling por allá: fucking darling». Se hinca en la cama y juguetea con tu miembro. Suaves mordiscos, la lengua que resbala. Vas a sorprenderla durando mucho, porque mientras haga su trabajo te distraerás pensando en el hombre que descifró Púrpura, y en los anagramas de Bacon en la obra de Shakespeare (por ejemplo, si a las dos últimas líneas del epílogo de La Tempestad –*As you from crimes would pardon'd be/Let your indulgence set me friend*– se les añade una *a*, se puede formar el siguiente anagrama: *Tempest of Francis Bacon, Lord Verulam/Do ye ne'er divulge me ye words)*.

¿Te enamoraste o fue la necesidad la que te llevó a ella? No lo sabes. Lo cierto es que, en tu oficina en el Archivo, comenzaste a extrañar tus horas con Carla y el reencuentro con su cuerpo. Sacaste dinero de tu cuenta de ahorros para pagar su pensión, para que se comprara ropa, para que no necesitara ver a otros hombres (pero, lo sospechas, no tienes suficiente dinero para obtener su exclusividad). Una vez, sin que lo supiera Ruth, la dejaste dormir en el interior del Toyota. Tus visitas al Edificio Dorado después del trabajo se hicieron cotidianas; debiste buscar excusas para explicarle a Ruth tu demora en llegar a casa. Y no la dejaste ni siquiera después de que, un atardecer, descubrieras unas manchas en su antebrazo derecho: la sonriente prostituta se inyectaba drogas. Qué ingenuidad la tuya, no haberte dado cuenta de eso desde el principio. Con razón sus cambios bruscos de humor, sus ojos de mirada vacua, a veces el

ligero temblor en la mandíbula. Se lo preguntaste. Ella, sentada a horcajadas de ti, dejó de moverse y pareció dudar entre decirte la verdad o no; de pronto, se puso a llorar. Entre sollozos, te contó que era adicta a la metadona. Había hecho todo lo posible para escapar pero una y otra vez había sido vencida. Se dedicaba a la prostitución porque tenía muchas deudas. «Por favor, ayúdame», te imploró; sólo quedaban rasgos fantasmales de su similitud con tu hija. Acariciaste sus mejillas cubiertas de lágrimas. Te preguntaste qué era la metadona, cuáles sus efectos. Sospechaste el destino de gran parte del dinero que le dabas. Las marcas tenían la forma de una cruz: no eras religioso, pero sabías hacer caso al mundo cuando éste te hablaba. La abrazaste, te compadeciste de ella: la ayudarías, no podías dejarla sola.

Suena tu Ericsson. Te tienta no contestar. Te tienta aun más contestar. Carla continúa dedicada a tu miembro; elabora una expresión de molestia cuando la interrumpes. Es una llamada de tu casa; ves el número en la pantalla y apagas el celular.

Al rato, cuando te vienes, cuando estallas, recuerdas a tu hija, a la dulce y furtiva Flavia, y te dices que sí, hay alguien a quien crees serle infiel.

Flavia y su mamá cenan a la tenue luz de los candelabros, los rostros trémulos. Papá, que se le ha dado por llegar tarde, dice tener mucho trabajo, las leyes, por lo visto, se pueden alterar a su antojo. Hubo noches en que quiso subir la cena a su cuarto, pero papá se lo impidió: la única regla que se debía respetar en la casa era la de la cena, todos juntos, apagados los proliferantes cables que los conectaban al mundo.

Ruth deja caer el vaso de vino tinto sobre el mantel blanco. Mira la mancha oscura esparcirse por el mantel, no hace ningún gesto por detenerla. Clancy, en la alfombra a los pies de Flavia, alza la cabeza, sobresaltado, y luego vuelve al sueño.

—¿Estás bien? —pregunta Flavia sorbiendo un trago de su refresco de guaraná, un desganado tenedor arrastrando tallarines de un lado a otro.

—No tuve un buen día. Nunca te dediques a la enseñanza. Aprende todo lo que más puedas. Pero no se lo enseñes a nadie. Malagradecidos. Y cada vez es peor. Una pérdida de tiempo.

—Verdad. No sé cómo nos aguantan nuestros profes.

A Ruth le han aparecido canas. Flavia sabe que sus problemas no sólo son del día: arrastra conflictos y convulsiones internas desde hace un buen tiempo. Ha desaparecido su contagiosa carcajada, aquella capaz de hacer temblar cristales (recuerda una escena de la hiperkinética *Corre, Lola, corre,* una de sus películas favoritas). Y bebe cada vez más, a espaldas de todos. La sirvienta le ha mostrado a Flavia, en el garaje, las vacías botellas de vodka, ese alcohol blanco que sirve para hacerle creer a su marido que está bebiendo agua. ¿Cómo decirle que podría comprenderla, que estaría dispuesta a escucharla si se animara a confiar en ella? Imposible romper las barreras. Lo mismo con papá. Los adultos viven en un país en el que las cosas se hacen de manera diferente. ¿Sería ése su destino, cruzaría algún día la frontera que separaba a ese territorio extraño del suyo, se convertiría en un adulto más, incapaz de entender a los adolescentes?

—Hace días que se me ha dado por sangrar de la nariz –dice Ruth—. Al principio no me preocupé. Pero ya son varias veces. Hoy fui al médico a que me hicieran una revisión general. Me hicieron unos tests, una endoscopía. Creen que es una vena en mi nariz la que me está dando problemas. Pronto me darán los resultados.

—¿Lo sabe papá? —el tono es despreocupado. Debería fingir un poco más de interés. Conoce lo hipocondriaca que es su mamá.

—No sabe nada de lo que ocurre en esta casa. No creo que le interese.

—No es verdad.

—Cierto. Eres su hijita querida. Me salió sangre después de un incidente en clases. Me ocurre en momentos de estrés. De frustración. Que son muchos, últimamente.

—¿Estás frustrada?

—Nunca te dediques a la enseñanza.

Enciende un cigarrillo y le da permiso para retirarse. Flavia se levanta de la mesa, mamá fuma mucho, una cajetilla al día, será eso, mejor si no se lo menciono... se le meterá a la cabeza y nos jodimos. Tabaco negro, el olor violento se adhiere a la ropa, a las cortinas, a los muebles: hace mucho que ha tomado la casa para no irse más. Está en los cuadros del living, en las fotos de familia en las paredes, en las lámparas de las habitaciones, que hace meses funcionan a media luz, como árboles con un par de ramas cortadas una vez restringida la cantidad de focos que funcionan (hay que ahorrar, no se sabe qué va a pasar con la cuenta de luz, si seguirá subiendo de forma exorbitante o si el gobierno congelará las tarifas).

Clancy se ha despertado y la sigue a su habitación; sus uñas rasgan el parquet con estridencia, hay que cortarlas. Sin encender la luz, Flavia camina descalza al lado del escritorio con sus dos computadoras ronroneantes y las paredes con afiches de películas japonesas y la cama de sábanas rosadas y los estantes con su numerosa colección de juegos de mesa (*El juego de la vida, Clue, Risk, Monopolio:* resabios de una infancia y una adolescencia temprana vividas lejos de cualquier tipo de pantalla: le suena inverosímil, pero alguna vez existió ese momento).

Un hacker se reiría de la pulcritud de su cuarto, de los toques infantiles y los femeninos. Ella no es una hacker, aunque podría ser capaz de serlo; alguna vez lo fue, a los catorce años: acababa de descubrir el poder de las computadoras y le gustaba divertirse a costa de las pocas amigas que tenían computadoras, e ingresaba en sus Compaqs y Macs y hacía que el mouse hiciera movimientos extraños, o que la pantalla se apagara y encendiera, cosas inocuas por el estilo. Y luego las amigas contaban en clase que sus computadoras parecían poseídas por una fuerza extraña y Flavia se reía para sí misma de su ingenuidad, y se ofrecía, burlona, a hacer un ritual de magia negra para desencantarlas.

Ayuda a Clancy a subir a la cama. Que no lo vea su mamá, protesta por el olor que deja en los cobertores.

En la oscuridad, se recortan en la ventana, nítidas, las siluetas amenazantes de los árboles y las casas vecinas de la urbanización. Es una sombra que mira a otras sombras. Una sensación de desasosiego que no la abandona desde el día, hace un par de años, en que llegaron a vivir aquí. Todas las casas iguales, simétricas, alineadas frente a frente; las paredes pintadas con los mismos colores crema, las tejas de un rojo intenso, el balcón con gótica baranda metálica, la chimenea de adorno. El césped cortado en la vereda, los claveles, las cucardas y los gomeros.

Mira las ventanas luminosas de las casas, portales de acceso a otros mundos, tan similares y diferentes al suyo. Alguien que mira un partido de fútbol en la televisión mira el documental de *Taxi Driver* en un DVD navega en la red visita el Playground chatea imprime fotos pornográficas de sexo.com visita el sitio del Subcomandante Marcos lee echada en su cama hackea un casino virtual se masturba en el baño llama a su novio por celular escribe un poema en una laptop descarga una canción quema un compact mira con tristeza una postal de Nueva York en la que se observan las Torres Gemelas al fondo una pareja que discute o hace el amor o discute mientras hace el amor una niña que juega con su gato un bebé que duerme con la boca abierta después de un largo día de juegos alguien que cocina que escucha un concierto en rollingstone.com algún pirómano planeando su próximo incendio.

Alguien que, con las luces apagadas de su habitación, intenta olvidarse del mundo y crear un espacio de silencio para la introspección.

¿Por qué separarse del mundo? La belleza está en todas partes, una es parte de un gran continuo, debe abrazar esa red de conexiones en la que se halla sumergida.

El muchacho que conoció hace unos días al bajar del micro. Rafael. ¿Sería...? Se dirige a su escritorio, enciende una de sus computadoras. Revisa emails con información confidencial, lee las noticias de último momento. Un grupo de hackers se apodera de varios sitios del gobierno y empresas privadas (entre ellos, GlobaLux). También ha enviado un virus a las computadoras de algunos organismos del Estado. Un email de un cracker amigo le había advertido que eso ocurriría con dos días de anticipación. El ministro de Gobierno declara emergencia ante «este ataque concertado». Flavia lee la información: aunque hace esfuerzos por mantener su objetividad periodística, le apasiona saber que la Resistencia es un grupo local de hackers. Hace cuatro años que se especializa en la comunidad de los hackers; tiene alrededor de tres mil archivos de hackers, la mayoría de ellos latinoamericanos. Sus computadoras buscan y archivan las comunicaciones entre hackers en salones de chateo, en IRC (Internet Relay Chat) y en el Playground. Esa información le ha permitido compilar los archivos y hacer de TodoHacker un sitio al que recurren, aunque no les guste confesarlo, los medios de comunicación y los servicios de inteligencia del Estado. Pocos en Río Fugitivo saben tanto del tema como ella.

Revisa en los archivos y prepara una serie de identikits de los hackers de la Resistencia. Son identikits especulativos, pues en realidad no sabe quiénes forman parte del grupo. Ni siquiera está segura si los hackers que habían aparecido muertos eran miembros de la Resistencia. Ni siquiera sé si Vivas y Padilla eran hackers, la información que me dieron puede ser falsa.

Le gustaría conseguir una foto de Kandinsky para ponerla en su sitio. Se haría famosa con esa exclusiva. Nadie sabe quién es él, nadie conoce su rostro. Aunque, si lo hiciera, se metería en problemas. ¿No había sido una advertencia su encuentro con Rafael? Hacía dos años, cuando ayudó a la Cámara Negra a capturar a un par de hackers, había recibido amenazas de muerte; su sitio fue atacado con DOS muchas veces (DOS significaba *denial of service*, o rechazo de servicio: se instruía a una computadora a que mandara correos electrónicos sin cesar a determinada dirección; la congestión terminaba por colgar al sitio). Desde ese entonces, se había prometido ser más neutral en el tema, dedicarse sobre todo a informar. Mantiene una relación de amor y odio con los hackers: dicen preferir el secreto y el anonimato, pero también les gusta que se difundan sus nombres de guerra cuando logran hacer algo para ellos digno de admiración. Mientras perciban que es independiente, la dejarán en paz. Pero, por lo visto, los de la Resistencia ni siquiera quieren que se informe mucho sobre ellos.

Flavia tiene una corazonada: Rafael es Kandinsky. Increíble si fuera cierta, pero, ¿por qué no?

Necesita crear alguna identidad falsa y recorrer con ella salones de chateo y canales de IRC, o algunos barrios en el Playground, para enterarse de alguna novedad: los hackers viven en la sombra, pero no pueden permanecer callados, tarde o temprano necesitan relatar sus hazañas a alguien. Los hackers son grandes narradores.

Se decide por el Playground. Hacía poco más de un año, tres adolescentes que acababan de graduarse del colegio

San Ignacio se habían prestado dinero de sus papás para adquirir la franquicia del Playground para Bolivia. Creado por una corporación finlandesa, el Playground era al mismo tiempo un juego virtual y una comunidad en línea. Allí, cualquier individuo, por medio de una suma mensual básica –veinte dólares que podían convertirse en mucho más de acuerdo al tiempo de uso–, creaba su avatar o utilizaba uno de los que el Playground ponía a la venta, e intentaba sobrevivir en un territorio apocalíptico gobernado con mano dura por una corporación. El año en que transcurría el juego era 2019. El Playground era exitoso en varios países; Bolivia no había sido la excepción. Comenzó con los jóvenes de la clase media en las principales ciudades del país, y poco a poco se fue extendiendo a los papás, incluso a algunos abuelos. Flavia pasaba muchas horas al día allí, había gastado sus ahorros y le debía mucho dinero a su papá; una y otra vez le prometía que el próximo mes limitaría sus visitas. Intentaba hacerlo, pero carecía de fuerza de voluntad. Los sociólogos hablaban del «efecto Playground» para referirse a los problemas económicos que su abuso ocasionaba en los jóvenes.

En la parte superior izquierda en la pantalla, Flavia observa el número de horas que le queda para el resto del mes. No muchas. De todos modos, no importa: si se le acaban, comprará horas extra. ¿De dónde conseguir dinero? Cuando Albert estaba a cargo de la Cámara Negra, solía comisionarle ciertos trabajos que le dejaban unos pesos. Se había quedado sin esa entrada y TodoHacker tampoco le reportaba dividendos, pues lo hacía por pura afición. Debía hacer que sus habilidades se tornaran redituables.

Le ha mentido a Rafael: por supuesto, tiene varias identidades recurrentes y otras que crea a medida que las necesita. Asume la de Erin, una hacker en busca de alguien que la guíe, un mentor, una figura paternal.

Jeans, botas, chamarra negra, anteojos Ray-ban: Erin camina por las calles del Boulevard, la zona central del Playground. Las luces de neón de los bares y las discotecas, el estilo art deco de los negocios: la pantalla está sobresaturada de colores chillones y en las calles hay ruido de autos y motocicletas, de voces y vitrolas. Un par de semanas atrás, en el Golden Strip, se había sentido observada por un extraño que tomaba un martini en la barra. Moreno, apuesto, un largo sobretodo negro: ¿sería él una de las identidades del hombre que se hacía llamar Rafael?

Se dirige al Golden Strip.

Una pelea callejera. Dos hombres en medio de un círculo agitado, uno con una navaja en la mano, otro esgrimiendo un pedazo filudo de una botella de cerveza. El barrio en el que se encuentra el Golden Strip es peligroso, la policía lo ha abandonado a los traficantes de drogas y a las putas. A Erin le atrae esa sensación de la inminencia de un acontecimiento inesperado. La última vez había terminado la noche en la habitación de un sórdido hotel de paso, con una tailandesa de piel moca y cicatriz en una mejilla.

No se detiene a ver el desenlace de la pelea. Al lado del Golden Strip resplandece el letrero de otro bar: Mandala. Rafael le había mencionado esa palabra. Decide ingresar a Mandala. Se dirige a la barra, acosada por una rubia de senos enormes que le pregunta si quiere acción. *Sí, pero no contigo.* Pide un shot de tequila.

Al rato, el hombre moreno se sienta a su lado. Pese a que no lleva el sobretodo, lo reconoce: es el mismo de la otra vez.

```
Ridley: crei q ya nunk + vndrias
Erin: hay q tnr fe sobre todo si los
ncuntros kllejros c hacn dificils d
olvidar
```

Flavia jamás sería capaz de decir esa frase en persona.

```
Ridley: q ncuntro kllejro
Erin: 1 n una galaxia no muy distant
Ridley: t stas confundindo mi nombre
s ridley
Erin: kndnsky
Ridley: ridley
```

Erin lo mira de cerca, trata de adivinar tras sus rasgos los de Rafael.

```
Ridley: tngo 1 rostro parecido al d
muchos no somos muy imaginativos
scogmos los mismos avatars altos
apustos morenos antojos largos so-
breto2 tambin sta la Qstion d la tc-
nologia notoriamnt retrasada n sto d
los dtalls facials llegara 1 dia
```

Flavia se dice que si la policía no interviene, lo harán los agentes privados de seguridad del Playground. La persona que controla a ese avatar acaba de cometer el pecado capital: en el Playground están prohibidas las referencias a la naturaleza digital de los personajes. En los días iniciales del Playground ese tipo de conversaciones era frecuente; sin embargo, hubo un movimiento que luchó con denuedo por prohibirlas, y logró imponer su visión de un universo digital en el que las reglas de etiqueta impedían romper el principio de ilusión, y suspendían la incredulidad para lograr que la representación fuera asumida como verdad. Cuando iba al Playground, Flavia hacía todo lo posible por no mencionar el mundo que la esperaba el momento en que apagara la computadora (eso no impedía que a veces se le escapara: por ejemplo, su referencia al «encuentro callejero en una galaxia no muy lejana»; una infracción de segundo orden: no había referencias a la naturaleza digital de los personajes, sí a la realidad real).

En la pantalla aparecen dos hombres armados, el uniforme azul marino de los agentes de seguridad del Playground. Le leen sus derechos a Ridley. Ridley se despide de Erin estrechándole la mano, se da la vuelta y se deja escoltar por los guardias. Al llegar a la puerta, sorprende a uno de ellos con un golpe en el cuello y sale corriendo. El guardia cae al suelo, se revuelca de dolor mientras su compañero sale tras Ridley.

Flavia observa en la pantalla una panorámica tomada desde un helicóptero de seguridad que sobrevuela el Playground. La potente luz de un reflector se desliza por las calles del Boulevard hasta enfocar a Ridley; acto seguido, se escuchan unos disparos de metralleta desde el helicóptero. Ridley recibe una bala en el brazo, pero logra escapar perdiéndose por una calle estrecha y atosigada de basuras.

Tocan a la puerta. Flavia tiene tiempo para colocar un screensaver de Dennis Moran Junior sobre la imagen de Mandala.

—¿Cómo estás, princesita? —es su papá, una sonrisa forzada—. Disculpa que no haya llegado a la cena. El trabajo me tiene loco. Para colmo hay una emergencia.

Ella se levanta, le da un beso, huele su aliento a whisky. ¿A quién quería engañar?

Princesita. Hay algo en el trato de su papá hacia ella que la molesta. Esa sensación ha aparecido con fuerza las últimas semanas. Todavía no sabe muy bien lo que significa. O quizás sí. Quizás se esté dando cuenta de que, por más que hiciera los esfuerzos más grandes, habría ciertos actos que serían imposibles de olvidar. Podría vivir algunos años como si nada hubiera ocurrido pero, a la larga, los recuerdos volverían.

9

Ramírez-Graham ingresa al salón de intercepciones escoltado por Baez y Santana. Baez había trabajado un tiempo con los administradores del Playground, se especializaba en rastrear a los hackers que intentaban penetrar sistemas de seguridad; Santana era un experto en la nueva y letal generación de virus con la que programadores maliciosos infectaban las computadoras en la red. Ramírez-Graham, embarcado en su proyecto de renovación, había dejado de contratar a los lingüistas y profesionales de las humanidades de los que se rodeaba Albert, y dejado que los puestos principales de la Cámara Negra fueran copados por analistas informáticos. Era cierto que había muchos puntos de contacto entre ciertas áreas de la lingüística moderna y el lenguaje de programación de computadoras; de hecho, había conocido en la NSA a muchos lingüistas que se habían reciclado como expertos en los diversos lenguajes de las computadoras. Sin embargo, se trataba de una cuestión de énfasis: si la prioridad era el cibercrimen, prefería a gente preparada en informática que también supiera de lingüística, y no viceversa.

Ya están sentados en la mesa los otros miembros del comité central (Marisa Ivanovic, Ivo Vaca Diez, Johnny Cabrera). La luz hepática del final de la tarde se cuela por las ventanas y dota sus semblantes de palidez. Una foto enorme de Albert en blanco y negro domina la sala desde una de las paredes. Hay carpetas esparcidas en la mesa; en un pizarrón se encuentra un mapa de Río Fugitivo con unas cruces rojas diseminadas en desorden. Son los lugares donde se hallan las computadoras que han enviado el virus a las oficinas del gobierno. *La escena del crimen es toda la ciudad.* All the fucking city.

—¿Novedades? —dice, sentándose—. Sin pérdida de tiempo. Estoy cansado de este juego. Si alguien es más inteligente que la Cámara Negra, y por lo tanto que el Servicio de Inteligencia, entonces, ¿para qué continuar?

Cuando está molesto, su acento norteamericano abruma y hace olvidar la sintaxis casi perfecta de su español. El efecto es desconcertante: un extranjero parece estar a cargo de uno de los puestos más importantes del gobierno. Bueno, Ramírez-Graham es un extranjero.

—Las computadoras que han enviado el virus pertenecen tanto a domicilios particulares como a cafés internet, centros de investigación y oficinas públicas.

La que acaba de hablar es Marisa Ivanovic, la primera mujer en formar parte del comité central; se ha beneficiado de la formación norteamericana de Ramírez-Graham, que es muy consciente, a veces de manera forzada, de la idea de diversidad. Es cochabambina, tiene una maestría en informática, no usa maquillaje y su único toque femenino es un par de aretes discretos. Ramírez-Graham la admira: sabe lo difícil que es para los mujeres ingresar al campo de la computación, mantenerse en éste, encontrar su voz.

—Lo cual indica...

—Esas computadoras fueron usadas vía telnet para lanzar el ataque. Sus dueños son inocentes. Estamos rastreando los pasos del virus, las huellas digitales, si me permite la redundancia. Pero lo más probable es que no encontremos el origen, la computadora madre. Como las otras veces. Los de la Resistencia suelen ser muy cuidadosos.

Ramírez-Graham cree detectar un tono de admiración en la voz de Ivanovic. Ése es uno de los problemas: la gente que trabaja para él está seducida por la idea romántica del hacker que divulgan los medios. La mitología de Kandinsky: un hacker local, que alguna vez fue capaz de infiltrarse en los sistemas de seguridad del Pentágono –no hay pruebas de eso, pero lo dice la leyenda, que no necesita de la verdad para establecerse como verdad–, y que ha podido paralizar con facilidad al gobierno nacional cuando le ha dado la gana. Ante el glamour contracultural del hacker, poco pueden quienes trabajan de correctos policías al servicio de la ley.

—¿Se han investigado los códigos usados para la creación del virus?

—Esto es muy reciente —dice Santana—. Por lo pronto, lo único concreto es que lleva la firma de la Resistencia. Es un trabajo delicado, con toda probabilidad obra de Kandinsky o uno de sus colaboradores más cercanos. Nada de script kiddies. Me animaría a decir que es una nueva versión de Simile.D.

Santana sabía mucho de los worms utilizados por la Resistencia: Code Red, Nimda, Klez.h y Simile.D. Simile.D era un «virus conceptual» (una muestra de laboratorio que los programadores habían hecho pública para que otros la vieran) que, al ser capaz de cambiar sus características sobre la marcha, podía burlar los programas antivirus que rastreaban las «huellas digitales» del código (y que habían podido detener, por ejemplo, a Klez.h). En esos casos, lo único que podían hacer los programas antivirus era rastrear conductas parecidas a las de un virus, buscar formas de replicar las estructuras programadas en una rutina de encriptado modelada para ocultar un virus, o estudiar el código mismo del virus. No era difícil hacerlo, pero tomaba mucho tiempo, por lo cual Santana había recomendado otras formas de mantener la seguridad del sistema: aceptar códigos que tuvieran firmas digitales de fuentes confiables y mantener una base de datos con todos los códigos aceptables en el sistema. Para ello se necesitaba de un presupuesto del que Ramírez-Graham no disponía.

—No hay ningún tipo de estructura —dice Baez—. No se forman dibujos en el mapa de la ciudad, no aparecen rostros en el código binario... Kandinsky no es tan obvio como Red Scharlach. Su laberinto no tiene orden.

Ah, las alusiones literarias de Baez. De todos los miembros del comité central, es el único que parece interesado no sólo en su trabajo sino en todo lo que lo rodea, en la situación política, en la crisis económica. Incluso ha descubierto que lee mucho. Se ríe de la manera en que se viste: hace esfuerzos por ser elegante, pero se le escapan los pequeños detalles, las medias blancas con un traje negro o el tono chillón de la corbata. Él había sido así, un desprolijo programador más, hasta conocer a Svetlana.

Ramírez-Graham cree ver unos globos amarillos y rojos sobre la mesa. Los globos van subiendo hacia el techo; una mano se acerca y con un alfiler los pincha. El estruendo lo ensordece. Se sorprende al descubrir que nadie más en la Sala los ha visto. Se restriega los párpados. ¿Debería ir al médico?

—Entonces —dice—, quizás su desorden es una forma de orden…

—Como en la geometría fractal —interrumpe Baez.

—Por favor —continúa Ramírez Graham—, ponen todas las coordenadas en el mapa en un algoritmo de progresiones. Quizás eso nos puede dar el punto que continúa a estos puntos. Quizás uno de los lugares del próximo ataque. O quizás el lugar de origen de éste.

—Ya lo hice —dice Vaca Diez, un cruceño que había estudiado matemáticas en el Brasil—. Se sorprenderá del resultado. Me da el centro comercial XXI. Es decir, el edificio en el que usted vive. Las computadoras no fueron elegidas al azar. Fueron escogidas anticipando que trataríamos de hacer lo que usted acaba de sugerir.

—Bromistas, de paso. Se hacen la burla de nosotros, y no lo podemos impedir. Pero quiero que están seguros de que esta vez rodarán cabezas si no logramos desarticular a la susodicha Resistencia. Hay molestia en las altas esferas.

—Qué bonito está esto —dice Baez—. Quizás sea bueno decirles que no se puede esperar todo de nosotros. Podemos interceptar mucha información y seremos muy eficientes para descifrar toda la que se encripta de forma low tech, que para nuestra suerte es todavía la más usada en este país. Pero si nos toca gente que sabe programar computadoras, no hay mucho que podamos hacer. Y habrá cada vez más de esto.

—Si radicalizamos tu argumento, entonces no se necesita más de nosotros —dice Ramírez-Graham—. En vez de reorganizar la Cámara Negra, mejor la cerramos.

—Quizás hace mucho que no se necesita de nosotros —dice Baez—. Hay que admitirlo: no podemos contra hackers medianamente preparados. Ni siquiera podemos leer fácilmente emails encriptados con un buen software de los que se compran en la calle. A menos que cada uno de nosotros se dedique tres meses a tratar de penetrar en el código.

Baez hace una pausa, mira los rostros que lo rodean como cerciorándose de que están pendientes de sus palabras. Su único defecto, piensa Ramírez-Graham: siempre tratando de robarse el show.

—Nuestra suerte ha sido que nos ha tocado trabajar en Río Fugitivo —continúa Baez—. Y nos entretenemos interceptando y descifrando códigos caseros, pero cuando viene algo de verdad, entonces, entonces...

Una atmósfera pesimista invade el salón. Ramírez-Graham piensa que meses de continuas derrotas a manos de la Resistencia han llevado a su equipo a una sensación de impotencia, de desconfianza ante la utilidad de su propio trabajo. Los había elegido después de una larga y cuidadosa búsqueda, había confiado en ellos porque creía que se encontraban entre los mejores analistas y programadores de computación de los que podía disponer en el país, y le molestaba que se sintieran vencidos tan pronto. Lo peor de todo era que quizás tuvieran razón. Había pasado por una crisis similar sus últimos meses en la NSA. Por eso estaba aquí. Pero por lo visto el problema ya no podía solucionarse con un cambio de ubicación geográfica; se había vuelto inherente a la profesión. Estaba programado en el código del criptoanalista de hoy.

Quisiera darles la razón. Pero es el jefe, y como tal debe dar ejemplo de liderazgo.

—No es momento para cuestionamientos existenciales —hace una pausa para tomar un sorbo de la Coca-Cola—. Agarramos a Kandinsky y les prometo que pagaré de mi bolsillo un mes de psicoanálisis para cada uno de ustedes.

Hay risas contenidas. Ramírez-Graham siente que unas manos de dedos finos y perfumados le cubren los ojos.

Son las manos de Svetlana. Cierra los ojos; los abrirá y se encontrará con ella. Quiere que ella esté allí, con sus botas Donna Karan y su cartera Moschino, siempre tan elegante, y le sonría con dulzura y le diga all is forgiven, y lo conduzca a una casa en una esquina, y le señale los columpios y resbalines en el jardín y le diga que ésa es la guardería de su hijo. Our son, dice en inglés. Daycare, dice en inglés.

Abre los ojos. Sus subordinados lo miran con extrañeza.

—Es hora de ser creativos —dice, aparentando que nada ha ocurrido—. Escucho sus opiniones. Estoy abierto a sugerencias.

I'm open to suggestions… A veces traduce del inglés. No lo puede evitar: sus procesos mentales se llevan a cabo en inglés.

—Ya hemos hecho un par de cosas —dice Ivanovic—. El virus estaba programado para que las computadoras infectadas lanzaran un ataque de rechazo de servicio a determinada hora, dirigido a todas las computadoras que hasta ese momento se habían salvado del ataque. Eso hubiera hecho que se cayera todo el sistema. Hemos bloqueado la dirección del proveedor de internet desde el que vino el ataque. Primero pensamos en cambiar solamente las direcciones del Palacio Quemado y otras dependencias del gobierno, de GlobalLux y de la Cámara Negra. Pero el ataque igual hubiera seguido ocurriendo y hubiera debilitado aun más toda la estructura de la red. Igual, también hicimos eso.

—Está muy bien. Pero ésa es la defensa, y a mí me interesa el ataque.

—Si me permite —dice Ivanovic—, esto lo he estado hablando con Baez. Quizás sea hora de intentar conseguir información por métodos no tan ortodoxos.

—Con lo cual volvemos a lo mismo —dice Santana—. ¿Para qué existimos?

—No necesariamente —dice Baez—. Albert también tenía informantes a quienes les pagaba para que consiguieran información. A veces es necesario. ¿Cuántos códigos fueron realmente descifrados durante la guerra fría? Muchos fueron conseguidos gracias al trabajo de los espías. Así se ahorraba tiempo y dinero. Si me permite, y espero que no lo tome a crítica, usted tiene una visión muy purista de lo que hacemos. Como que la inteligencia será suficiente para desarticular los códigos. Y a veces no lo es.

A Ramírez-Graham no le gusta la crítica, pero lo disimula: debe jugar limpio con ellos. Después de todo, les ha permitido sugerir cosas que se apartan de la norma. Thinking outside the box is good, thinking outside the box is good...

—Está bien —dice—. ¿Piensan en alguien en particular?

—Hay muchos Ratas —dice Cabrera—. Cualquiera de ellos nos podría ayudar.

—Los Ratas son corruptos —dice Santana—, y muchas veces venden información falsa. Pregunten a los colegas del SIN, que se han limpiado a unos cuantos inocentes por seguir a pies juntillas la información de los Ratas.

—Yo creo que sé quién nos puede ayudar —dice Marisa Ivanovic—. De hecho, sé que Albert recurría a ella sus últimos meses en el trabajo. Es una chiquilla, debe estar todavía en colegio. Se llama Flavia y mantiene el site más actualizado de hackers latinoamericanos. A veces, no sé cómo, logra entrevistas exclusivas con ellos.

—¿Es de aquí? —pregunta Ramírez-Graham— ¿De Río Fugitivo?

—Ajá —dice Baez—. Respetable, pero no tan buena como la pinta Marisa.

—Es la hija de Turing —dice Ivanovic, con una sonrisa aflorando en los labios—. Y lo siento, pero tus prejuicios te están haciendo hablar. Flavia no sólo es buena. Es buenísima.

—¿De nuestro Turing? —pregunta Ramírez-Graham, con la sospecha de que se están burlando de él.

—¿Acaso hay otro que esté vivo? —dice Ivanovic, dándole la estocada final.

¿Nuestro Turing? No fucking way!

10

Claras como una feria brillan las nubes. La luna nueva se ha enredado a un mástil. Cada tarde es un puerto. Y yo recuerdo... Porque no sé qué más hacer. Tengo una oscura pasionaria en la mano. La cara taciturna y singularmente remota... Las manos afiladas de trenzador. Recuerdo mi voz... Que ya no puedo escuchar. Pausada. Resentida. Nasal. De vez en cuando un silbido.

Soy una hormiga eléctrica... Y cansada... Me alimentan a través de tubos. Esperan una pronta resurrección... Ni lo uno ni lo otro. No moriré.

Estoy cansado... Sombras y sombras visitan la habitación. Quién diría. Llegué aquí hace muchos años. Que no son nada desde mi perspectiva. Y me fui quedando.

Vienen los ex compañeros de trabajo. Se sientan. Miran el reloj. Pasan los minutos. Están apurados. Se acaba el día. Turing se puede quedar toda la tarde. Espera el oráculo... La frase que descifrará... Que le permitirá continuar la semana... El mes... El año.

Pobre Turing. No sabe ser feliz. No ha cambiado desde que lo conocí. Cuando era Miguel Sáenz y no sabía de la existencia de Turing. Un día bochornoso... Una tormenta color pizarra escondía el cielo. Se enloquecían los árboles. Vino solo. En busca de empleo. Para él y su esposa... Habían sido recomendados. Me habían dicho que tenían talento. Podían servirnos. Podían servir a Montenegro. Podían servirme...

Fue mi idea. Como en Bletchley Park... Lingüistas. Matemáticos. Expertos en resolver crucigramas. Ajedrecistas... Gente que utilizara el intelecto. Que supiera de lógica. Como Turing... Quién diría. Se anunciaba como el más brillante.

Terminó siendo el más brillante. Y el más útil… Tenía buena memoria. Además. Sólo le interesaba eso. Quería ser una computadora humana. Pura lógica… O al menos así me parecía…

Recuerdo el cigarrillo en el duro rostro. El sobretodo gris. Contra el nubarrón ya sin límites en ese parque. Pero no sabía que podía tener prodigiosa memoria y aun eso era poco para mí. Que era la Memoria. Del Criptoanálisis. De la Criptografía. ¿O son una las dos?

En esos días yo estudiaba latín… Estudiaba en mis ratos libres. Entre entrevistas. Le impresionaron los libros en mi maletín. *De viris illustribus* de Lhomond… El *Thesaurus* de Quicherat. Los comentarios de Julio César. Ese gran criptógrafo… Un volumen impar de la *Naturalis historia* de Plinio.

Le impresionó más escuchar mis anécdotas de la profesión para la cual lo quería reclutar… Recorrer siglos como si fueran tardes… Contar detalles como si yo hubiera estado allí. Como si fuera inmortal…

Lo cierto es que él no lo sabía. Tal vez todos sabemos profundamente que somos inmortales… Tarde o temprano. Todo hombre hará todas las cosas y sabrá todo.

Nada le impresionó más que mi relato de 1586. De mi participación en la celada de Walsingham contra María. Reina de Escocia… Yo en ese entonces era Thomas Phelippes. En medio de la tormenta… Ambos absortos. Yo le hablaba al futuro Turing de Phelippes. Como si Phelippes fuera otro… Pero Turing sentía que yo conocía demasiado de Phelippes. Sentía a Phelippes. Hubiera querido ser Phelippes… Le decía. Qué no hubiera dado por ser él. Por participar. De algún modo. De la historia…

Hormiga eléctrica. Llegada a Río Fugitivo quién sabe por qué. Tempus Fugit…

María había sido acusada de conspirar contra su prima Elizabeth. Reina de Inglaterra… María quería el reino de Inglaterra para ella. Había huido de Escocia… Era una reina católica y los nobles protestantes organizaron una revuelta contra ella. La metieron a la cárcel. La obligaron a abdicar… Un año después María escapó de prisión. Quiso recuperar el trono pero las tropas leales a ella fueron derrotadas en la batalla de Langside. Cerca de Glasgow…

Datos y más datos. Fechas y más fechas. Nombres y más nombres. Todo se puede cifrar en un código. La historia se puede cifrar… Acaso nuestra vida no es más que un mensaje en código a la espera de su descifrador… Así se entendería tanto extravío.

El guardia ha dejado la ventana abierta. O quizás fue la enfermera. Una cálida brisa ingresa al cuarto… Me acaricia. Trinan los pájaros en los árboles… Como trinaban en el verde valle. Del que tengo memorias.

Qué valle. Qué época de mi vida. Las torres medievales. Un colibrí suspendido en el aire. Segundos. Que parecen minutos. El tiempo no fluye… Fluye. Pero no.

Cambiará el clima. Pronto se pondrá a llover. Así han sido todos estos días.

María encontró refugio en Inglaterra. Elizabeth era protestante y tenía miedo a María… Los ingleses católicos veían a María como su reina. No a Elizabeth. Decidió encerrarla en arresto domiciliario por veinte años. Pobre María. Dicen que era muy hermosa… Inteligente… Desafortunada… Recuerdo el vestido de terciopelo negro el día en que fue ejecutada. La gracia de su acento. Sus modales suaves. Ya no era la misma. La piel gastada. Las enfermedades continuas… La religión y sus guerras. La pérdida del reino…

El futuro Turing me escuchaba boquiabierto. Prendido de mis palabras bajo la terca lluvia… Acaso le seducía la superficie. Acaso buscaba los mensajes que el relato ocultaba… El que se mete con códigos jamás descansa en la búsqueda. Está alerta a los mensajes que otros quieren enviar. Está alerta al mundo. Está alerta a sus propios mensajes… Que acaso alguien dentro suyo envía sin que él lo sepa. Sospecha de sí mismo… Nadie dijo que esta profesión atrajera a gente equilibrada. La enfermiza patología del criptoanalista. La paranoica patología del criptoanalista.

El que a código mata a código muere.

Cuando se cumplían veinte años de arresto. Sir Francis Walsingham. Ministro de Elizabeth... Creador de una policía secreta con cincuenta y tres agentes en todo el continente europeo. Maquiavélico... Si la palabra no estuviera tan gastada. Pero pasan los años y todo se gasta... Infiltró el entorno de María. Puso a uno de sus hombres como mensajero de María.

Un seguidor de María. Babbington. De sólo veinticuatro años. Concibió un plan ambicioso. Liberarla... Luego asesinar a Elizabeth para que una rebelión de católicos ingleses pusiera a María en el trono de Inglaterra. María enviaba mensajes en código a sus seguidores... El mensajero... Antes de entregar las cartas. Las copiaba y se las entregaba a Walsingham. Sir Francis tenía a su servicio a un experimentado criptologista. Phelippes. Sir Francis sabía que los imperios no sólo se ganan o mantienen con armas. También hay que saber leer mensajes secretos.

Descifrarlos... Decodificarlos... Desarmarlos...

Hay que saber leer las palabras que están detrás de las palabras. Eso es lo que quiero para usted. Futuro Turing.... Que me ayude a mantener este gobierno en el poder. Con tantos conspiradores dando vueltas. Necesitamos militares y paramilitares. Gente entrenada para matar... Pero también necesitamos criptólogos... Gente entrenada para pensar. O para descifrar el pensamiento de otros... Las ideas escondidas en la bruma de las letras... Llovía. Podía ver que mis palabras eran convincentes. Podía ver que el futuro Turing ya nunca más se iría de mi lado.

Escupo sangre. Duermo con los ojos abiertos. Tiemblo en las noches. El cuerpo se rebela... ¿Pueden morir los inmortales? ¿Vine a Río Fugitivo a morir?

Debí hacer algo malo para ser enviado a este país. Después de estar en los grandes centros de la civilización... En las metrópolis... Decidiendo el destino del planeta. Me toca esta periferia de la periferia... Mas uno no discute. Hace lo que tiene que hacer. Y lo he hecho bien... Lo he hecho bien... Puedo continuar en paz mi camino. Este Estado tiene un digno servicio secreto de inteligencia… Hay democracia hoy. Pero el que quiera podría intentar perpetuarse en el poder… La infraestructura es sólida. El que quiera contar secretos a espaldas del Estado. Tiene los días contados…

Y mientras tanto. Escupo sangre.

Y quisiera saber cómo fue que pensé lo que pensé. Cómo fue que decidí lo que decidí. Es muy difícil pensar cómo pensó uno.

Uno se muerde la cola.

Las cartas entre Babbington y María estaban cifradas en un nomenclator con veintitrés símbolos correspondientes a las letras del alfabeto… Exceptuando J. V. W. y treinta y seis símbolos más que representaban palabras o frases. *And. For. With. Your Name. Send. Myne.* Etcétera. Lamentablemente para ellos… Walsingham creía en la importancia del criptoanálisis. Desde que cayó en sus manos un libro de Girolamo Cardano… Gran matemático y criptógrafo. Autor del primer libro sobre teoría de probabilidades. Creador de una grilla esteganográfica y del primer sistema de autoclave…

Walsingham tenía una escuela para descifradores de códigos en Londres. Cualquier gobierno que se respete debía tenerlos a su disposición… Phelippes era su secretario de códigos. Eso le decía al futuro Turing… Yo era su secretario de códigos. Era bajo. Barbado. Tenía el rostro picado de viruela… No veía bien. Andaba por los treinta años. Era lingüista. Sabía francés. Italiano. Español. Alemán… Era ya un criptoanalista famoso en Europa. Phelippes. Le decía al futuro Turing mientras caía la tormenta… Me costaba hablar en tercera persona. Pero así era mi vida. Así es mi vida. Primera y tercera persona a la vez. Siempre.

Los mensajes entre Babbington y María se podían descifrar con un simple análisis de frecuencias… Babbington y María. Confiados en que usaban un sistema seguro de comunicación. Hablaban cada vez con más franqueza de sus planes de asesinar a Elizabeth… El mensaje del 17 de julio de 1586 selló el destino de María. Hablaba del *design*… La preocupaba ser liberada antes o al mismo tiempo de la muerte de Elizabeth. Tenía miedo a que sus captores la mataran. Walsingham tenía lo que quería. Pero quería más… Destruir de cuajo la conspiración… Pidió a Phelippes. Me pidió a mí… Falsificar la letra de María y pedir a Babbington que le diera los nombres de los otros conspiradores…

Phelippes era un gran falsificador de letras. Podía falsificar la letra de cualquiera. Yo era un gran falsificador de letras. Podía falsificar la letra de cualquiera… Así lo hice. Así cayeron todos. Pobres Babbington y María… Si se hubieran comunicado sin códigos. Habrían sido más discretos… Pero vivían en un tiempo en el que el criptoanálisis avanzaba más rápido que la criptografía… Un tiempo mágico en el que los descifradores superaban a los encriptadores. Mi reino por un análisis de frecuencias.

El ocho de febrero de 1587 María. Reina de Escocia… Fue ejecutada. Decapitada. En el Gran Hall del castillo de Fotheringhay… Todo esto se lo dije al futuro Turing en medio de la tormenta… La ciudad en la bruma. Como los mensajes. Terminamos empapados… Gruesas gotas corrían por nuestras caras. Los pantalones mojados. Los zapatos encharcados. No importaba… El futuro Turing se vio como Phelippes.

Se vio como yo me veía. Como siempre me vi… Yo que no tengo principio y no sé si tendré fin. Se vio ayudando a desatar una conspiración… Formando parte de la historia. Secreto dueño del secreto… Vio que podía ser más de lo que era. Vio que descifrar códigos no era un juego… Se jugaban vidas. Destinos de países. De imperios. Un desciframiento correcto abolirá el azar…

Desde entonces está conmigo. No me abandona. Hormiga eléctrica… Conectada a tubos que la mantienen con vida. Conectado a tubos que me mantienen con vida… ¿O será que sin tubos igual persistirán los latidos?

11

Ingresas al living con un vaso de whisky en la mano, los hielos entrechocando en el líquido ambarino. Te sientas en el sofá de terciopelo verde y enciendes el televisor, ansioso por demorar el encuentro con Ruth en el dormitorio. Curioso juego sin ganadores: ella hace lo mismo, se encierra en el escritorio preparando clases, corrigiendo exámenes, leyendo biografías de científicos y espías. Hay noches en que el dormitorio se queda vacío hasta la madrugada. A veces te duermes en el sofá, dirigiendo en voz alta improperios contra Ruth, insultos que no recordarás mañana, mientras ella, acuciada por el insomnio, su cuerpo inmune a las pastillas para dormir, se inventa trabajo para llenar las horas.

El whisky ya no arde en tu garganta, resbala con naturalidad, como suele ocurrir ya avanzada la noche, después de los primeros vasos. Te pierdes contando las líneas verticales marrones del sofá. Ciento sesenta y nueve: los números primos te persiguen.

El periodista de barba prolija en el noticiero central informa del ataque perpetrado por La Resistencia y da paso a un corresponsal a las puertas del Palacio de Gobierno. El virus se ha diseminado con rapidez por las computadoras del Estado, y tampoco hay sitio del gobierno que no se halle interferido (del ataque no se ha librado GlobaLux). Imágenes del graffiti colocado en los sitios: fotos de Montenegro con una soga al cuello, insultos a los tecnócratas que gobiernan el país sin entenderlo. El ministro de Gobierno ha declarado estado de emergencia. La Central Obrera y destacados líderes cívicos y campesinos han anunciado su solidaridad con los piratas informáticos. La Coalición continúa con los preparativos para bloquear Río

Fugitivo mañana. Imaginas a los jóvenes criptoanalistas y expertos en códigos de software de la Cámara Negra trabajando acuciados por la adrenalina en busca de pistas que los lleven a los responsables. Pronto te llamarán y deberás volver a la oficina. Necesitan de tu experiencia para rastrear el historial de la escurridiza Resistencia, encontrar coincidencias en el encriptado de los códigos, la firma a veces invisible que deja el asesino en el cadáver, las huellas digitales en la escena del robo. Necesitan de la memoria del Archivo, que todavía no es artificial del todo pero pronto lo será (Ramírez-Graham ha ordenado que todos los documentos sean escaneados y digitalizados: cajones y cajones de papeles, a la larga todos los papeles almacenados en el subsuelo serán transferidos al disco duro de una minúscula computadora).

Ruth aparece en el umbral, un cigarrillo en la mano, una bata crema con diseños florales. Apagas el televisor.

—¿Escuchaste las noticias?

—Lamentablemente. Seguro tendré que volver.

—Flavia está en el Playground, como siempre. Habría que limitarle las horas. La cuenta del último mes fue altísima. No sé si eso es bueno. Sus notas del último bimestre fueron pésimas. Es su último año en colegio, debería preocuparse un poco más.

—Sí, habría que hacer algo. Que tenga paciencia, está en su último mes de clases.

—Le diré yo. A ti te tiene dominado. Comienzas bien, hablándole en voz alta y tono firme, hasta que te mira fijo y te derrites.

—No tiene nada de malo tratar con cariño a tu hija.

—¿Y qué ganas con eso? Si pareciera que está en un hotel. Sólo sale de su cuarto a comer. Para hablar con ella hay que enviarle correos electrónicos. O llamarla por teléfono. Leí por ahí que no es bueno dejar que los hijos tengan computadoras en su cuarto. Quién sabe las cosas que pueden estar a su alcance. Debería estar en una sala a nuestra vista.

Quisieras estar con Carla. Dejar que apoye la cabeza en tu pecho y se duerma entre tus brazos. La inocultable destreza de su lengua no puede competir con la vulnerabilidad detrás de la fachada agresiva. Te dejas rondar, fascinado, por las manchas en el antebrazo. Has tratado de ayudarla, incluso pagaste para que ingresara a una clínica de desintoxicación; no duró mucho, apenas tres días. La primera noche fuera de la clínica, una insulsa discusión la descontroló, y de pronto la viste tirando vasos y latas de Cuba libre a la pared, insultándote como si no te conociera. Te gustaría hacer más de lo que has hecho, pero sabes que la adicción, cualquier clase de adicción, es un magnético pozo sin fondo que captura a todos quienes se acercan a mirar el vacío.

—Fui al doctor. Me sale sangre por la nariz, todo el tiempo.

—Qué raro. ¿A qué crees que se deba?

—Las preocupaciones, quizás. La ansiedad. O algo peor. Mi mamá murió de cáncer. Bueno, se mató antes de que el cáncer la matara. Eso es lo que me preocupa.

—¿Crees que unas cuantas gotas de sangre indican que tienes cáncer? Tampoco exageres… Pasando a otro tema, me pregunto en qué quedará lo de GlobaLux.

—Veo que te preocupa.

Su rostro ha envejecido. Cuando la conociste, tenía el cutis tan terso que hasta una geisha en su plenitud la hubiera envidiado; ahora, había cráteres en la superficie, y la piel perdía su elasticidad, era una máscara que ya no se ajustaba al cráneo. Tantos años ya desde ese día en que te la habían presentado, en la cafetería de la universidad. Si aquella tarde la lluvia no te hubiera llevado a guarecerte en ese café invadido por el humo de los cigarrillos estudiantiles, y si allí no te hubieras encontrado con un amigo que charlaba con Ruth…

—¿En qué piensas?

Allí está, sentada a tu lado en el sofá, la mujer que te había contagiado su pasión por la criptografía. Esa mujer que roncaba como si tuviera hipo, olorosa a cremas humectantes, era la gran responsable del curso de tu destino. Y pensar que cuando la conociste estudiabas biología…

—Alguien ingresó esta mañana a mi cuenta secreta. Me envió un código fácilmente descifrable. Y resulta que todo el día me preocupé por ese mensaje, cuando en realidad debía haberme preocupado por el hecho de que alguien entró a mi cuenta. ¿Quién? ¿Y por qué?

—Quizás te han elegido para algo. ¿Qué decía el mensaje?

—Que soy un asesino. Que tengo las manos manchadas de sangre.

—Si no lo eres, no tienes de qué preocuparte.

Ese tono... Cuando Montenegro volvió al poder, te pidió que renunciaras. Pese a que había retornado por la vía democrática, nunca había dejado de ver a Montenegro como lo que alguna vez fue: un patético dictador. Y nunca había podido separar, como tú, el trabajo de los fines que se habían conseguido con éste: la defensa de gobiernos de dudoso corte moral. Tan escrupulosa ella, tan atenta a cuestiones éticas, que varias veces había amenazado con dejarte si no renunciabas a tu trabajo; y sin embargo, era débil: no le habías hecho caso y seguía a tu lado.

—No me preocupo —dices, algo ofuscado—. Nunca disparé a nadie. Nunca toqué a nadie siquiera. Nunca salí de mi oficina.

—El argumento de siempre. Sólo el que aprieta el gatillo es el criminal.

Se levanta, apaga la colilla en el cenicero y sale del living. Está molesta. ¿Debiste haber reaccionado de manera más sensible cuando te mencionó la sangre en la nariz? Tan hipocondriaca, ya no sabías qué tomar en serio. Si le dolía la cabeza, tenía un tumor letal. Si se hacía un corte en la pierna, se le infectaría y se la comería una gangrena. Ruth se tornaba rígida con los años, perdía sus bordes de ternura. Qué contraste con esas noches infinitas en su casa, cuando te contaba, con voz apasionada, del código que había salvado a Grecia de ser conquistada por Jerjes; cuando te enseñaba, paso a paso, con paciencia inverosímil, en blocks de papel sábana que se agotaban rápidamente, a descifrar códigos de sustitución monoalfabética y polialfabética, a entendértelas con ASFGVX, Mayfair y Purple. Para otros, eran dos aburridos que sólo sabían hablar de sus exploraciones intelectuales; para ustedes, en esas noches ocurría la magia, ocurría el enamoramiento.

Ciento sesenta y nueve líneas verticales marrones. ¿Lo habrían hecho intencionalmente?

Ganas de ir al baño. Maldita vejiga que dirige tus pasos. En las noches, debes despertarte al menos tres veces. Ruth siempre ha visto como algo raro que con un sueño tan interrumpido pudieras funcionar durante el día. Pero nunca necesitaste dormir mucho. Ella sí: hubo un tiempo en que su sueño era tan pesado que tú podías ir y venir por la habitación, encender la luz y hurgar en cajones, y ella no se enteraba. Ahora, el frecuente insomnio la tenía a mal traer, la ponía de mal humor durante el día.

Esas noches de juventud, cuando la visitabas en su casa, no sólo te habías enamorado de ella; te habías dado cuenta de que querías ser un criptoanalista. Ruth había descubierto el criptoanálisis de niña; jugaba con su papá a enviarse mensajes secretos en crucigramas que ellos mismos diseñaban, y una pregunta acerca del origen de lo que hacían la llevó a una enciclopedia y después a la biblioteca municipal y luego, durante la adolescencia, a una obsesiva dedicación al tema. Dominaba la historia y la teoría criptológica; también podía descifrar códigos complejos, aunque ello le llevara horas. Le faltaba, sin embargo, la intuición necesaria para, acompañada de la técnica, encontrar la clave que permitiera la lectura del mensaje secreto. Tú tenías intuición en abundancia, al menos para ese tema. Incluso te entregaste con ardor a las matemáticas, ciencia para la cual tenías cierta facilidad pero que no te atraía del todo (eso sí, nunca quisiste convertirte en un criptoanalista de algoritmos frente a la computadora). No tardaste en ser el alumno que superaba a la maestra. No hubo, sin embargo, recelos territoriales: Ruth prefería la teoría a la práctica, las coloridas anécdotas que le permitían construir argumentos tan sólidos como insólitos sobre el curso de la historia mundial. *Para ti el laboratorio*, decía; *algún día, yo escribiré el libro.*

¿Dónde podría conseguir trabajo un criptoanalista en el país que te había tocado en suerte? ¿Emigrar a los Estados Unidos, mandar un currículum a la NSA? Seguiste estudiando biología, tomando a los códigos apenas como un sofisticado pasatiempo. A ratos jugabas con ellos y te preguntabas si un experto en genética no era, a su modo, un criptoanalista: en el ADN también había mensajes secretos, y descifrarlos quizás te acercara al núcleo salvaje de la vida. Pero no: preferías trabajar con palabras. Comenzaste a desarrollar tus propias claves secretas, irritando a tus amigos con cartas que les escribías y que ellos podían leer pero no entender.

Todo cambió con la inestabilidad política del período: la universidad fue cerrada. Eran los tiempos de la dictadura de Montenegro, de la cruenta lucha militar por erradicar al comunismo, cuyas banderas revolucionarias agitaban estudiantes de clase media, políticos y obreros. Ruth y tú se encontraron sin saber qué hacer. Un primo militar de Ruth, enterado de las habilidades de ambos, les ofreció trabajar en la DOP [que luego sería rebautizada como Servicio de Inteligencia de la Nación (SIN)]. Un asesor norteamericano de la CIA estaba organizando una agencia que dependería de la DOP y que se dedicaría exclusivamente a interceptar y descifrar mensajes de los grupos opositores. El asesor se llamaba Albert y él podía conseguirles una entrevista. «Harán un gran bien al país», dijo, los largos bigotes, la mirada fanática. «Estamos rodeados de conspiradores con apoyo del exterior. Necesitamos gente preparada para enfrentarnos de igual a igual. Necesitamos erradicar ese cáncer en nuestro organismo».

Agitas el vaso de whisky –se forman círculos concéntricos en la superficie– y rememoras ese momento clave en tu vida: Ruth entrecerraba los párpados y te miraba, vacilante: ¿trabajar para los militares? ¿Para una dictadura? Fuiste tú quien terminó de convencerla: se trataría de una labor alimenticia, no había que ser tan principistas. «Nada puede ser sólo alimenticio», había dicho ella. «A trabajar por una causa equivocada, mejor morirse de hambre». «Fácil decirlo. Pero es un lujo que no nos podemos dar ahora». La siguiente frase de Ruth, pronunciada con suavidad, punzante como un estilete: «No crees en nada con convicción, Miguel. ¿Creerás en Dios, al menos?». «Hay un orden detrás del caos», la respuesta, muy pensada. «Hay un sentido detrás del azar. Nuestra misión es buscar el orden y el sentido. Si ambas palabras son sinónimos de Dios, entonces creo en él. Mejor dicho, creo en la posibilidad de que algún día se lo puede encontrar. Pero no me pidas buscarlo en una iglesia».

Le pediste que al menos te dejara reunirte con Albert, no perderían nada. Y cómo volviste de ese encuentro en una plazuela y bajo la lluvia: transformado, seducido por ese hombre corpulento, de ojos azules y larga cabellera castaña y barba entrecana, que poseía una vasta cultura y hablaba un español correcto, con un acento indeciso entre el alemán y el norteamericano. Al final, convenciste a Ruth, y ella entró a trabajar contigo en el gobierno de Montenegro. No duró muchó. Tú sí: trabajas para el gobierno desde entonces. Has servido, sin favoritismos, a dictadores blandos y crueles, a presidentes demócratas respetuosos de la ley y a otros muy dispuestos a quebrar, de la manera que fuera, el espinazo de los sindicatos y la oposición. Para hacerlo, te has concentrado obsesivamente en tu trabajo, sin preguntarte por las consecuencias. Para ti, el gobierno es una gran abstracción, una enorme maquinaria desprovista de rostro. Cumples con las órdenes sin cuestionarlas: tus principios son los del gobierno de turno. Así han pagado tu lealtad: ascendiéndote, pero en realidad marginándote de la acción.

Terminas el vaso de whisky, te levantas del sofá, subes las escaleras que conducen a tu cuarto pensando en Carla, en Flavia, en el mensaje que recibiste. En un marco de madera en la pared, la foto amarillenta y algo desvaída de todo el personal con el que la Cámara Negra había iniciado su trabajo. La foto había sido una idea de Ruth: los noventa y cinco se hallaban en dos filas en los escalones a la entrada del edificio. Algunos miraban a la cámara, otros a un costado. Cada cinco personas formaban una letra del código bilateral descrito por Francis Bacon en *De Augmentis Scientiarum*. De acuerdo a ese código, era suficiente la combinación de dos letras para representar todas las letras del alfabeto. La A era representada por aaaaa, la B por aaaab, la C por aaaba, y así sucesivamente. En la foto, los que miraban a la cámara representaban a la letra A, y los que miraban a un costado, a la letra B. Los primeros cinco de la primera fila, de izquierda a derecha: de frente, de frente, de frente, al costado, de frente: la letra C. Así, los noventa y cinco formaban la frase CONOCIMIENTO ES PODER.

A la izquierda, en otro marco de madera, una foto en blanco y negro de Alan Turing; detrás suyo se halla la *bomba,* esa inmensa máquina que inventó para derrotar a Enigma y que era una de las precursoras de la computadora. Te detienes: una hormiga negra camina por el cristal que cubre la foto, sus patas en la mejilla de Turing. Sacas tu pañuelo y la aplastas.

Observas a la hormiga con cuidado. Su cuerpo descabezado se sigue moviendo. Nada es casual, todo acto tiene su razón de ser, aunque las más de las veces ésta se halle escondida. ¿Qué significa la hormiga sobre la foto de Turing? Repta por tu garganta, como una amarga saliva, la impotencia, la desesperación ante ese continuo proliferar de mensajes en torno tuyo. Algún rato sacarás un cuchillo y se lo clavarás al corazón del mundo, para que revele sus secretos de una vez por todas o calle para siempre. Pero no, no es para ti la violencia: es más probable que termines venciendo o vencido en el intento por entender el terco y continuo murmullo del universo.

Guardas el pañuelo, continuas subiendo las escaleras.

Gracias a Ruth, tú sabías de Turing cuando conociste a Albert. Te sentiste honrado cuando, a los tres meses de trabajar en la Cámara Negra, Albert decidió que sus asesores debían usar sobrenombres y a ti te bautizó como Turing. Para ese entonces, tu desaforada capacidad para descifrar mensajes te había convertido en el asesor principal de Albert.

Vuelve a sonar tu celular: te necesitan en la Cámara Negra.

La mujer se acaba de ir. Sus tacos todavía resuenan en el pasillo, picotazos de mal agüero. En la habitación invadida por la oscuridad, sentado en la silla de mimbre en la que ha mantenido el diálogo, el juez Cardona cree haber obtenido una victoria importante. Se rasca la mejilla derecha con fuerza, como si con las uñas fuera capaz de hacer que desaparecieran las manchas. Enciende un cigarrillo y lo fuma con indolencia, dejando caer la ceniza sobre la alfombra rojiza, de diseños búlgaros. Toma cerveza de la botella. Algo de líquido cae en su camisa. Tiene en sus manos la grabadora. Patéticos momentos en los que el mundo parece adquirir un peso superior al de una bocanada de humo. Pasmo de un triunfo que fagocita tanta intransigente decrepitud. Patético y todo, triunfo al fin. Exornada de exabruptos está la vigilia. Busca en su maletín el PMB. Hace meses que es adicto al Polvo de Marchar Boliviano. Vaya nombre. Le habían explicado que así se conocía a la cocaína en una popular novela norteamericana de los ochenta. *Big Lights, Bright City*... ¿O era al revés? Ha leído de sus riesgos, pero de nada sirven las drogas si no hay algo de peligro en ellas. El mundo se le ha revelado siempre con tibieza, es incapaz de estimularlo por cuenta propia. Necesita la ayuda de la química para visitar los extremos. Ha intentado otras drogas, pero ninguna le ha producido la euforia del PMB. Cuando lo descubrió, se hallaba naufragando en medio de una indolencia en la que ni siquiera el recuerdo de su prima hermana contaba mucho. Un amigo ingeniero de vuelo del LAB le pasó un par de pastillas en una fiesta. Vomitó en el ascensor, pero luego logró que sus párpados de fácil cansancio se mantuvieran abiertos hasta la esponjosa madrugada; terminó dormido en un bar a las ocho de la mañana, la cara hundida entre las sobras de un fricasé. Todo un poderoso ex ministro de Justicia de Montenegro. Qué hubieran dicho los periódicos si un fotógrafo capturaba uno de esos instantes. No ha abandonado el PMB desde entonces. Tritura dos pastillas, se mete el polvillo a la boca y se echa en la cama.

El televisor está encendido: el bloqueo de la Coalición había sido esporádico durante la mañana; eran las dos y media de la tarde del jueves, la gente comenzaba a acercarse a la plaza y las juntas vecinales iniciaban las protestas. Los soldados se apostaban en puentes estratégicos y gasolineras. Cambió de canal, apagó el volumen: imágenes de la explosión de una bomba en una discoteca de Bogotá; le sirven los noticiosos, abusivos en su derroche de noticias de escándalo, pero sus mejores delirios los ha tenido viendo dibujos animados, en especial el Correcaminos: la escasa cordura del Coyote y su desmesurada persistencia son ideales para el viaje con PMB. Esta vez, sin embargo, prefiere apagar el televisor. Retrocede el casete en la grabadora. La voz agitada de la mujer, que él ha sabido conducir a mares de pesca febril, le servirá para mezclar con las pastillas. En una cinta se encuentra atrapada la información que devela amplias zonas de su pasado. Puede amplificar esa voz, o disminuir su volumen: la cinta es elástica y en su siseo continuo está presta a ayudar al retorno de lo ocurrido. Acaso ahora un pequeño gesto podrá iniciar el camino de reconstrucción de su vida. «Todos los hombres tienen un precio. Un precio, todos». Eso le decía Iriarte, un compañero de estudios en la universidad, cuando discutían de la corrupción en el sistema judicial. «¿Cuál es el tuyo?». «Ninguno», respondía Cardona con convicción. Iriarte estaba en la cárcel por haber aceptado un soborno para dejar en libertad a un narcotraficante de los grandes a principios de los noventa. Lo había visitado un par de veces en la cárcel, lo había conmovido su complexión esquelética, las cuencas hundidas de los ojos. Quería dejarse morir. «Cuando decía que todos los hombres tenían un precio, en el fondo me creía inmune a eso. Y lo repetía como forma de ahuyentar a la tentación. Como cuando uno dice que todos somos mortales, pero en el fondo nos creemos inmortales y actuamos como si lo fuéramos. Todos menos yo, me decía».

Cardona se acerca a la ventana entreabierta, descorre las cortinas, observa el cielo plomizo, a punto de caerse sobre la ciudad. Su mirada se posa en los caimanes repletos de soldados en las esquinas. La plaza está desierta, se escucha en las calles aledañas una explosión de voces, gritos, consignas antigubernamentales. ¿Complicaría el bloqueo sus planes? Ah, Iriarte, qué dirías hoy de mí. Pedante convicción de creerse superior a los demás, de vivir con el sombrero puesto, lejos del vulgo, que nunca se aleja, todos somos vulgo. Se da la vuelta. Pestañea varias veces, un escalofrío lo recorre. Otras personas pululan en torno suyo. Llevan casimires ingleses, mocasines italianos. Hablan entre sí y lo ignoran. Los chalecos antibala que vendí al Ministerio de Gobierno, mis dos socios se llevaron a veinte dólares por chaleco, yo cuarenta. Se dan palmadas en la espalda, se felicitan a voz en cuello. Carajo, brodi, suma veinte mil chalecos que me compraron, de golpe me volví millonario. Gritan órdenes en sus celulares. Nuestro precio final era de doscientos cincuenta dólares, con tantos recargos al final cada chaleco le costó setecientos dólares al Estado. Hablan de un restaurante en el que se reunirán a festejar esa noche. Cada subsecretario le aumentó el precio para llevarse su parte, sobre todo los ministros que tenían que ver con la compra lo hicieron. El de Gobierno, el de la Presidencia, el de Justicia. Parece que al de Justicia lo afuerearon porque no quería formar parte del asunto. Yaaaaa, hermanoy, no te creo pues, qué hecho al tipo. No puede ser. Las pastillas no pueden hacer efecto tan rápido. O acaso no sea el PMB. Quizás sea la acumulación: como un alcohólico, el cuerpo en escabeche, cada vez necesitado de menos alcohol para emborracharse. Delante suyo, observa a alguien ingresar al Palacio presidencial y ser conducido al despacho de Montenegro. Cardona grita, quiere detener sus pasos, decirle que no cometa ese error. La furiosa estela que cada acto deja tras de sí jamás permitirá una completa exoneración. La abismal vigilia de los catafalcos. Se deja llevar por un escudo nacional bordado a mano en un marco en la pared, los oros en brillante contraste con el rojo y el verde. Montenegro alza la vista y le tiende la mano. Cardona se siente, de improviso, humilde ante el poder de ese enano de voz firme que se ha inmiscuido en su vida durante ya más de dos décadas. «Encantado de conocerlo en persona, mi general». Fuiste un perro zalamero, te faltó una genuflexión. Fuiste un zalamero perro, una genuflexión te faltó. «Me han hablado muy bien de usted, Juez. Necesitamos que alguien de su nivel se sume a nuestro proyecto». «Honrado de que se me tome en cuenta». «Dígame, ¿se ve usted como ministro de Justicia?». «Me veo como usted quiera verme, mi general». Tanta promesa de odio y venganza por lo ocurrido con su prima hermana, pero incapaz de armar un frente de defensa ante la oferta. La pronta racionalización: se trata de *otro* Montenegro, *éste es democrático, éste no haría que sus esbirros mataran a Mirtha*. Han transcurrido los años y no sirve de nada guardar rencores en naftalina. Había espejos en todas las paredes, y en el escritorio se hallaban un periódico con un criptograma a medio resolver y las fotos de la esposa muerta en un accidente de aviación en Brasil. Fotos de sus días de dictador, como para decirle a todos *los tiempos han cambiado pero no me arrepiento de mi pasado*. «Juez, mi gobierno va a iniciar una gran campaña contra la corrupción. A todos los niveles. No puede ser que estemos entre los primeros en el ranking mundial de la corrupción. En el continente, sólo el Paraguay nos gana». La voz es resonante y gruesa, las manos se agitan nerviosas en el aire, los brazos se cruzan y descruzan. «Totalmente de acuerdo, mi general». «Entonces, ¿cuento con usted?». Si hubiera habido quizás la menor duda, un pestañeo. Pero no, tan fácil el sí, las manos que se estrechan, los huesos que suenan, las miradas que se encuentran, si él supiera, o quizás lo sabe y se deleita viendo la facilidad con que los hombres tentados caen en la pegajosa telaraña del poder, y acaso lo odian pero no pueden decirle no, es más fuerte la posibilidad de dictar órdenes, reunirse con Montenegro en los jardines poblados de magnolias de la residencia presidencial, tratar de imponer su sello al destino torcido del país. «Cuenta conmigo, mi general». Las recepciones en la casa del embajador del Perú, las fiestas de la embajada norteamericana. «Me da muy buenas noticias. Usted ha hablado varias veces muy mal de mi gobierno. Y también de mi persona. Hay oídos atentos por todas partes». Usar bastón y sombrero, sentirse, de pronto, en el centro de los acontecimientos. «Pero sabía que a pesar de nuestras diferencias, aceptaría. Usted es un patriota y sabe que la nación está ante todo». «Gracias por su confianza, mi general. Y gracias por aceptar que de vez en cuando haya tenido pequeñas diferencias con usted». Montenegro es en el fondo una buena persona y me confía secretos. Dice que no se equivocó conmigo.

Cardona siente el ondular de la habitación. Vida exasperada, que es capaz de llevarse a volar este edificio. Se observa a sí mismo sentado en una silla y fumando un habano mientras conversa con Montenegro; echado en la cama con una grabadora en la mano; deambulando por la habitación hurgándose las manchas del rostro; tomando un par de vasos de whisky para armarse de valor y presentarle su renuncia a Montenegro por la maldita razón de que nunca pude perdonar su pasado, mi general, acepté su oferta porque soy débil, porque me tienta el poder, como a todos, porque tengo un precio, pero he ahorrado algo estos meses y quiero volver a comprar mi alma, si me lo permite. No está seguro de cuál de los tantos Cardonas en la habitación es el que está imaginando o recordando o soñando a los demás. El que está echado en la cama viendo dibujos animados enciende la grabadora. No escucha las palabras de la mujer ni las suyas, que salen a apoderarse del recinto con rabia. Se ha dormido profundamente. Las palabras, sin saber qué hacer, comienzan a dialogar entre ellas. «Podemos comenzar con su nombre». «Ruth Sáenz». «Y usted es». «Historiadora. Profesora de la Universidad Privada Central de Río Fugitivo». «Hable más fuerte. Si quiere puede acercarse a la mesa un poco más. Decía. Especialista en». «La historia mundial del criptoanálisis». «Digamos, algo pretenciosa». «La culpa la tiene mi papá. Era un fanático de los mensajes secretos y de niña me contagió el interés». «Casada». «Esposa de Miguel Sáenz. Actualmente jefe del Archivo de la Cámara Negra». «Usted también trabajó allí». «Hace mucho. En el primer gobierno de Montenegro». «En la dictadura». «Tenían un asesor gringo, al que le decían Albert pero no estoy segura si ése era su nombre. Albert había persuadido a la cúpula militar de que era necesario crear un servicio nacional de intercepción y decodificación de mensajes. Era la única forma de consolidar la dictadura. Los movimientos marxistas en la clandestinidad se reagrupaban lentamente. El gobierno debía estar un paso adelante de ellos, interceptar sus mensajes, descifrarlos y proceder. Un primo mío, que era militar, nos ofreció contactarnos con Albert para formar parte del servicio». «Y aceptaron». «Era una muy buena oferta». «Pero usted no duró mucho». «La información que descifrábamos servía para que grupos paramilitares arrestaran a jóvenes izquierdistas y los enviaran al exilio o los mataran. Me costaba hacer mi trabajo de manera neutral, desentenderme del fin al que llevaban nuestros medios». «Su esposo continuó». «Es un raro ser apolítico. Podía distanciarse de lo que ocurría en torno nuestro. Concentrarse simplemente en su trabajo, obedecer órdenes». «Usted no objetó que él siguiera trabajando en el servicio». «Lo hice. De manera muy débil. Lo justifiqué diciendo que para mí era suficiente que yo no me manchara las manos. Que él lo hiciera era otra cosa. Y lo utilicé como una especie de fuente de información». «Explíqueme a qué se refiere». «Me dije que algún día escribiría el libro que me justificaría. Allí revelaría todo lo que sabía de la dictadura. Así que me puse a anotar, pacientemente, todos los casos en los que había intervenido Miguel. Cuándo habían comenzado, cuándo habían terminado. Cuál había sido la labor específica de Miguel. Cuál el resultado final. Las fechas, los nombres de los arrestados, de los muertos, de los desaparecidos. En muchos casos, pruebas concretas. En otros, conjeturas». «Una especie de libro negro de la dictadura. O más que libro, un capítulo. ¿Podrá entregármelo? Para utilizarlo como prueba». «Han pasado los años. Ya no me puedo mentir más». «Habrá consecuencias muy duras.

Para su esposo, quizás también para usted. Se puede arrepentir». «Quizás. Pero eso viene después y por lo pronto yo me ocupo del presente».

13

Los tacos de Ruth Sáenz resuenan en el empedrado. Camina con un cigarrillo entre los dedos; a ratos, mira de reojo a izquierda y derecha, para cerciorarse de que nadie la persigue. Lo ha hecho desde que abandonó el hotel. Se iba cuando llegaban los militares y un grupo vociferante de jóvenes blandiendo pancartas con insultos al gobierno y a GlobaLux. Había tenido suerte, unos minutos más y terminaría quedándose encerrada en la plaza. Se aferra a su cartera, en la que se encuentran calmantes que no le hacen efecto, un celular que suena y no contesta, una ajada foto de Flavia, lápices labiales y delineadores.

No sabe adónde se dirige. Ha ido construyendo un camino errático, determinado por las cuadras que todavía no han sido bloqueadas. Río Fugitivo es una ciudad sitiada: se ha iniciado el bloqueo convocado por la Coalición. En calles y avenidas han puesto piedras, sillas y calaminas para cortar el tráfico. La circulación de autos comienza a ahogarse, quedan expeditas pocas vías de descongestionamiento. Jeeps blindados y camiones del ejército recorren las calles, y hay soldados de la policía militar en los puentes, camuflados y en posición de apresto. Los jóvenes detrás de las barricadas entonan enardecidos cánticos de protesta e insultan a los soldados, que evitan el enfrentamiento directo, al menos por ahora; crece la tensión en la ciudad, y se oyen por todas partes las trepidantes aspas de los helicópteros sobrevolándola.

Ruth está segura de algo: no quiere regresar a casa. Después de haber dejado sus palabras en la cinta de la grabadora, se ha quedado vacía, sin deseos de volver a encontrarse con Miguel, actuar como si todo siguiera discurriendo en la normalidad. Miguel sabrá pronto de su conversación, porque tiene la certeza de que el gobierno sabe de los planes de Cardona de llevar a la justicia a Montenegro. Cardona le ha dicho que no ha hablado con nadie del tema, pero éste es un país chico y más temprano que tarde uno se entera de conjuras y sediciones. Las verdades se construyen a susurros, en medianoches y madrugadas de terca llovizna.

Se ha alejado del centro, avanza por una calle de molles que enturbian la acera con su resina. Como las manchas de Cardona en su cara.

—Hablemos de cosas precisas —la voz ríspida de Cardona, que por fin llega a lo que le interesa de veras—. Por ejemplo, septiembre de 1976. El plan Tarapacá, de los jóvenes oficiales que querían derrocar a Montenegro. ¿Se acuerda?

—Soy historiadora. Mi misión es acordarme de fechas.

—Hubo un grupo de oficiales, después del recrudecimiento de la dictadura en 1974, que armó un plan para sorprender a Montenegro en una de sus frecuentes visitas a Santa Cruz. Fue un plan organizado durante meses de manera minuciosa. Quizás el que estuvo más cerca de derrocar a Montenegro. Días antes de que se echara a andar, de manera misteriosa, y escalofriante por lo efectiva, todos los conspiradores que tenían que ver con ese plan, tanto los militares como los civiles, fueron eliminados.

—Conozco los detalles.

—¿Tuvo algo que ver su esposo?

—Tantas cosas ocurrieron en esa década. ¿Por qué le interesa eso especialmente?

—Todos somos humanos. Todos tenemos nuestro lado débil. Ése es el mío.

—Usted no está interesado en Montenegro por una cuestión abstracta de honor a la justicia, sino por algo personal. En el fondo, se trata de una venganza. Con lo cual cambia la cosa.

—Puede haber a la vez razones abstractas e íntimas. ¿Entonces, no hablará?

Ruth, caminando bajo los molles, recuerda ese instante que ya le parece remoto. La última oportunidad para taparse la boca y tirar al fuego su manuscrito. Una no habla un día, y no habla otro, y de pronto se acumulan los meses y los años y las décadas sin hablar, y el silencio deja de ser una opción para convertirse en una forma turbia del carácter. Muchas veces puede más la costumbre que la convicción.

—¿Y sabrán todos de sus razones personales? —pregunta, tratando de ganar tiempo—. ¿No lo descalifica eso? ¿No es el menos indicado para llevar a cabo un juicio imparcial? Quizás el juez argentino interesado en extraditar a Montenegro sea la persona indicada.

—También me descalificaría el haber sido ministro de Montenegro —dice Cardona, sin dejar de mirarla con ojos inmóviles, como para intimidarla, evitar que la presa se escape a último momento—. Tal como están las cosas, mejor dicho tal como son las cosas aquí, no hay hombre más indicado para llevar esto a cabo. Todos, de una manera u otra, están descalificados. Si esperamos a ese hombre, el juicio de la historia ocurrirá cuando todos estemos más que muertos. Y Montenegro debe pagar sus crímenes en vida, debe ser juzgado por sus contemporáneos.

—Debe apurarse. Los chismes dicen que su cáncer del pulmón está muy avanzado.

—Que no se diga que fuimos cobardes y lo dejamos hacer y deshacer. Que no se diga que fuimos timoratos y olvidadizos, y como premio lo elegimos presidente democráticamente. Bueno, que se diga eso, pero que no sólo se diga eso. Cáncer. No lo sabía. Otros rumores dicen que está senil.

—El asunto es que algo le pasa y cualquier rato se nos va.

—Lo cual sería una vergüenza. Digo, si muere de muerte natural, antes de que podamos acusarlo.

—¿No tiene miedo?

—Tengo miedo —la voz tiembla—. Mucho miedo. A todo. A la oscuridad y a la luz del día. A los enemigos y a los amigos. A las grandes recepciones y a los cuartos vacíos. A las calles concurridas y a las silenciosas. Me tengo miedo a mí mismo. He vivido con miedo desde siempre. Tenía miedo a las arañas y a las abejas cuando joven. Tengo miedo a tener miedo. Tengo miedo desde antes de conocer a Montenegro. Tengo mucho más miedo desde que conozco a Montenegro. Sólo quiero hacer un acto en mi vida que esté liberado de miedo. Un acto bastará.

Ruth contempla ese rostro envejecido en la penumbra de la habitación y por primera vez piensa en el juez Cardona como persona. Ella sabe qué circunstancias la han conducido a ese grave instante, pero, ¿y a él? ¿Cuáles, los hechos? Fue ministro de Justicia de Montenegro. ¿Lo llegó a conocer tan de cerca que descubrió que era verdad lo que se decía de él? ¿Qué diablos le hizo el hombre que Cardona quería vengar con tanto afán? Hay sospechas, pero la verdad es escurridiza. Ruth junta las manos, entrelaza los dedos sin más anillo que el de matrimonio, siente el sudor en sus palmas. Observa el color gris del día por las blancas cortinas de la ventana entreabierta. El cielo abrumado de pesadas y amenazantes nubes, cualquier rato volverá a llover.

Quizás algo los une, después de todo. Quizás ambos quieren redimir en un solo acto toda una vida de mentiras. Quizás ambos creen que la redención es posible, un acto puede abolir el pasado.

Tira el cigarrillo al suelo. Le duele el pecho izquierdo. ¿O serán los pulmones? ¿Debía volver a hablar con el médico? ¿O sólo era una mala pasada de su imaginación? El hermano de una amiga suya, que no llegaba a los cincuenta y llevaba una vida sana, se había quejado de unos dolores en todo el cuerpo y había ido al médico. No le encontraron nada y le aconsejaron que se fuera a hacer una revisión general a Chile. En Santiago, le diagnosticaron leucemia y le dieron tres meses de vida: su sangre estaba contaminada por elementos radiactivos. Era un misterio cómo y cuándo había ocurrido eso. Pero así era el azar, así era la vida: cuando una menos se lo esperaba podía iniciarse el camino hacia la muerte.

A tres cuadras, un grupo de individuos coloca troncos y piedras macizas sobre el empedrado de la calle; los hay de todas las edades: chiquillos de doce haciendo sus primeras armas en la oposición a un estado de cosas que nunca estará de su lado, jóvenes que nacieron en democracia y están cansados de aceptar sus imperfecciones, viejos agitadores profesionales que saben cómo atizar la furia del pueblo. Los bloqueos son sobre todo para impedir la circulación de vehículos, pero en algunos casos hay bloqueadores recalcitrantes que ni siquiera quieren dar paso a los peatones; en otros, se pide una «contribución» para dejarlos pasar. Hay autos varados en la calle, sus dueños los han cerrado con llave y han abandonado al peligro; la alarma de un Passat suena con terquedad.

No tiene ganas de enfrentarse a nadie y discutir a gritos airados. Le preguntarán por qué no está acatando el bloqueo, *la única manera de hacer que el gobierno retroceda es a través de la unidad del pueblo*. Ah, si ellos supieran. Pero lo cierto es que la Coalición ha logrado unir a los sectores más diversos en su enfrentamiento con el gobierno. Gente pobre que se queja de la falta de luz en sus barrios, señoras de la clase media y alta que despotrican contra el alza de las tarifas. Sindicalistas de la vieja guardia, jóvenes piratas informáticos con un principista discurso antiglobalización. Montenegro no había calculado cuánta oposición había en Río Fugitivo al traspasar a manos extranjeras el control de la luz. Supuso que la gente estaba tan desesperada porque hubiera una eficiente empresa de luz, que estaba dispuesta a aceptar los costos de la privatización. Además, después de una década de continua privatización de casi todos los sectores de la economía nacional, estaba comprobado que el pueblo se quejaba, pero no lo suficiente como para escucharlo. El gobierno dejó que se iniciaran las protestas, no le dio una pronta solución al problema pensando que se irían acallando. Así, por subestimar el poder de la Coalición, poco a poco el asunto de la privatización de la luz en Río Fugitivo se ha convertido en un referéndum sobre la continuidad de Montenegro en el poder, y de paso sobre la continuidad de las políticas neoliberales en el país. El gobierno se ha mostrado frágil, vulnerable, y los problemas se han ido multiplicando.

—El jefe de Miguel —dice, al fin—. Albert. Uno de los encargados de intercepción de mensajes le hizo notar a Albert que en uno de los periódicos de Río Fugitivo, Tiempos Modernos, así se llamaba en ese entonces, en ese periódico había salido la propaganda de una librería que no existía. La propaganda era muy pequeña, casi podía pasar desapercibida, salía en el extremo inferior derecho en una de las páginas interiores.

—Se acuerda de todos los detalles.

—Me sueño cada día con ellos. Debajo del nombre de la librería aparecía una frase célebre de algún escritor nacional. La propaganda había salido varios días consecutivos, a comienzos de agosto, y luego había dejado de salir. Albert, casi como una cosa rutinaria, le pasó una carpeta con las propagandas a Miguel. Y Miguel, que para ese entonces era poco menos que infalible, descubrió que cada una de las propagandas llevaba cifrado un mensaje: el día en que se produciría el golpe, los nombres de los contactos en cada ciudad, la hora, etc. De manera descarada, toda la información del golpe estaba siendo transmitida en el periódico más importante de la ciudad. Cuando uno cree tener una clave muy segura, suele pecar de exceso de confianza y comete esos errores.

—Entonces… entonces es cierto. Albert y Turing fueron los responsables de haber desbaratado el golpe.

—Se lo puede entender de esa manera. Lo que en esos días se consideró el triunfo más importante del gobierno… de la dictadura contra los movimientos opositores, fue obra de Albert y Miguel. Bueno, de Miguel sobre todo.

—¿Y cómo se sentía él? —dice Cardona, rascándose las manchas de la mejilla derecha—. ¿Recibió algún honor del gobierno?

—Por la naturaleza misma de su trabajo, el gobierno no podía premiarlo públicamente. Nadie podía saber siquiera que existían Albert o Miguel. Mejor dicho, Miguel Sáenz era un burócrata perdido en una dependencia de la administración pública, y no tenía nada que ver con Turing. Montenegro no podía llamarlo a palacio, pero mandó una breve nota de felicitaciones con uno de sus edecanes. De todos modos, no importaba. Miguel hacía su trabajo y punto, y le tenía sin cuidado que su jefe fuera Montenegro. Se desentendía de todo aquello que fuera más allá de lo que ponía Albert en su mesa. No le interesaban los honores, no le molestaba el anonimato.

—¿Y cómo se sintió usted?

—Tardé en enterarme —dice ella—. Atando cabos, llegué a la conclusión de que esas noches arduas de trabajo de Miguel tuvieron mucho que ver con el desmantelamiento del plan golpista. Miguel me lo dijo cuando se lo pregunté, un par de semanas después. Me lo dijo sin emoción alguna. Me dio asco. Pero ya estaba tan acostumbrada a que me diera asco, que al poco rato se trataba de un asco con el que podía convivir.

Ruth no quiere enfrentarse a los individuos que están bloqueando la calle. El ardor en las caras, los puños en alto, las consignas a viva voz. Debe reconocerlo: los líderes de la Coalición, reciclados de movimientos obreros y políticos de la izquierda más recalcitrante, han hecho un buen trabajo. No los soporta: son demagogos hábiles para atizar la furia popular ante tantas demandas insatisfechas, pero son incapaces de proponer un plan alternativo viable para superar el problema concreto del suministro de energía eléctrica en Río Fugitivo. «Ahora resulta que la globalización es la culpable de todos nuestros males. Pero hay que historizar. Antes de que esa palabrita entrara en circulación, estábamos atrasados, éramos dependientes, neocolonias explotadas luchando por una liberación que nunca llegaba. El discurso debe cambiar para que todo permanezca igual».

Debe cambiar de rumbo nuevamente. ¿Y si volviera a casa? No, no quiere encontrarse con Miguel. Debe reconocer que hubo momentos en que lo amó como creía que se debía amar. Que hubo días en que él fue todo para ella y hubo planes para formar una familia feliz. Al principio, Ruth había soñado con que ambos se fueran a Estados Unidos o Europa a hacer un posgrado, y luego no volvieran: tendrían un mejor futuro en el raro campo de trabajo que habían elegido. Pero Miguel no era ambicioso: no quería mudarse de Río Fugitivo, ni siquiera ir a La Paz. Ya tenía un buen trabajo, ¿para qué más? Se trataba de hacer carrera, de acumular años hasta que la jubilación llegara. Sin expectativas futuras que los unieran, los momentos de intimidad se fueron diluyendo con rapidez, como los anuncios en los carteles bajo la lluvia. No había terminado del todo el amor y ya comenzaba la insidia de la rutina. Luego, algo peor: la decepción, al menos de parte de ella. Las diferencias éticas, morales.

¿Por qué no se había divorciado? Le hubiera costado menos que tantos años de autoengaño. Quizás pensó que todo cambiaría pronto. Ambos se fueron dejando devorar por sus trabajos, acaso como forma de evitar el agobio de los silencios que se creaban cuando se hallaban juntos. Cuando él quiso un hijo, ella buscó excusas para postergarlo: no podía traer un nuevo ser a un hogar sin amor. Con los años, Miguel dejó de insistir. Y sin embargo, por un error de cálculo, una mañana se encontró embarazada. Así nació Flavia. Una tibia esperanza para que todo cambiara. Una esperanza diluida pronto.

Se detiene de golpe. Se le acaba de ocurrir que si el gobierno militariza la ciudad aprestará tanquetas en las puertas de las universidades, y las clausurará por tiempo indefinido. Los soldados entrarán a las oficinas, en busca de pruebas de conspiración por parte de los profesores y estudiantes. Su manuscrito está en una caja fuerte en su oficina.

—Entonces —dice Cardona entre dientes—, Albert y Turing.

—Parecería que le interesan más que Montenegro.

—No es para tanto. Por algún lugar hay que empezar.

Debe ir inmediatamente a la universidad, antes de que sea tarde.

Los primeros meses lejos de casa, Kandinsky vive en la desordenada habitación de Phiber Outkast. Un sleeping sobre un piso de mosaicos. Cuadernos y papeles sueltos con anotaciones, disquetes y manuales de programas de PCs, latas vacías de Coca-Cola y lapiceros sobre el escritorio y una cómoda; una profusión de cables arrastrándose por el suelo, ropa sucia amontonada en una esquina. En las paredes, pósters de grupos de rock: Sepultura, Korn. Calcomanías en las ventanas, Kurt Cobain y KILL MICROSOFT. La casa es bulliciosa: Phiber Outkast tiene tres hermanas adolescentes que están descubriendo el descontrol de las hormonas, y sus papás viven a los gritos y a los empujones. Hay restos de comida en todos los cuartos, tenedores y cuchillos que no regresan a su sitio y permanecen impávidos sobre muebles ahogados en polvo.

Extraña a ratos, más que su casa en sí, el estado de ánimo, la atmósfera. Vivía en un film neorrealista italiano; ahora se encuentra en medio de un hiperkinético dibujo animado (más *anime* que Disney). Pero todo lo compensa la computadora de Phiber: una PC con la rapidez y la memoria suficientes para ser la envidia de sus amigos. Ha sido ensamblada por Phiber, que fue robando las piezas de un taller de reparación de PCs en el que trabajó un par de años. Ambos se traen el almuerzo y la cena al cuarto, cierran la puerta y, tratando de aislarse con audífonos del ruido que los envuelve, se enfrentan a la pantalla hasta que la luz de la madrugada ingresa por las ventanas sin cortinas. Duermen de manera entrecortada toda la mañana.

Son maniáticos de las salas de chateo. Para visitarlas, cambian de identidades como si la inestabilidad fuera la regla principal a seguir. Los nombres se acumulan a sus espaldas y a veces terminan tan extraviados en el laberinto que han creado para sí mismos, que se encuentran en las salas de sadomasoquismo o los Simpsons chateando entre los dos sin darse cuenta de ello, uno haciendo de Ze Roberto, bombero retirado en Curitiba, el otro de Tiffany Teets, quinceañera en busca de sexo perverso.

También dedican parte de su tiempo a juegos en línea, sobre todo en los MUDs (*multiple user domains*, o dominios de usuarios múltiples), en que deben asumir roles en laboriosas fantasías medievales o futuristas. Pero a partir de las tres de la mañana, su actividad toma un cariz más serio y comienzan a buscar víctimas para hackear. Se trata de ciudadanos comunes y corrientes: Phiber piensa que ésa es la mejor manera de practicar para cuando llegue la hora de ataques más ambiciosos. Kandinsky lo ha hecho antes, pero ahora no está del todo conforme: la ética de los hackers indica que los gobiernos y las grandes corporaciones son blancos permitidos, y que se debe dejar tranquilos a los *civiles.* Sin embargo, no dice nada e, incómodo, hace lo que su colega le señala.

Esas noches, a Kandinsky le queda claro que Phiber nunca dejará de ser un script kiddie: lo suyo es seguir fielmente las instrucciones de programas bajados de sitios como attrition.org. Con esas instrucciones, cualquier adolescente armado de una computadora puede provocar un DOS a la alcaldía y convertirse en un hacker de mala muerte. Kandinsky, en cambio, usa esos programas como puntos de partida que deben convertirse, una vez que pasen por sus manos, en algo más dúctil, eficiente, poderoso.

Phiber mira trabajar a Kandinsky con una mezcla de orgullo, envidia y recelo. Ha regresado a los días del kinder en el Centro Boliviano Americano, cuando, desde una esquina, los puños apretados, observaba a los otros niños seguir con facilidad las reglas de juego preparadas por la maestra, o comenzar a balbucear números y colores. De pronto, se lanzaba a correr detrás de uno y lo agarraba a golpes, acaso procurando robarle el secreto de la facilidad de nombrar el mundo. Le es difícil convivir con alguien que lo hace sentir inferior. Por ahora, necesita a Kandinsky; pero sabe que la separación es inevitable.

El primer gran triunfo: ingresar al banco de datos del Citibank en Buenos Aires, e irse con una buena cantidad de números de tarjetas de crédito con sus respectivas contraseñas. En los IRC, Phiber Outkast se contacta con un hacker ruso a quien le vende los números de las tarjetas. El dinero es pagado a través de una transferencia bancaria vía la sucursal de la Western Union en Santa Cruz. Phiber Outkast se hace de una identidad falsa para cobrar el dinero y viaja a Santa Cruz en una flota. Es prácticamente imposible que alguien sospeche de ellos, pues para su asalto al Citibank han tomado primero una computadora de la Universidad de Mendoza, y desde allí han hecho telnet a una computadora en Río de Janeiro, luego a otra en Miami, para por fin recalar en Buenos Aires. Sin embargo, la Interpol está tras la pista y hay que minimizar riesgos.

Vendrán otros triunfos. Una compañía de seguros en Lima. Una sucursal de Calvin Klein en Santiago. Una concesionaria de autos en La Paz. El dinero no es mucho en cada caso, pero se va acumulando, montaña de tierra formada por hormigas diligentes. Un domingo a la madrugada, luego de horas de trabajo, Kandinsky ingresa al servidor de un casino virtual canadiense y logra que durante noventa minutos los tiros de los dados al crap salgan pares, y que cada turno en los slots virtuales produzca un trío de cerezas. Durante esos minutos, nadie pierde en el casino. Kandinsky logra ganar ciento diez mil dólares. Una investigación de Cryptologic, la compañía a cargo del software para el casino, establece que un hacker había estado detrás de esos minutos de ininterrumpidas victorias, pero no logra establecer su identidad. El casino decide pagar a todos los ganadores.

Con el dinero conseguido, a Phiber Outkast se le ocurre abrir una compañía dedicada a proteger sistemas de computación. «Qué mejor fachada», dice, entusiasmado. «Creerán que los protegemos mientras por abajo nos dedicamos a lo opuesto». Kandinsky asiente. Todavía está emocionado por su ingreso al casino. No le había ocurrido antes enorgullecerse de su propia habilidad, sentirse invadido por la conciencia de su propia valía. Sus dotes son tan naturales que ha tenido muy poco tiempo para reflexionar sobre ellas, darse cuenta de la magnitud de su don. En clases de religión en el colegio, el cura recitaba hasta el cansancio la parábola de los talentos. Cada uno sería juzgado por la manera en que había hecho florecer lo que le había tocado en suerte. Kandinsky cree que puede vivir con esa suerte de juicio final pendiendo sobre su cabeza.

Hasta el momento, no ha discutido ningún plan de Phiber. Le debe algo: en un momento difícil, le ha dado casa y comida. Pero se siente cada vez más lejano a él. Su único objetivo parece ser monetario; a Kandinsky le atrae burlar los sistemas de seguridad de las grandes compañías y del gobierno, pero no cree que el fin deba ser tan sólo económico. Quisiera estar haciendo otra cosa con su vida. Todavía no sabe muy bien qué.

El nombre de la compañía es *FireWall*. Han alquilado unas oficinas en el séptimo piso del centro comercial XXI. En la entrada han instalado su logo: una mano protegiendo una computadora de una gran llamarada de fuego. Kandinsky y Phiber ofrecen sus servicios en la Cámara de Industria y Comercio; no son muchos los interesados. En algún caso, la excusa es la recesión; en la mayoría, la razón es que en Bolivia pocos empresarios se han percatado de la importancia de tener un sistema de protección seguro para la red de computadoras de sus compañías. Los números de las cuentas bancarias donde está depositado el dinero de la compañía, las estrategias comerciales, los datos de los planes de venta, los superávits y los déficits: todo está en discos duros protegidos por contraseñas que un hacker promedio puede descubrir sin problemas.

Kandinsky está descorazonado: algún rato pensó que ése podría ser un trabajo legal que le gustaría. Phiber Outkast le pide no olvidar las metas que se han trazado. Ésta es sólo una fachada.

—¿Cuáles metas? —pregunta Kandinsky—. ¿Hacerse ricos?

—Tener billete nos dará la libertad como para hacer lo que nos dé la gana.

Phiber trata de calmarlo; no le conviene perderlo ahora. Kandinsky se desentiende del asunto y se va a un café internet a jugar juegos en línea. A la entrada del local, un letrero anuncia la inminente llegada del Playground Global a Bolivia (*¡vive una vida paralela por una módica suma mensual!*). Kandinsky se pregunta qué diablos será eso.

Esos días, Kandinsky se distrae estudiando los cuerpos de las hermanas de Phiber Outkast. Laura tiene quince años y el pelo castaño le cae sobre la frente; sus senos son redondos y duros. Daniela tiene catorce y el pelo rubio cortado al ras; sus piernas largas y su agilidad la han convertido en una temible jugadora de beach volley. Gisela, su hermana melliza, tiene el pelo negro con un cerquillo hecho por una tijera epiléptica; ha descubierto el maquillaje hace unos meses y se embadurna los ojos como si fuera un deber patriótico. La familia es de Sucre y las tres pasan las vacaciones de verano allá y las llaman *las uvas de Sucre*, por sus diferentes colores de pelo. Kandinsky no se anima a hablarles; son altaneras y tiene miedo al rechazo. Y entonces imagina: Laura cree que besar es meter la lengua como víbora al ataque e intercambiar saliva a raudales; Daniela acaricia el miembro de Kandinsky con una risa traviesa, como niña haciendo una maldad planeada durante largo tiempo; Gisela se deja tocar su monte de Venus a cambio de un pacto de sangre al atardecer.

Kandinsky se compra un Nokia último modelo, los números plateados sobre un reluciente fondo negro. Una tarde, se acerca a casa de sus papás y los observa desde la acera del frente. Su papá está en el patio, reparando una bicicleta; tiene la espalda encorvada, ha envejecido.

Se le aproxima con pasos decididos, y antes de que se pueda dar cuenta de lo ocurrido le entrega un sobre con dinero y desaparece.

Al caminar de regreso a la casa de Phiber Outkast, se queda mirando la irregular curvatura de las montañas en el horizonte, la difusa luz violeta del ocaso. Busca una causa que lo supere, que sea capaz de trascenderlo. En el último año del siglo, le ha llamado la atención la masiva protesta de los grupos antiglobalizadores contra la OIT en Seattle. Los jóvenes de Occidente protestaban contra el nuevo orden mundial, en el que el capitalismo rampante permitía que una cuantas corporaciones se fueran adueñando del mundo y llegaran a concentrar en sus manos más poder que los mismos gobiernos nacionales. Si había descontento en los países industrializados, la situación era peor en América Latina. La recesión se había instalado con fuerza en el país. Montenegro continuaba desprendiéndose de empresas estratégicas para el desarrollo nacional; había anunciado, por ejemplo, la licitación de la energía eléctrica en Río Fugitivo. El modelo neoliberal llevaba casi quince años en el país y no había hecho más que profundizar las diferencias económicas. Una línea recta unía el cierre de las minas y la forzada «relocalización» de su papá con la llegada de los vientos globalizadores.

Acaso ésa sea la causa que busca.

Se siente mal por haberse comprado el Nokia. Lo tira a la basura.

Cuando llega a la casa e ingresa a la habitación que comparte con Phiber, se da cuenta de la estupidez que acaba de cometer. Por más que la computadora que se encuentra sobre la mesa haya sido ensamblada localmente, ¿acaso no es, también, un producto del imperio?

Debe ser inteligente, vencer al enemigo con sus propios instrumentos. ¿No es ése, acaso, el mensaje de alguien como el Subcomandante Marcos? Los Zapatistas tienen un sitio en la red y difunden sus proclamas a través del Internet. Han llegado muy lejos gracias a su flexibilidad para adaptar las armas del otro.

Ser purista lo llevaría a un monasterio, y ése no es el camino que busca. Al menos no todavía. Dos horas después, vuelve en busca del Nokia. Lo recupera.

Para colmar su deseo insatisfecho con las hermanas de Phiber Outkast, Kandinsky consigue mujeres en el recién inaugurado Playground. Se trata de un universo virtual fascinante: no una fantasía medieval, sino una ciudad moderna, como la que conoce, con un leve toque futurista y decadente. Armado de alguno de sus avatares, camina por sus calles virtuales. Odia el Boulevard, por el abuso de publicidad en sus letreros de neón: Nike, Calvin Klein, Tommy Hilfiger. Prefiere visitar los barrios peligrosos, porque sabe que allí encontrará mujeres más dispuestas a la aventura. Nunca falta una, aunque las que más lo atraen no viven en Río Fugitivo. Se cita luego en cafés y bares de manera disimulada, con códigos ya establecidos de antemano, porque las reglas del Playground prohíben mencionar el mundo real. A veces, el encuentro es decepcionante: el avatar de botas hasta la rodilla y minifalda con cortes insinuantes resultó pertenecer a una secretaria excedida en kilos, o a un *gay* muy maquillado que al fumar le echa el humo en plena cara; a veces, el avatar se aproxima a la realidad, y hay una siguiente cita y con suerte un par de horas en un motel. A los pocos días, Kandinsky se desinteresa de la mujer y reanuda la caza en el Playground.

Una noche, conoce en el Playground a un avatar llamado Iris. El aspecto algo andrógino, botas militares y la quijada de líneas rectas. La invita a un trago en un bar en el Boulevard. Ella asiente, a condición de que le deje pagarse el suyo. No quiere deberle nada a nadie. Uno ya no puede ser galante ni con mujeres virtuales, piensa Kandinsky. Quiere decírselo, pero no lo hace pues sabe que cometería una infracción.

En La Oveja Eléctrica, Iris, después de presentarse, le dice de golpe:

> Iris: la globalizacion s l gran Kncr q corroe al mundo incluso l Plygrnd s l gran sintoma d st Kncr l nuevo opio dl pueblo una pantalla virtual dond la gnt c ntretine sin darc cuenta q todo s l montaje d las grands corXacions hay q aislarc d sto irc a vivir a un cibrstado
> Kandinsky: tnmos q crear muchos seattls
> Iris: no s la solucion l imprio prmit la protsta pa dominar mejor
> Kandinsky: si no t gusta l Plygrnd pa q vins aqui ntoncs
> Iris: viaje d reconociminto simpre s buno conocr l trrno nmigo

La charla no puede continuar: la policía del Playground aparece, le lee sus derechos a Iris, y la suspende por diez días. Iris desaparece de la pantalla mientras grita acerca de la necesidad de aislarse.

Kandinsky se queda meditando en sus palabras. Han resonado en él con fuerza.

Diez días después, volverá a encontrarse con Iris. Quedan en reunirse fuera del Playground, en un salón de chat privado en el internet.

> Kandinsky: gracias X reaparecr me dejaron pnsando tus palabras
> Iris: casi no lo hago no soporto el Plygrnd publicidad n todas parts
> Kandinsky: s asi n toda la red
> Iris: no n toda sa no fue la ida original para la q fue creada hay cbrsta2 zonas tmporals autono+ utopias piratas
> Kandinsky: utopias piratas
> Iris: como las d los corsarios dl si-

glo xviii una srie d islas remotas dond los barcos c reaprovisionaban y l botin c ofrecia como moneda d Kmbio X provisions y otras cosas comunidads q vivn fura d la ley fura dl stado aunque sea un tiempo brev islas n la red
Kandinsky: hoy no s posible vivir fura d la ley fura dl stado
Iris: n l cbrspacio si lo s gracias a progra+ d encriptado como criptografia con clave publica PGP nviadors anonimos d email hay comunidads politicas autono+ dfindn un spacio al q no llega l stado-nacion no llegan sus leys so s criptoanarKia vivo n una d ellas visita fredonia
Kandinsky: la ley tard o tmprano llega
Iris: n stas utopias piratas hay leys virtuals juecs virtuals Kstigos virtuals institucions q rsptan la autonomia moral dl individuo son justas igualitarias no como las institucions dl mundo real lo q importa s q existan aunq ca X corto tiempo luego reaparezKn n otra part n la red zonas tmporals autono+ no structuras prmannts d gobirno so no intrsa
Kandinsky: con la anarKia no llegamos a ninguna part
Iris: anarkia no s incndiar bancos tindas no s dsconocr la autoridad s pdir q la autoridad ca Kpaz d justifiKr su autoridad si no pued hacrlo db dsaparecr c trata d dvolvrle + responsabilidad al individuo gracias a las nuevas tcnologias s posible soKvar l podr dl stado-nacion reqrda la red necsitamos volvr a ella apodrarnos dl spacio virtual l camino s la criptoanarKia

Kandinsky visitará Fredonia y lo entusiasmará la organización social de ese MOO (MOO significa MUD, *object oriented*: en los MOOs, los participantes tienen más libertad que en los MUDs para crear y modificar sobre la marcha el universo virtual). Descubrirá que en la red hay más de 350 MOOs, cada uno con diversas formas de gobierno y organización social. Vivirá en Fredonia durante un mes y medio. No llegará a conocer en persona a Iris, pero durante ese tiempo se enamorará de ella, compartirá una casa virtual e incluso, en el éxtasis de la pasión, planearán tener hijos.

Una mañana se despertará diciendo que todo había sido un sueño magnífico, pero sueño al fin. Se despedirá de Iris y le agradecerá haberle mostrado el camino. Él también tenía ahora una utopía pirata: era cierto, había que reclamar lo que les correspondía, atacar al Playground hasta hacerlo ponerse de rodillas; había que reapoderarse del espacio virtual, y no sólo de éste sino también del espacio real. Había un Estado, había corporaciones contra las cuales se debía luchar. De nada servía refugiarse en una isla en la red.

Un domingo será sorpresivamente emboscado por Laura en el baño. Después de un encuentro tembloroso –estrépito de palomas en el tejado–, ella se escabullirá de sus brazos y desaparecerá con sigilo.

Al rato, la emoción todavía en su piel, Kandinsky volverá a ingresar al sitio del Citibank en la red. Esta vez, no robará números de tarjetas de crédito; destruirá la página de bienvenida a los clientes, y la reemplazará por una foto de Karl Marx y un graffiti proclamando la necesidad de la resistencia.

Es el nacimiento del ciberhacktivismo de Kandinsky.

Dos

1

Ingresas con prisa a la Cámara Negra, el edificio recortado en la inmensa y brusca noche como un vigía en altamar. El ritual de la tarjeta de identificación en la ranura. Los policías a la entrada te saludan apenas esta vez, un ligero movimiento de la cabeza, tensos los rostros, o quizás es el sueño, el esfuerzo para evitar un bostezo, la noche se ha tornado larga y todavía falta un par de horas.

Afuera rige la oscuridad, pero en el edificio te bañan los haces de luz blanca, insensata en su intensidad. Perseguido por reflectores deslumbrantes, recorres los pasillos como tantas otras veces, agitado, emocionado, cuando sabías que de ti dependían destinos, cuando con un chasquido de dedos podías abolir el azar. Contando números en silencio, revisando frecuencias de letras de cualquier frase que se te ocurriera –*un gato escondido con el rabo afuera está más escondido que un rabo escondido con el gato afuera*–, te dirigías a la Sala de Decodificación donde Albert, un cigarrillo en la boca y detrás de él un letrero de *No Fumar*, los pelos parados de científico absorto, te esperaba con los mensajes intransigentes en una carpeta, para que intentaras penetrar en su coraza de acero. *I-rre-so-lu-bles*, decía, exagerando la pronunciación, dándole a cada sílaba un hálito de independencia, *¿podrás?* Abrir la cripta y encontrarse con alguien vivo, el corazón palpitante, la ronca respiración. *I-rre-so-lu-bles*. Eras el primero en intentarlo, o a veces el último, cuando todos los criptoanalistas en el edificio se daban por vencidos. Albert confiaba en ti, y su pregunta era retórica: sabía que podías. Agarrabas la carpeta sin mirarlo a los ojos –tanto gasto en el intercambio de mensajes–, y ya estabas pensando en la solución antes de haberte enfrentado al problema. Desbrozar la maleza, que una *tabula rasa* reciba tus algoritmos mentales, que se te vaya la vida en cada intento. ¡Ah, terco esfuerzo del intelecto por superarse a sí mismo!

Pero ahora no vas a la Sala de Decodificación. Hace un buen tiempo que no lo haces, desde la llegada de Ramírez-Graham. Te duele el pecho cuando recuerdas la vez que lo hiciste y se te negó la entrada. Ya no pertenecías al grupo de los elegidos. Volviste a tu oficina y descubriste que ya no era tuya. Tus libros y ficheros y las fotos de Ruth y Flavia en una caja de cartón, al igual que un reloj de mesa que hacía mucho no daba la hora. Habías sido reasignado, eras ahora jefe del Archivo. Un ascenso, decían, felicidades, pero tú lo sentías como un descenso. ¿Por qué, si no, la puerta cerrada? Metáfora que se torna literal la primera vez que tomas el ascensor que te conduce a tus nuevas oficinas, en el subsuelo.

Un ambiente de frenesí en la Sala Bletchley. Las computadoras encendidas, las pantallas brillando como acuarios con peces eléctricos, gente que entra y sale. Extrañas esa agitación. Se te acerca Romero Flores, un criptoanalista de parpadeo incesante en el ojo derecho. Se las da de tu amigo y odias que se quede mirando la foto de Flavia en tu escritorio y te diga que tienes una hija muuuuy bonita.

—Llegaste tarde. El Jefe te estaba buscando.

—Faltaría más. Las veces que se me necesita con urgencia, resulta que no es para tanto.

—Esta vez parece que sí. Necesitan de tu memoria, Turing.

—De la memoria del archivo, dirás.

Las rayas diagonales rojas de su corbata azul... ¿Qué indicaba el rojo con el azul? ¿Te estaría diciendo, como amigo que dice que es, que Ramírez-Graham te castigaría?

De nuevo, el viaje en ascensor, el descenso a ese pozo infinito de información, ese pozo de información infinita. Otis, paredes verdes, límite de cinco pasajeros y cuatrocientos kilos, revisado por última vez hace nueve meses, ¿podría lanzarte sin demora al abismo? Sí, según el cálculo de probabilidades.

¿Cuántos segundos de tu tiempo en el ascensor? Sumados, se tornan minutos y horas, hasta dar con días: meritorias cifras de una vida.

Te sacas los lentes, el marco de curvatura chueca te hace doler los ojos. Te los vuelves a poner. Un chicle Addams de mentol a la boca. Menos de un minuto, y lo tiras al basurero. Revisas las novedades: poco a poco, los servicios de comunicaciones del gobierno están volviendo a funcionar. El graffiti electrónico colocado por los piratas informáticos ha sido en gran parte borrado. Debiste haberte quedado en casa.

La primera vez que visitaste el subsuelo había sido a los seis meses de trabajar en la Cámara Negra. Esa tarde, habías ingresado a la oficina de Albert a discutir las novedades de la semana. Ya te habías convertido en su criptoanalista favorito. Te daba mucho trabajo, y eras su salvación cuando había algún mensaje cifrado reacio al análisis de los otros. Tus compañeros te veían con recelo por tanta preferencia odiosa. No te importaba. No te importaba nada con tal de estar cerca de Albert, de hacer lo que te ordenaba.

Esa tarde, Albert salió de la oficina y te pidió que lo acompañaras. Caminaron por pasillos estrechos, se dirigieron al ascensor. Siguió hablando con esa voz envolvente de acento extraño, un español que a ratos se dejaba contagiar por letras y entonaciones extranjeras. ¿De dónde sería en verdad? Te hablaba de lo mucho que había por hacer en Río Fugitivo. Una vez en el ascensor, te dijo: «El gobierno me ha dado carta blanca. Pero tampoco hay dinero. Con más dinero, haría maravillas». «Debe tomarlo con calma, jefe. Ya ha hecho bastante por este país». «Los enemigos nunca duermen, Turing». La puerta se abrió. No sabías dónde estabas. Lo seguiste, a tientas en la oscuridad. «Convertiré este piso en el Archivo General. Tanto papel que se acumula. Tenemos que comenzar a ordenar todo, a archivar». «Es muy ambicioso, jefe. Este país le queda chico». Se detuvo y se dio la vuelta. Su rostro se acercó al tuyo. Sentiste un temblor ansioso en tus labios. ¿Te iba a besar? Tus ojos se dirigieron al suelo. «Turing, mírame. No hay de qué avergonzarse». Alzaste la mirada. Sus labios se acercaron. Intentaste desprenderte de ti mismo, abstraerte de esos instantes, verte desde lejos como si fuera otro el que estaba en el subsuelo con Albert. Pero descubriste que no querías alejarte del todo. Querías darle placer a Albert. Querías que tu jefe fuera feliz. No se merecía menos.

Sus labios se detuvieron y no llegaron a tocar los tuyos. ¿Te estaba probando? ¿Quería ver hasta dónde llegaba tu sumisión, de qué eras capaz? Ya lo sabía: eras capaz de todo. No se necesitaban más pruebas, ya no era necesario besarte. Se dio la vuelta y siguió hablando de sus planes para instalar un archivo en el subsuelo. Nada había ocurrido.

Hubo otros incidentes similares al del subsuelo, pero Albert nunca te llegó a tocar. Te decías que, a diferencia del verdadero Alan Turing, no te atraían los hombres, pero debías aceptarlo, te sentiste desairado cuando no ocurrió nada. Hubo una enorme decepción cuando supiste que había otros hombres y mujeres en su vida, pero no hiciste nada para que se enterara de tus sentimientos. Con el tiempo, fuiste descubriendo que su interés hacia ti era sólo intelectual, y aceptaste tu papel en silencio: algo era mejor que nada. Con los años, los amagos de contacto físico se fueron espaciando, pero nunca desaparecieron del todo.

—Despierte, señor Sáenz.

Es la voz de Baez en la sala. Santana está a su lado. Acólitos de Ramírez-Graham. No los soportas: creen que todo comienza y termina en una computadora, sin ella no podrían hacer una simple suma. Con tanta mediocridad a cargo, ¿cómo esperaba el gobierno enfrentarse a las señales que cruzaban los aires esos días, las pulsiones electrónicas que olían a traición, que rezumaban conspiración?

—Señor Sáenz, llega usted tarde.

Odias la retórica formal de Baez, y el hecho de que no te llame *Turing:* ¿una manera de decirte que no estás a la altura, que apenas eres un viejo funcionario al que no se le despide por compasión? No, no es sólo eso, son los secretos que guardas, las carpetas que has visto, las órdenes que se han dado o la furia que se ha desbordado gracias a tu trabajo. Ah, mocoso que apenas balbuceaba palabras sueltas e incoherentes cuando tú escribías –mejor, descifrabas– tus años de gloria. Y para colmo ahora me llaman criminal, asesino, lo hacen sin dar la cara, cobardes.

—Tuve que manejar con cuidado. No hay luz en algunos sectores de la ciudad.

—Bueno, bueno, bueno. Usted sabe que lo admiramos mucho —no hay asomo de burla en su voz. Baez no deja de sorprenderte—. Por todo lo que representa para nosotros. Pero tiene que salir antes, para llegar a la hora debida. Puntualidad antes que nada. No hay tiempo que perder. Bueno, bueno.

—No hemos tenido mucha suerte con el virus –interviene Santana—. Pero tenemos el source code del software que creó el graffiti en los sites del gobierno, y hemos encontrado ciertas señales sugestivas.

¿Source code? ¿Software? ¿Site? El español de Santana es una burla... Debería ahorrarse el trabajo y hablar directamente en inglés.

—Es un golpe de suerte —dice Baez—, pero todos necesitamos eso. Como dice el jefe, hasta en el software se pueden encontrar las huellas digitales del criminal.

No siempre, te dices. Ojalá que no esta vez. ¿Será que quieres ver derrotado a Ramírez-Graham? Eso implicaría la derrota del gobierno. Debes erradicar de ti esas ideas de traición a la patria. Pero es imposible enfrentarse al pensamiento, impedir que vaya por las sendas que quiere recorrer. Algo de razón tenía Albert en su búsqueda del algoritmo que permitía pensar al pensamiento. Detrás del desorden de las asociaciones de ideas se hallaba un orden al que era necesario llegar. El disparador narrativo que era el origen del supuesto caos mental. Como las máquinas, como las computadoras, el cerebro humano tenía ciertos procedimientos lógicos que llevaban al pensamiento de un punto a otro.

—Necesitamos —dice Santana— comparar lo que tenemos con otros graffitis con código similar. Los códigos de otros ataques estaban guardados en una computadora infectada, pero por suerte todos fueron impresos y archivados. Usted debe saber dónde están almacenados.

Te sacas los lentes chuecos. Se rumorea que Ramírez-Graham está en peligro de perder su trabajo: ha sido incapaz de atrapar a los hombres –a los jóvenes, a los adolescentes, a ¿los niños?– de la Resistencia. Desde que aparecieron, han jugado un ajedrez ofensivo con Ramírez-Graham, diezmado sus peones, vulnerado sus alfiles, y ahora están a punto de tomar su reina y luego dar mate al rey. Ramírez-Graham se pasea por los pasillos del edificio con las carpetas de datos que ha logrado acumular, fichas a las que invariablemente les falta un pedazo para ser armadas. Es el precio a tanta arrogancia. Lo admites: en este caso, y por esta sola ocasión, estás del lado de los creadores y no de los desarticuladores de códigos.

—¿Puedo ver lo que tienen?

—Lo que usted necesite —dice Santana—. Y apúrese. ¿Sabía que el jefe ha decidido recurrir a su hija? Dicen que es muy buena.

—No lo sabía. Lo es. Nos ayudó antes un par de veces. En tiempos de Albert, de eso ni dos años. Gracias a ella agarramos a un par de piratas informáticos.

—Hackers, querrá decir.

Si creen que la mención a Flavia te molestará, están equivocados. Más bien, te llena de orgullo: es sangre de tu sangre. Albert fue el primero en darse cuenta de su talento. Ruth y tú veían sus destrezas con la computadora como un sofisticado pasatiempo adolescente. Flavia llegaría lejos, y tú con ella.

Baez te entrega una carpeta negra. ¿Por qué negra, te dices, y no amarilla como siempre, o azul, o roja? No deberías leer mucho en los colores. La abres. Páginas de código binario, ceros y unos en rigurosa formación, capaces, en su repetitiva simpleza, de esconder las obras completas de Vargas Llosa o las cifras detalladas del último censo. Los ceros y los unos, ¿van formando alguna figura? Nada aparente. Conoces muchos casos de creadores de códigos que suelen dejar mensajes en éstos, firmas, señales distintivas, frases burlonas o desdeñosas. Se creen muy listos y no pueden aguantar un último gesto de superioridad sobre el otro. Qué sería de tu trabajo sin estas pequeñas debilidades de la pasión. Es imposible educar del todo al deseo.

Buscas en tu computadora el mapa del Archivo. Para quienes estaban a cargo de este piso antes de que tú llegaras, archivar significaba apenas acumular la información de manera desordenada. Y así como es fácil extraviar un libro en una biblioteca, también es fácil extraviar información en un archivo. En la pantalla parpadeante tu mapa es muy incompleto: algunas manchas negras en la piel del tigre. Sabes, y suspiras con tristeza por ello, que hay mucha información perdida para siempre.

Hay una sección en la que se encuentran diferentes source codes –¿cómo lo dirías en español?– encontrados en computadoras hackeadas –¿pirateadas?–. Escribes: «graffiti» y «Resistencia». Por si acaso, escribes «Kandinsky». Cajón 239, estante superior, fila H. Tu memoria es la memoria de la computadora. Sin un gesto que traicione tu sensación de triunfo, de manera que Baez pueda sufrir un poco más, abres la puerta que da al Archivo, enciendes la luz y te pierdes en sus pasillos angostos.

Cruje la artrítica madera, y hay olor a humedad en ese recinto de escasa ventilación. En los estantes, cajas con papeles, disquetes, zips, CDs, videos, DVDs, casetes. Hay, como piezas de museo conseguidas no sabes cómo, unos discos de acetato de dieciocho pulgadas, precursores de los discos de vinilo, que fueron usados durante la Segunda Guerra Mundial y sólo se pueden escuchar en una máquina llamada Memovox (queda algún ejemplar en el National Archives Building en Washington). Disketes que ya no se pueden leer, porque están escritos en programas como LOTUS, sólo comprensibles para quienes hayan estudiado computación en los años setenta. Discos ópticos que estaban de moda en los ochenta y han desaparecido del mercado. La era de la información produce tanta información que termina por ahogarse a sí misma y tornarse obsoleta. La velocidad del cambio tecnológico hace que nuevos equipos rápidamente dejen de lado a los anteriores. Gracias a la tecnología digital, más y más datos se acumulan en menos espacio; lo ganado en cantidad se pierde en la fragilidad del nuevo medio, en su incapacidad para persistir. Hoy se graban datos como nunca en la historia del hombre; hoy se pierde información como nunca en la historia del hombre. A veces, discurres por los pasillos sin darte cuenta de nada. Otras, sientes en tu piel cada gota –bit, pixel– de información, la perdida y la que existe, y te sientes cercano a un arrebato místico, a un éxtasis que un dios tramposo ha preparado para ti.

Llegas al estante que buscabas. Abres unos cajones, sacas varias carpetas. Las tomas entre tus manos. Son ligeras, pero sientes que te empujan al suelo.

Te hincas, oprimes las carpetas contra tu pecho, miras a los costados –cajas y cajas en proceso de deterioro– y hacia arriba.

Tocas tu piel cansada, llena de arrugas. Tú también eres información que se va degradando irreversiblemente. Sientes que, allá arriba, hay alguien que quiere comunicarse contigo. No sabes qué te quiere decir. Quizás no importe.

2

Flavia abre el refrigerador y saca una manzana mordida. Se echa en el sofá y enciende la televisión. Mira las noticias: nada de los hackers muertos, ninguna novedad de la Resistencia, una entrevista al líder aymara de los cocaleros, que anuncia la formación de un partido político y se proclama «futuro presidente de la república». Cambia a un canal de dibujos animados japoneses. *Haruki*, sobre un sapo o una rana sobreviviente a un ataque nuclear. ¿Cómo harían los japones para universalizar con tanta facilidad su cultura popular? Pronto habría mochilas Haruki, pijamas Haruki, sandalias Haruki… Baja el volumen y enciende el estéreo: Chemical Brothers, *Come with us.* La música tecno va mejor con las imágenes.

Tira a la alfombra sus zapatos y el uniforme del colegio: se queda con una polera blanca y un short azul de jean. Junta los pies desnudos en un instintivo gesto de recato. No hay momento del día en que no se sienta observada. Recuerda las veces en que sintió el paso furtivo de una sombra mientras se duchaba. Deberá subir a su habitación a ponerse una bata.

Los cuadros que la rodean en el living tienen un tema: noches tormentosas a la manera impresionista. Quién lo hubiera dicho, los franceses se dedicaron a pintar flores y arbustos durante más de tres décadas, e hicieron de ello un estilo que todavía persiste. Los gustos anticuados de sus papás, incongruentes en el universo de *anime* y The Chemical Brothers. Preferiría otra cosa para sus paredes, Lichtenstein por ejemplo. Pero incluso eso sería insuficiente, algo más cercano a mí sería el arte digital, cuadros incapaces de estarse quietos, que gracias a combinaciones binarias nunca son el mismo cuadro dos veces.

Lee su correo en el Nokia plateado. Le ha escrito el encargado de disciplina del colegio, preguntándole dónde se ha metido: son las nueve y cuarto, sabemos que no estás en clase. Miserias de la tecnología, que la conectan a una con el mundo y le impiden escapar del todo (a no ser que uno quiera usar la tecnología para ello).

La casa está vacía. Las cortinas cerradas apagan la mañana. Varias veces ha creído hallarse sola, para luego descubrir a mamá encerrada en su cuarto con una botella de agua en la mano (Rosa descubriría que se trataba de vodka). ¿Estaría ahora? Debería subir a cerciorarse. Come la manzana con fruición.

Cada vez comprende menos a sus papás. Están lejos de la belleza del mundo. Mamá se halla presa de sí misma, en una agobiante camisa de fuerza. Hubo una época en que hacían muchas cosas juntas: iban al supermercado o al centro comercial con cualquier excusa, y entre compra y compra se contaban secretos como si fueran amigas. Para Flavia, *era* su mejor amiga; nunca había logrado relacionarse de ese modo con las chicas de su edad. Pero esos momentos de intimidad y confianza habían cesado. Quizás se trataba sólo de una época en la vida, entre los diez y los trece, cuando la niña llega a la pubertad y su cuerpo y mente se transforman, y necesita, como nunca, del apoyo de una persona mayor para ahuyentar sus miedos y reafirmar su confianza. Quizás no.

Se come el carozo de la manzana. Sube a su cuarto. Huele a pera, su fragancia favorita. Abre las cortinas, deja que el día irrumpa. Las computadoras duermen con una imagen de Duanne 2019 en el screensaver.

Y papá... hace mucho que es otro. O quizás siempre fue así y sólo ahora se da cuenta de todo. Y trata de no recordar, de conminar ciertas imágenes al olvido definitivo, pero vuelve a ella un incidente de la infancia que había languidecido hasta hacía poco entre los pasadizos más oscuros de la memoria.

Tenía seis o siete años. Estaba en su cuarto, de espaldas a la puerta. Jugaba con muñecas cerca a la ventana; la luz del día la apresaba en un rectángulo. Tenía el pelo largo, hasta la cintura. Sintió, de pronto, pasos en la habitación. Iba a darse la vuelta, pero la voz de papá le pidió que no lo hiciera. Que siguiera, por favor, en esa posición, apoyada de rodillas en el suelo. Que siguiera jugando como si no hubiera nadie en la habitación. Lo intentó, pero era difícil olvidarse que había otra persona con ella, un adulto. De pronto, sintió a papá arrodillarse tras ella. Una mano acariciando su cabellera, jugando con sus rizos. Con la voz de su muñeca favorita, una Barbie de pelo negro, ella le dijo a una muñeca pelirroja que quería invitarla a su casa para su cumpleaños. La mano seguía jugando con su cabellera. De pronto, otro ruido, que ella en ese entonces no supo precisar pero que ahora, años más tarde, creía saber de qué se trataba. La rítmica respiración de papá, que se iba agitando, tornando ronca. Siguió jugando con las muñecas. De pronto, un silencio pesado, que se extendía a toda la casa y luego al barrio y luego a toda la ciudad y al universo.

Ahora, recién ahora, se da cuenta de lo que había ocurrido. Mejor: siempre supo qué había ocurrido, pero se había negado a procesar la información y lidiar con ella. Pese a todo, alguien que vivía dentro suyo se había encargado de tomarse pequeñas venganzas durante todo ese tiempo: no por nada le pedía todo lo que se le antojara, sabía que no se le negaría nada. Y las veces que se había burlado de su cara apocada, de su andar encorvado…

Pero ahora sospecha que quizás eso no sea suficiente. Quizás la repulsión termine venciéndola, y un día decida denunciarlo o irse de la casa.

Ingresa a su sitio. En vez de la página de inicio aparece una con el símbolo de la Resistencia y un mensaje. Su sitio acababa de ser hackeado. Quiere darle un golpe a la pantalla, destrozar ese símbolo arrogante.

Lee el mensaje: se trata de una intervención amistosa. Uno, para decirle que necesita un sistema más poderoso de seguridad. Dos, debe dejarse de atacar a la Resistencia con rumores infundados, pues eso sólo le traerá problemas. Más bien, la necesitan en su lucha. Debe unirse a ellos, piensa como ellos, es como ellos. Las grandes corporaciones están detrás de la opresión a los países latinoamericanos. La globalización es un juego en el que ellas dictan las reglas a su gusto.

No sabe qué contestar. La lucha de la Resistencia se le antoja utópica, idealista. Sí, entiende la amenaza que representan las corporaciones para un país pequeño, pero de ahí a vencerlas dista un enorme trecho. Un abismo infranqueable. Se pregunta cuáles serán los siguientes pasos de la Resistencia. El sistema de comunicaciones del gobierno en la red ha sido hackeado con éxito, se ha logrado paralizar el flujo de información durante más de un día, pero todo ha vuelto a una relativa normalidad y de seguro las nuevas firewalls del gobierno son más difíciles de penetrar. Si sólo se trataba de mandar un mensaje, de mostrarle a Montenegro que transar con las grandes corporaciones no le sería fácil, el objetivo se había cumplido. Si se intentaba lograr, junto a la Coalición, que el gobierno declarara nulo el contrato con GlobaLux, lo veía mucho más difícil. Y ella no se oponía del todo a GlobaLux. La compañía dará trabajo a muchos, y cuando estaba en manos del Estado era una empresa ineficiente. Es cierto, casi todas las empresas estatales han sido vendidas. Como gran resultado, estamos más pobres que antes y para colmo con el país hipotecado. Pero eso no significa que haya que negarse por completo a cualquier tipo de privatización. Si es así, mejor cerremos nuestras fronteras.

Le hubiera gustado preguntarle a la voz qué tenía que ver la Resistencia con la muerte de Vivas y Padilla. Pero estaba claro que no se trataba de un diálogo. ¿Sería ese mensaje obra de Rafael? ¿Sería Rafael Kandinsky? Difícil. El gran jefe no se pondría a seguirla o amenazarla en persona; otros lo harían por él.

Ingresa al Playground con la identidad de Erin. Se dirige al Embarcadero, una zona poblada por vendedores de información y de drogas ilícitas, aventureros a sueldo y prostitutas. Erin va a *Faustine*, un salón de juegos de dudosa reputación: en su búsqueda de Ridley, cree que éste estará allí si es que todavía merodea por el Playground. Cámaras apostadas en lugares estratégicos vigilan sus pasos, grupos de soldados patrullan las calles y un helicóptero sobrevuela el cielo azul metálico.

Faustine está lleno de avatares en las mesas de blackjack y crap. Las conversaciones se funden en un murmullo que compite con la música electrónica que sale de una payola. Erin se abre paso entre el gentío. Una pelirroja le ofrece sus servicios; un polvillo blanco con fulgurantes puntos dorados cubre su rostro, maquillaje que se ha puesto de moda para anunciar disponibilidad sexual; sus manos bruscas se posan en los hombros de Erin, que no está interesada y la rechaza, no sin antes susurrarle que encuentra atractiva su camisa de rojo sobresaturado y escote vertiginoso.

Se sienta en una mesa de blackjack y pide un trago de Amaretto mezclado con Irish Cream y un toque de granadina. Al lado suyo se encuentran un hombre calvo con un garfio en la mano derecha y un mastín a sus pies, y una mujer drogada que se come las palabras cuando habla.

Las cartas le llegan: un as y un rey de corazones. Blackjack. Será el primero y último: en las siguientes manos, perderá ante la casa, representada por un hombre con un terno negro, los rasgos afeminados, la boca de labios finos fruncida en un rictus de desdén.

Alguien le toca el hombro. Flavia lo ve antes que Erin, y se emociona por ella y por sí misma: es Ridley, el hilo que, espera, la conducirá del dédalo virtual del Playground a la guarida de Rafael en Río Fugitivo.

Erin vuelve a perder y se levanta de la mesa. Ridley tiene el brazo derecho en cabestrillo. En su mejilla izquierda hay un hematoma de color entre azulado y púrpura. Salen a la calle. Caminan rumbo a una explanada de limoneros. Flavia se pregunta si éstos serán fragantes. A la realidad del Playground le faltan olores.

```
Erin: t siguen prsiguindo
Ridley: ya me agarraron ya me pgaron
ya me metiron a la Krcel x una noche
la policia no prdona tinn un sistma d
```

```
vigilancia ++ fctivo ade+ q usan in-
formants bunos pa disimular hablo
contigo podrias sr 1 d llos
Erin: no lo digas ni n broma
Ridley: ya lo c si no no staria aKi
aun asi sigue sindo pligroso acompa-
ñame a mi hotl s crK
```

Erin decide seguirlo. El hotel está a dos cuadras: es un lugar decrépito que bordea el puerto. No hay ascensor, y suben por escaleras en las que la madera cruje y Erin teme un paso en falso. Las paredes están sucias y abunda en ellas graffitis pornográficos. Pasan junto a dos hombres en una nada disimulada compra y venta de drogas. Llegan a la habitación. Ridley prefiere no abrir las cortinas y enciende la luz.

```
Ridley: n stos lugars s + dificil q
intrcptn tus palabras
```

Erin se saca las botas y se recuesta en la cama. Ridley se echa junto a ella y la besa en el cuello. Erin se deja hacer; con su mano hábil, Ridley le desabotona la camisa y deja sus senos en libertad. Los besa con apuro, como si no quisiera perder tiempo en ellos para avanzar hacia lo que en realidad le interesa. Cuando comienza a desabrochar el cinturón de Erin, ella lo detiene.

```
Erin: podrias siquira comnzar con un
bso n la boK todos son =
```

Ridley la besa en la boca sin dejar de desabrochar su cinturón. Erin siente su palpable ansiedad, su olor masculino. Resbala sus manos por su cuerpo musculoso, se encuentra con su miembro erguido. Al rato, ambos están desnudos.

```
Erin: q incomodo tnr la mano asi
Ridley: ya me habia olvidado d lla
```

Flavia se busca a sí misma con un par de dedos de la mano derecha. Erin cierra los ojos y siente el gozo de tener a Ridley en ella. Los temblores y los jadeos la precipitan al fondo del instante.

Cuando todo termina, ingresa entre las sábanas y se recuesta junto a Ridley. Cuando todo termina, Flavia cierra los ojos y tiene ganas de echarse en su cama a dormir.

```
Ridley: no t voy a pdir q me acompañs
solo quiro q me scuchs tngo un secre-
to y necsito revlarlo a alguin si al-
go me pasa busK a mis padrs la direc-
cion sta n st papl yo no me puedo
contactar con llos busKlos y dils q
su hijo fue dsaparecido X una Kusa
justa
Erin: cominzas a asustarme
Ridley: yo stoy asustado tambin dis-
pusto a continuar hasta l final
Erin: hasta l final d q
Ridley: hay un grupo al q prtnezco
tnmos un plan reblarnos contra l go-
birno dl Plygrnd librarnos d sta
dictadura nos tinn sometidos n bac
al placr sa s la por dictadura con-
trolan todos nustros movimintos nos
ngañan dicindonos q somos librs
Erin: imposible lograr lo q busKn
Ridley: mejor sr dsaparecido n l
intnto q continuar sindo part d sto
Erin: tins algo q vr con KndnsKy
```

Ridley le entrega un papel doblado. Erin lo abre y lee una dirección. Flavia la copia; sospecha que ésta la puede llevar a Rafael.

Atraviesa el silencio del hotel el golpeteo urgente de unos pasos en la escalera. Ridley se levanta de la cama y se pone los pantalones con prisa; sin despedirse de Erin, abre la ventana y salta por ella hacia un techo vecino. Erin lo ve perderse;

al rato, dos policías militares abren la puerta de un empujón. La encañonan.

```
PM 235: no c mueva no c mueva qdc
dond sta
```

Flavia cree que no hará daño decir la verdad. Erin abre la ventana y salta hacia un techo vecino.

```
Erin: c fue x alli
```

3

Ruth comprueba, desazonada, que sus sospechas son ciertas: todas las puertas de ingreso a la universidad se hallan clausuradas. Los patios están desiertos, hay un par de carros blindados en la puerta principal, y junto a ella soldados antimotines apostados con pecheras metálicas, cascos y fusiles. A cincuenta metros, un grupo de universitarios los insulta. Hay otro grupo de estudiantes enfrentado a unos soldados que montan guardia ante el McDonalds a media cuadra de la puerta principal. El McDonalds tiene todos sus vidrios rotos. Ruth ha comido tantas veces allí desde que se estrenó a principios del semestre; a veces incluso tenía sus horas de oficina en ese recinto luminoso, de piso reluciente y baños limpios, en los que siempre hay papel higiénico.

Le duelen los pies. Ha caminado mucho. No debió haber venido con zapatos de taco alto. ¿Deberá darse por vencida? Enciende un cigarrillo: tabaco negro, como les gustaba a sus papás.

Trata de tranquilizarse: aun si encontraran su manuscrito de pruebas, les sería imposible descifrar todo lo que allí ha escrito, su interminable acusación contra el gobierno. Cada capítulo ha sido escrito en un código diferente, y para entenderlo tendrían que tener también el cuaderno con cada uno de los códigos, a salvo en una caja fuerte en el Banco Central. Cada código ha sido usado una sola vez, a la manera del one-time pad que tenían los operadores nazis para Enigma (bueno, un código fue usado dos veces, y sabe que una repetición es un descuido, una puerta abierta por la que podían ingresar los criptoanalistas enemigos y sí, los nazis también habían sido descuidados, acaso porque confiaban mucho en la infalibilidad de Enigma, acaso por cansancio).

Dará un rodeo. Quizás por una de las puertas laterales tenga más suerte. Al menos, se librará del enfrentamiento. Termina de fumar, tira la colilla al suelo. Acompañan su camino las caras desencajadas de los universitarios, un par de ellos estudiantes suyos. No sabía que en esos rostros otrora tan apacibles se hallaba almacenada una energía presta a explotar, un descontento que sólo necesitaba de la excusa adecuada para desbordarse. Acaso la tranquilidad que aparentaban, el siniestro conformismo, eran versiones algo exacerbadas de una hueca resignación: no la de aquellos que creen imposible cambiar el estado de cosas, sino la de quienes todavía no encuentran la forma que va a tomar su estallido. Como algunos enfermos terminales que parecen aceptar su condición con lucidez y sin rencores, cuando en realidad sucede que durante meses están afinando la garganta para el inconsolable aullido de desesperación en la madrugada, o acaso al mediodía, cuando las cortinas de la habitación tiemblan ante tanto sol.

Resulta extraño ver los patios vacíos, el enorme molle al centro, solitario, sin estudiantes protegidos por su sombra. Las ventanas del edificio de cuatro pisos dejan ingresar la luz hacia las aulas y oficinas vacías. Acaso un banco tirado con estrépito, cuadernos y libros en el piso, una pizarra con insultos a un profesor y una cafetera todavía encendida en el comedor, exhalando vapor a raudales. Una vez más, las universidades cerradas. ¿Y muy pronto, como en otros tiempos, el suelo con la bosta de los caballos de los militares? ¿Cuántos recuerdos amargos le traen los candados en los cerrojos? ¿Cuántas generaciones se quedaron con los estudios a medias? Allá por los setenta, allá a principios de los ochenta... Los del noventa tuvieron más suerte. La rueda gira, y algunas cosas avanzan para que todo vuelva a retroceder.

No había terminado los estudios gracias a que Montenegro había hecho cerrar las universidades. No había sacado nunca el título oficial de historiadora. Gracias a su trabajo en el régimen había logrado que le consiguieran un título falso. Quizás ésa era la razón principal por la que no toleraba a

Montenegro, y no una cuestión de principios. Había sido obligada a vivir con el temor a ser descubierta cualquier rato, ser expuesta como un fraude. La despedirían de su trabajo, sería víctima del escarnio público.

Tres soldados en la puerta lateral que da a la calle de los Limoneros. Ruth se arma de valor y se acerca, la cara más compungida que es capaz de hacer. Se apresta a ingresar cuando uno de ellos, la voz hosca, la detiene:

—Señora, prohibido el ingreso.

—Trabajo aquí —dice, mostrándole su carnet universitario—. Soy profesora. No vengo a ocasionar molestias. Sólo necesito ingresar un rato a mi oficina. Es urgente.

—Lo siento. Órdenes son órdenes.

Ruth sabe que las órdenes nunca son órdenes del todo. Siempre se las puede contravenir, es cuestión de encontrar el precio correcto y el momento exacto para el ofrecimiento.

—Oficial, por favor. Entiéndame. Quizás la universidad esté cerrada por semanas. Y si no entro ahora, no entraré nunca. Haga de cuenta que la orden todavía no ha llegado, que lo hará apenas yo salga de la universidad. Si me hace ese gran favor, sabré valorarlo de la mejor forma en que se puede valorar una cosa así.

La lógica es irrefutable: déjeme ingresar porque la puerta acaba de ser cerrada. Acaso en los primeros cinco minutos de haberse cerrado, todavía pueda estar abierta.

El soldado la mira, confundido. Tiene la quijada puntiaguda, belicosa. La chaqueta de su uniforme está desabotonada a la altura de su barriga.

—Si quiere me acompaña pues. Y no soy oficial, señora. Le agradezco por ascenderme, pero apenas soy un soldado.

Ahora sí, habrá un momento en que los billetes podrán cambiar de manos sin testigos incómodos.

—Estoy muy orgullosa —dice Ruth, zalamera— de que ustedes mantengan la paz en esta hora tan crítica para el país.

El soldado mira a sus compañeros, como pidiéndoles permiso para transgredir una orden. Como insinuándoles que ellos tendrán su parte. Ellos asienten moviendo la cabeza de manera casi imperceptible, como si al hacerlo así no lo hicieran del todo, de modo que pueda haber una excusa, un subterfugio que los libre de la ley quebrada. Se trata de mantener las formas.

El soldado abre la puerta. Ruth ingresa con pasos titubeantes: no puede creer que sus palabras hayan dado resultado. Camina junto a él rumbo al bloque principal de edificios; alza la cabeza, descubre firmeza en sí misma. Se pregunta cuánto dinero tendrá en la cartera.

Cruzan en diagonal las canchas de básquetbol y fulbito. El cielo de nubes grises y amenazantes, a la espera del turbio conjuro de lluvia. Las cosas intolerables que le hace hacer Miguel. Turing. La fácil manera con que se ha hundido. Qué calidad, qué estilo para dilapidar una vida. Debe reconocerlo, hubo momentos tiernos: cuando iban a un restaurante y él le preguntaba mi amor, ¿cuál es el plato que siempre pido?; cuando llegaba del trabajo con una rosa, esos primeros años; cuando le preparaba el desayuno en la cama, todos los días de la Madre, incluso cuando todavía no era mamá; cuando le contaba, emocionado, ya entre las sábanas y con la luz apagada, de algún código complejo que acababa de descifrar; cuando iban a fiestas y él se sentaba en una mesa, incómodo, a mirarla bailar de reojo, aparentando que no le importaba; cuando veía su cara de felicidad mientras Flavia, todavía no cumplidos los dos años, jugaba a ocultarse de él tras un gran sillón de cuero negro. ¿Valen tantas décadas unas cuantas epifanías? Quizás sí. ¿No ha sido en vano, después de todo? Quizás no. Mas ella ya ha cruzado una barrera y no hay más vuelta que darle. No siempre uno debe salvarse en familia; tampoco debe hacerlo en pareja; a veces es necesario hacerlo sola, apretando los dientes y cerrando los ojos. O abriéndolos, como su madre, segundos antes de pegarse un tiro delante de ella, de preferir la muerte a mano propia antes que la irreversible y dolorosa corrupción de la carne.

Siente un líquido caliente deslizarse por las aletas de su nariz y se lleva una mano a los labios. Toca el líquido, lo prueba con su lengua: es sangre. Se detiene: ahora entiende por qué ha recordado a su mamá. Su cuerpo sabía antes que ella que la sangre se deslizaba por la nariz. Y le decía que tenía miedo a esa sangre porque se le acababa de ocurrir que allí, muy dentro suyo, algunas células de su organismo habían comenzado a albergar un cáncer. Era hipocondriaca, pero esta vez no lo era. Era paranoica, pero esta vez no lo era. Cuántos familiares habían muerto de cáncer. Su mamá, su abuelo Fernando, varios tíos, unos cuantos primos. Las mutaciones genéticas eran parte de su herencia intranquila.

—¿Le pasa algo? —pregunta el soldado, deteniéndose.

Ella saca un pañuelo de una cartera. Llamaría al médico desde su oficina. Uno no podía hacer esas llamadas desde un celular. Necesitaba recibir las noticias sentada.

—Nada, oficial —dice, tratando de mantener la calma—. Sólo que acabo de darme cuenta de qué voy a morir.

Reanuda el camino, el golpeteo firme de los tacos, la mirada altiva. El soldado la mira alejarse sin saber qué hacer. Después la sigue.

4

La mañana se apaga. La tarde se apaga. La noche se apaga. El día se apaga.

Mi vida no. Persisto a pesar de mí mismo. Es mi bendición. Y mi maldición. Soy una hormiga eléctrica... Pronto habrá una nueva reencarnación... Estoy en este país más de lo que debería estar. En una habitación olorosa a remedios. Esperando otro frente de combate. Más estimulante. Ya he hecho aquí todo lo que tenía que hacer... Ni me necesitan. Ni los necesito. A pesar de que me tengan como un talismán. O un prisionero...

Quizás el gobierno me quiera hacer desaparecer. Es mucho lo que sé. Pero no puedo hablar... Nadie me puede interrogar.

Las palabras se tejen y destejen en el cerebro... No pueden ser pronunciadas... Y yo quiero descubrirme pensando. Atrapar el pensamiento en el acto de pensar... Y descifrarlo... Ver qué hay detrás de cada asociación de ideas. Acaso otra asociación de ideas... Un curso accidentado como el de un río. Mas lógico al fin.

Soy una hormiga eléctrica... Que quiere morir y no puede.

Yo quise quedarme. O alguien que está en mí y que sabe más que mí quiso que me quedara... Escribo y me escriben. Soy. Por suerte. Otras cosas interesantes...

Soy Edgar Allan Poe... Nací en 1809. Aunque no recuerdo mi infancia... Dicen que inventé el cuento moderno. Y la novela de detectives. Y también la de horror... Traté de explicar racionalmente la composición de un poema. Tenía gran fe en la razón... Y sin embargo mi narrativa abundaba en lo irracional... Era alcohólico. Deliraba. Acaso el pensamiento no sea más que otra forma del delirio... Acaso la razón sea el mayor delirio de todos.

En el país de los delirantes. La razón es rey... Es un delirio encabalgar ideas de una forma lógica. Entre tantas atropelladas ramificaciones... Perseguir la correcta...

Mi gran pasatiempo era la criptología. Escribí en 1839 sobre la importancia de resolver acertijos... Sobre todo textos secretos. Invitaba a mis lectores del *Alexander Weekly Messenger*. En Filadelfia... A que me enviaran textos cifrados en códigos monoalfabéticos de su invención... Llegaban muchos... Los resolví casi todos... Tardaba en hacerlo menos de lo que mis lectores habían tardado en codificarlos.

Yo seguía mi intuición. Acaso la intuición sea la cara más sofisticada de la razón...

El pensamiento es capaz de pensar cosas que creemos que no piensa... Incluso es capaz de pensar lo impensable...

Cuando intuía... Razonaba sin saberlo... Por eso es bueno entregarse al delirio.

Turing no leía mucha literatura... Una vez lo invité a mi casa. Lo sorprendió mi vasta biblioteca. Mis libros en latín y en griego... En alemán y en francés... Me miraba con sus ojos pasmados. Le dije que en la literatura encontraba inspiración... Cómo decir lo más obvio con las palabras menos obvias... Cómo ocultar el sentido en un bosque de frases... La literatura es el código de los códigos. Le dije. Sentado en mi sillón. De espaldas a una ventana. Donde repiqueteaba la lluvia... Es un modo de ver el mundo. De enfrentarse al mundo. De enfrascarse en la batalla cotidiana... Tratando de ver lo que está oculto. Cubierto por una capa de realidad... Tratando de llegar al meollo...

Me seguía mirando. Admirado e incrédulo... Parado junto a un estante... Me levanté y busqué en un anaquel. Le entregué un volumen de cubiertas empastadas... Las obras completas de Poe... Le dije que aprendería mucho leyéndolo... Le dije que leyera «El escarabajo de oro»...

Amagué besarlo. Me gustaba jugar ese juego con él... Ver que si quería. Podía.

El pobre... Cuando se fue. Todavía estaba algo atolondrado.

Soy una hormiga eléctrica... Capaz de escupir sangre... Y de mantener los ojos abiertos y no mirar nada... Ni siquiera a Turing... Sentado en espera de mis palabras. Pobre hombre. No ha salido de su encantamiento... Lo mejor que le pasó fue conocerme. También lo peor... Le enseñé a hacer su trabajo... Y a no preguntar más. A no inquirir. De eso se ocupan otros. La obediencia debida es la ley... Uno puede charlar con la autoridad. Pero no cuestionar sus órdenes... Yo lo trataba de igual a igual. Como a un amigo. De modo que. A la hora de la verdad... Fuera un buen subordinado... Y lo fue... Y lo es... No puede valerse por sí mismo. Sigue dependiendo de mí. Quiere que lo ayude a encontrar el camino... Como solía hacerlo. No sospecha todavía. Que en realidad yo lo ayudaba a no ver el camino... A concentrarse sólo en lo que estaba frente a él. En su mesa de trabajo.

Para que se sostenga un gobierno... Se necesitan funcionarios como él.

Mercados. Ruinas de fortificaciones. Un río. Un valle muy verde.

A Turing le fascinó el cuento de Poe. A Turing le fascinó mi cuento.

Vino a discutirlo a mi oficina la mañana siguiente.... Mientras lo hacía. Yo recordaba la madrugada neblinosa en que creé el código monoalfabético de «El escarabajo de oro»... Legrand necesita descifrarlo para descubrir dónde enterró su tesoro el Capitán Kidd. Muerto un siglo y medio atrás... El código es simple:

```
53‡‡†305))6*;4826)4‡.)4‡);806*;48†8¶60))85;;]8*;:‡*
8†83(88)5*†;46(;88*96*?;8)*‡(;485);5*†2:*‡(;4956*2(5
*—4)8¶8*;4069285);)6†8)4‡‡;1(‡9;48081;8:8‡1;48†8
5;4)485†528806*81(‡9;48;(88;4(‡?34;48)4‡;161;:188;‡?;
```

Eran otros tiempos. Cuando todavía no se había mecanizado el arte de mantener secretos... Había que enfrentarse al código con lápiz y papel. Ayudaba saber algunos métodos criptológicos... Por ejemplo. Saber la frecuencia con que cada letra aparece en el alfabeto. Yo había comenzado con la pura intuición. Luego aprendí. Leyendo un artículo en una enciclopedia... Que mi estilo era una forma rudimentaria de análisis de frecuencias. Cuando escribí el cuento... Ya dominaba por completo el método.

Legrand sabía que la letra más frecuente en inglés es la e. Cuando descubre que 8 ocurre treinta y nueve veces en el código... Supone que 8 equivale a la e. El artículo *the* también ocurre con mucha frecuencia... Y si la combinación ;48 ocurre siete veces en el código... Legrand se anima a deducir que equivale a the. Una mirada general al código encontrará una zona apta para el ataque... Treinta y tres símbolos antes del final. Se puede leer ahora *thet)eeth*. Hay que decubrir la letra detrás de la que se oculta)... No hay una palabra en inglés que equivalga a *t)eeth*... Legrand piensa entonces... Yo hago que piense Legrand... Que el *th* final pertenece a otra palabra... Y se queda con *t)ee*.

Haciendo pruebas con cada letra del alfabeto... La única palabra que tiene sentido es *tree*... Entonces tenemos the *tree thr---hthe*... Para los tres espacios... Legrand se anima a *through*... Tres símbolos más han sido descubiertos. =. ?. 3. Y así sucesivamente. Hasta descifrar el texto... Que dice así. *A good glass in the bishop's hotel in the devil's seat. Forty-one degrees and thirteen minutes northeast and by north main branch seventh limb east side shoot from the left eye of the death's head a bee line from the tree through the shot fifty feet out.*

Todavía misterioso... Pero ahora el problema es para Legrand. No para la criptología.

Albergo un gran cansancio. Llueve. Detrás de las ventanas. Tengo la garganta seca. Me gustaría salir a la calle... Desconectarme de estos tubos. Mi misión aquí está cumplida...

Turing nunca se sintió cómodo trabajando con computadoras… Aprendió mucho. Al menos hizo el esfuerzo. Pero tenía nostalgia de aquellas épocas del lápiz y papel… Cuando los criptogramas tenían algo de crucigramas… Cuando uno se enfrentaba a un problema. Armado de su intuición y su lógica deductiva… Releía hasta el cansancio el cuento de Poe. Era su favorito. Porque hacía vibrar las cuerdas más finas de su ser. Y le hacía descubrir que era un hombre anacrónico… Alguien que hubiera sido feliz en cualquier época. Anterior a la que le tocó en suerte…

Me conmovía verlo deambulando por los pasillos de la Cámara Negra.

Acaso él hubiera sido feliz si le tocaba ser inmortal.

Acaso no. Uno nunca sabe… Lo cierto es que a mí me tocó. Y no soy feliz.

5

Ramírez-Graham está duchándose cuando suena su celular, tirado sobre una repisa de vidrio junto a la afeitadora y un frasco con sus pastillas para el estómago. Estira la mano mojada y coge el Nokia; lo llena de jabón y se le escurre al suelo. Fuck.

—¿Alo, jefe? —es Baez—. ¿Qué fue ese ruido?

—Se me cayó el celular. Estoy en la ducha.

—Ya me parecía, creía que era estática. Acabo de hablar con la hija de Sáenz. Llamará mañana para avisarnos si se anima. La noté dubitativa. Algunos hackers parecen haberla intimidado. Confían en ella mientras se mantenga neutral al informar en su site, y no les gustaría nada si volviera a colaborar con el gobierno. Parece que la amenazaron antes, cuando trabajó para Albert.

Ramírez-Graham le pide que insista y no la deje escapar. Cuelga.

Sale de la ducha maldiciendo una vez más su trabajo. En su senda reluciente de triunfos se agitaba por primera vez el fracaso. Aun si triunfaba, tendría el orgullo herido porque todo se lo debería a una adolescente. Si caía Kandinsky, sería su liberación: lo entregaría amordazado al vicepresidente, y ese mismo día compraría un pasaje de regreso a Washington.

Se seca el cuerpo con una toalla con sus iniciales. Se cambia frente al espejo de cuerpo entero que tiene en su habitación. Sus pies descalzos han dejado huellas húmedas en el parquet. Supersónico se le acerca, le mueve la cola y lo mira con los ojos muy abiertos. ¿Será que sus sensores le dicen que ésta será otra noche en que su amo no jugará con él? Ramírez-Graham le sonríe y toca su cabeza metálica, sus orejas alertas.

Ha leído en el manual de la Sony que el modelo interactivo que había comprado iría adquiriendo sus diferentes características de acuerdo al tipo de relación que tuviera con sus dueños; durante los primeros días, como solía ocurrir con todos los gadgets electrónicos que adquiría, se la había pasado leyendo el manual hasta la madrugada, y le había enseñado varios trucos a Supersónico: cómo recoger la pelota de tenis que tiraba en el parque, cómo mover la cola cuando llegaba del trabajo. Era un perro feliz, que dormía a los pies de la cama emitiendo un tenue silbido de satisfacción. Después, las urgencias del trabajo hicieron que Ramírez-Graham olvidara a Supersónico; el perro languidecía ante sus ojos, se marchitaba sin pena ni gloria. Tenía ya un futuro de trasto de sótano, cuando se acabaran las pilas.

Se sirve en la cocina un Old Parr con hielo y vacía Cheerios en un platillo hondo. Los sábados por la mañana va a un supermercado que se especializa en productos norteamericanos, y llena su despensa de Doritos, M&Ms y Pringles.

Enciende el Toshiba de pantalla plana en el living. Regresan las punzadas en el estómago; se dirige al baño en busca de sus pastillas. Su estómago es una máquina lenta y pesada que chirría a cada paso. ¿Habrá perdido esa membrana mucosa que lo recubre y protege? La flora intestinal, así se llamaba en español. ¿Será que carece de jugos gástricos que puedan aliviar el trabajo de digestión?

Vuelve al living y busca un canal de noticias. Si es exitoso, el bloqueo indefinido convocado por la Coalición puede terminar convirtiendo a Kandinsky en uno de los emblemas de la lucha antiglobalizadora. No puede negar que se halla en un país extraño: en los Estados Unidos, sería imposible que a un hacker se le ocurriera aunar fuerzas con los miembros de un sindicato. Fucking weird. Se le ha dado la tarea de descifrar un acertijo, y a ratos ni siquiera está seguro de entender el idioma en que éste está escrito. Extraña su oficina en Crypto City, abrumada de desafíos acaso más difíciles pero al menos, si uno se aplicaba a ellos, no tan reacios a la solución.

Crypto City, la Cámara Negra... Para un comienzo tan humilde, quién hubiera pensado que llegaría tan lejos. Su devoción a las matemáticas se la debía a su mamá, que, agobiada después de un largo día en la escuela pública en la que trabajaba, aún tenía tiempo para sentarse con él en una mesa en la cocina y enseñarle teoría de números con juegos que sacaba de *El hombre que calculaba*. Aprendió casi sin darse cuenta, jugando en esas tardes de descubrimientos inagotables. Beremiz Samir, el hombre que calculaba, encontraba poesía en los números y era capaz de repartir treinta y cinco camellos entre tres hermanos árabes y que los hermanos encontraran justicia en el reparto. Con cuatro números cuatro podía formar cualquier número (cero= 44-44; uno: 44/44; dos: 4/4 + 4/4; tres: 4+4+4/3; cuatro: 4+ 4-4/4...). Prefería un número como el 496 al 499, debido a que el 496 era un número perfecto (aquel que es igual a la suma de sus divisores, excluyéndose de entre ellos el propio número). Le fascinaba el 142.857, porque al multiplicarlo por los números del 1 al 6 las cifras del resultado eran las mismas del número, pero en diferente orden. Podía colocar diez soldados en cinco filas en una forma tal que cada fila llegaba a tener cuatro soldados. Era capaz de descubrir, utilizando una balanza, en dos pesadas, la única perla de peso diferente de un grupo de ocho perlas de la misma forma, tamaño y color. Podía explicar cómo era posible que un cadí diera a tres hermanas cantidades diferentes de manzanas (50 para una, 30 para otra y 10 para la tercera), y que pidiera que vendieran las manzanas a un mismo precio y que aun así lograran recaudar la misma suma de dinero.

De repetir los juegos pasó un día, casi sin darse cuenta, a crear sus propios juegos. Le interesó la criptología, una rama arcana de las matemáticas, por las múltiples aplicaciones que encontraba allí para la teoría de números; cuando cayó en sus manos un programa de software llamado *Mathematica* comenzó a programar sistemas criptográficos por su cuenta. No entendía cómo habían sobrevivido los matemáticos antes de la invención de la computadora. Para quienes, como los criptólogos, trabajaban con números de cifras enormes, la velocidad de la computadora era un aliado sin par. Había transcurrido un siglo antes de descubrirse que uno de los números de Fermat no era un número primo como sugería su célebre teorema, y dos siglos y medio antes de descubrirse otro número que no era primo; con un programa como *Mathematica* en la computadora, esos siglos se transformaban en menos de dos segundos. Fermat creía que el número $2^{32} + 1$ era primo; con *Mathematica,* se tecleaba el comando *FactorInteger,* y luego $[2^{32} + 1]$, para descubrir en un segundo que Fermat estaba equivocado.

Fue aceptado por la universidad de Chicago gracias a la acción afirmativa: sus notas no eran muy buenas todavía. Pero había descollado en Chicago: dos años antes de terminar sus estudios ya tenía una oferta de trabajo de la NSA. No había estado nada mal su carrera. Debía acordarse de todos sus éxitos antes de darse por vencido.

Se sienta en uno de los sillones con las carpetas que se ha traído de la Cámara Negra. La luz de una lámpara ilumina la mitad de su cara y deja la otra en la penumbra. Supersónico se echa a sus pies, meneando la cola en vano intento de concitar su atención. Los perros electrónicos son tan molestosos y necesitados de cariño como los de verdad. But at least they don't shit and pee everywhere.

Las carpetas son documentos clasificados, se hallan en una sección especial del Archivo –el Archivo del Archivo–, inaccesibles para todos salvo para el director de la Cámara Negra. Cuentan la historia de la fundación de la Cámara a principios de 1975, y los primeros años de su funcionamiento. Tiene en sus manos los memos que dieron origen al edificio, los papeles que cuentan, en lenguaje burocrático, la forma en que se estableció la misión original, lo que se buscaba a la hora de contratar personal.

Lo que le interesa es conocer un poco más a Albert. El edificio está hechizado por su presencia, las anécdotas que se cuentan de él han servido para mitificarlo, dotarlo de un aura enceguecedora. Cuando ingresa a su despacho, le es inevitable recordar que allí trabajó Albert, y a ratos lo estremece su imaginación al vislumbrar una silueta fantasmal observándolo trabajar, controlando sus pasos y sus palabras, acaso sus ideas también. Esa silueta está atada con una cadena herrumbrosa a la máquina Enigma, a la manera de algún abuelo en *Cien años de soledad*, o mejor, *One Hundred Years of Solitude*, pues había leído la novela en inglés. La había leído y disfrutado, y también se había reído mucho al ver que sus compañeros la tomaban como una versión de la extravagante y exótica vida en América Latina. Yes, they do things differently down there, les decía, but it isn't exotic. Por lo menos no era así Cochabamba en sus vacaciones. Había fiestas y drogas y televisión y mucha cerveza, como en sus años en Chicago. Ningún abuelo amarrado a un árbol, ninguna bella adolescente ascendiendo a los cielos. Y ahora que vivía aquí, fuck, su imaginación lo traicionaba: acaso García Márquez tenía algo de razón.

Se le ha ocurrido visitar a Albert en la casa en la que se halla recluido y agonizante; pero antes de perturbar al ser corpóreo, necesita hacerse una composición de lugar y matizar la leyenda con los datos de la historia. Los documentos lo ayudarán en esa tarea. Y de paso, le permitirán olvidar por un buen rato a Kandinsky.

Los Cheerios se acaban con rapidez. No tiene ganas de levantarse. Qué estupidez, los perros electrónicos; Supersónico no sirve más que para ser una pálida réplica de un perro. Si se pudiera comprar un robot al que se le ordenaría ir a la cocina a traer más Cheerios, y ya que estamos, la botella de Old Parr... Aquí, el sueldo mensual de una empleada no llegaba a los cien dólares. A ratos, era tentador contratar a una. No podía hacerlo: eso sí le parecía extraño, un ser que no conocía viviendo en su departamento, a su completa disposición de seis de la mañana a diez de la noche, y acaso hurgando en sus cajones mientras él no estaba. Una de sus vacaciones en Cochabamba había salido con una chica cuyo padre veía televisión sin moverse de su asiento y, como no tenía control remoto, utilizaba a la empleada para cambiar canales; mientras él veía sus programas favoritos en la sala de estar, la empleada debía permanecer todo el tiempo en el vano de la puerta, atenta al más mínimo gesto del señor. Nunca se olvidaría de esa imagen.

Mientras revisa los documentos, recuerda a Svetlana. Qué no daría por que ella estuviera en ese mismo living, él en el sillón y ella tirada en la alfombra, trabajando en su laptop como en Georgetown, preparando algún informe para la compañía de seguros en la que trabajaba.

Pero ahora le es imposible recordarla sin pensar en el hijo. Lo puede ver gateando sobre la alfombra, acercándose a Supersónico, jalándole la cola mientras éste aguanta con paciencia, pues su software reconoce a los niños y tiene programado no reaccionar ante sus provocaciones. Ramírez-Graham mira a sus pies: ahora está ahí, y ahora no está.

Los documentos de la carpeta que tiene entre sus manos hablan de la *Operación Turing*. Había leído las primeras páginas sin prestarles mucha atención; Albert, después de todo, estaba obsesionado con Turing, y antes de darle ese nombre a Sáenz había bautizado así una sala de la Cámara y un par de operaciones secretas. Ramírez-Graham no tarda en darse cuenta de que la Operación se refiere al Turing que conoce, al jefe del Archivo. Un hombre al que ve como su abuelo, un anciano inservible al que más le valdría jubilarse.

Termina el Old Parr. Supersónico gruñe al viento, que se estrella en las ventanas de la habitación. Poco a poco, Ramírez-Graham va descubriendo que entre 1975 y 1977 hubo ciertos mensajes interceptados que llegaron a manos de Albert y fueron enviados directamente a Turing. El argumento: eran particularmente difíciles, y Albert no quería perder el tiempo dejando que otros analistas se embrollaran tratando de resolverlos; Turing se había convertido con rapidez en su brazo derecho, y Albert lo creía poco menos que infalible.

Parpadea la luz de la lámpara, se desdibujan las imágenes del televisor. Otro apagón de GlobaLux. Ramírez-Graham cierra la carpeta e intenta resignarse. Paciencia, paciencia. Con razón todos son tan religiosos aquí.

Es imposible: jamás podrá acostumbrarse a tantas molestias. Quiere dedicarse a su trabajo y no preocuparse si la infraestructura se está cayendo a pedazos.

Diez minutos después, vuelven la luz de la lámpara y las imágenes de la televisión.

Abre la carpeta que estaba leyendo. Hay algo que no lo convence del todo. Para que un mensaje secreto sea considerado difícil, primero se debe intentar resolverlo. ¿O es que Albert era capaz de decidir de un vistazo cuán difícil era un mensaje? Además, por lo que sabía, Turing no era muy afecto a la computadora: trataba de descifrar mensajes con lápiz y papel, como si el verdadero Turing jamás hubiera existido, como si el criptoanálisis no se hubiera mecanizado más de medio siglo atrás. Un mensaje en verdad difícil necesitaba ser atacado con la fuerza bruta de una Cray. Una vez encontrados ciertos puntos débiles en el mensaje, el analista entraba en escena. Aun así, muchos mensajes se quedaban sin ser descifrados. Y sin embargo, Turing había resuelto todo lo que Albert había puesto en su mesa. O quienes encriptaban mensajes en Bolivia en los años setenta lo hacían de forma rudimentaria, lo cual era muy posible, o Turing era uno de los criptoanalistas naturales más brillantes en la historia del criptoanálisis.

Hay algo que no cuaja del todo. Debe seguir leyendo.

La lámpara y el televisor se apagan. Se levanta del sillón. Busca a tientas su celular. No sabe a quién llamar, qué hacer.

En la penumbra de su departamento, imagina a Turing hace veinticinco años, el rostro sin arrugas, trabajando en la plenitud de sus poderes en la Cámara Negra. Lo imagina en una oficina llena de papeles, recibiendo las carpetas que le entrega Albert, poniéndose de inmediato manos a la obra, dispuesto una vez más a no decepcionar a quien confía tanto en él.

Por primera vez, ese hombre viejo y cansado al que ha relegado al subsuelo, al que pensaba despedir en cualquier momento, lo conmueve.

6

El juez Cardona sale a la calle con su maletín negro y se encuentra con un cielo nublado y hostil, una atmósfera de pronta llovizna. Había más luz en la habitación del hotel. No recuerda que Río Fugitivo fuera así, una ciudad de sol tímido, de nubes grises prestas a estallar. La nostalgia ya lo ha trabajado, y los días soleados de su infancia y su adolescencia, que acaso no eran muchos, han terminado por devorar a los otros. Ocurre en las mejores familias. Somos criaturas inquietantes, gobernadas por un incurable deseo de paraíso. Pero el paraíso no nos ha tocado en suerte, y lo inventamos en nuestros recuerdos, basados en el par de semanas furtivas en que fuimos felices. Acaso en el territorio del principio o en cualquiera al que una bifurcación de la vida nos llevó. Deslices del azar, que es capaz también de proporcionar alegrías. Hay policías en la plaza, y las calles aledañas se hallan desiertas, con papeles, clavos, piedras, ladrillos, listones de madera y naranjas podridas diseminadas en el pavimento y en las aceras. Es el viernes por la tarde: ayer, después de que la mujer se fuera, el juez Cardona se había excedido en el uso del PMB y había terminado durmiéndose en el suelo de mosaicos blancos del baño, después de un vómito agreste. Había despertado hoy al mediodía, un sabor amargo en la garganta y en la boca, el paladar reseco. «Mientras yo dormía, se hacía historia», le dice Cardona al portero, acariciándose la barba. El portero le dice que hizo bien en quedarse en su habitación: en las calles se pueden ver los restos del enfrentamiento de ayer por la tarde y hoy por la mañana. Todo está bloqueado, un grupo de manifestantes tomó la plaza ayer y la policía la recuperó. Hoy planean llegar a los edificios de la alcaldía y la prefectura; los policías acordonaron la plaza. «Yo que usted, me sigo quedando en la habitación. Esto se está poniendo color hormiga. Los manifestantes volverán con más fuerza, y la policía lanzará gases lacrimógenos. Esta película ya la vi muchas veces. Uno aprende mucho trabajando en la plaza principal». Pestañea como si no tuviera control alguno sobre los músculos de sus párpados. «Tengo negocios urgentes», dice Cardona, rascándose la mejilla derecha. «Lamentablemente».

Cardona deberá caminar. Uno no da para disgustos, cada vez que viene a Río Fugitivo algo extraño ocurre. Ciudad que ansía tanto la modernidad que al hacerlo sus habitantes no hacen otra cosa que ser tradicionales. En un universo regido por múltiples temporalidades históricas, ellos sueñan con la modernidad de la televisión por cable, pero están anclados en el pasado premoderno de huelgas y protestas callejeras. Como gran parte del país, por otro lado. Muchos cafés internet no hacen verano. Muchos supermercados y centros comerciales tampoco. Por suerte me fui de aquí. No podría aguantar mucho. Pero lo importante es no perder el objetivo. La avenida de las Acacias se halla relativamente cerca, alrededor de unas diez cuadras. Toca su maletín y se siente protegido. Del futuro, del pasado, de sí mismo. Siente un hormigueo en sus piernas, una agobiante pesadez. El efecto del PMB todavía ronda en su cuerpo. Sequedad en la garganta, la intolerancia de unas náuseas. Debería, acaso, esperar un tiempo, que su mente se despeje, que desaparezca tanta niebla. No, no, no: ya ha esperado demasiado. Ni la lucidez ni la falta de ella cambiarán la radical crueldad de los hechos. Hay ángeles que son vengadores, que no han venido a la Tierra más que para el exterminio. Oh, a quién encomendar el espíritu. Acaso debería visitar la catedral al otro lado de la plaza, detrás de las escuálidas palmeras, a manera de prólogo a lo irreversible. Quizás las manchas color vino, diseminadas por su cuerpo como un archipiélago en entropía, se difuminarían de él, y con ellas cualquier sensación de cumplimiento de un pacto, de recordatorio de una obligación. Pero no. Alguien tiene que hacerse cargo de la prima hermana muerta. Alguien tiene que hacerse cargo de Mirtha. Alguien, por más afiebrado que esté, tiene que expiar sus propios errores. Intransigente tráfago de la vida que corre por las arterias. Tumultuoso delito que no se puede expurgar. Frenesí del tiempo que se encuentra con uno mismo, se muerde la cola, lo espera en la esquina, en cualquier esquina, tarde o temprano, bifurcado y vital. Todas las preguntas que se hace uno sobre el infierno de una dictadura pueden reducirse a una sola, o a varias agrupadas bajo el mismo tema: ¿quién fue el responsable final de que una vida quedara sin vida? ¿Quién, consciente o no de sus actos, se arrogó ese derecho celestial? La infamia no debe quedarse en una abstracción llamada «la dictadura», debe personalizarse en un cuerpo que respira, en un rostro de ojos firmes o huidizos.

Cardona camina entre policías. Un sargento de manos gruesas y bigote blanco deja de hablar en su walkie-talkie y lo mira como si lo conociera de alguna parte; las manchas son fáciles de reconocer, acaso lo despista la barba. Le pide su identificación con un tono de molestia en la voz; se la muestra. El sargento se sorprende al toparse con un nombre conocido, lo mira como cerciorándose de que la persona que está enfrente suyo es efectivamente alguien que alguna vez fue ministro de Justicia. Su tono cambia: no es momento para estar caminando en la calle. A dos cuadras se encuentran los manifestantes. Cardona le responde que tiene una reunión de negocios urgente a la que asistir y, ya que tanto se preocupaba por su seguridad, le pide que por favor un par de policías lo escolte. El sargento llama a dos de sus hombres. «A ver, Mamani. A ver, Quiroz. Acompañen al juez hasta las barreras, y vuelvan de inmediato». Mamani y Quiroz se ponen a sus costados: adolescentes de ojos grandes y legañosos, de mirada medrosa. Podrían ser mis hijos. Pero él no ha tenido hijos. Le ha costado encontrar una relación estable en la qué apoyarse, con la cual elaborar planes para el futuro. Estos años, estas décadas, las ha atravesado a la manera de los sonámbulos, tanteando en la oscuridad, golpeándose con puertas y paredes, acosado por una idea fija, perseguido por una imagen. Estos años, estas décadas, ha cometido muchos errores, y ha hecho que escapen de su derredor todos aquellos que se preocupaban por él. En ese entonces tenía quince años y todo se le aparecía de una forma esplendorosa. Había dejado un poco de lado su obsesivo interés en el fútbol y en los amigos, y comenzaba a fijarse en las mujeres, seres extraños a los que les tenía algo de miedo. El miedo acaso se debía a que iba al San Ignacio, un colegio sólo para hombres; al no haber mujeres cerca, no sabía cómo tratarlas, y consumía sus horas encerrado en ese basto mundo masculino de obscenidades y fantasías masturbatorias. Tenía quince años, y Mirtha veinte; ella vivía a tres cuadras y de vez en cuando venía a visitarlo, una cinta amarilla cruzando la frente y contrastando con su pelo negro de largas pichicas, jeans con botapiés en forma de campana, zapatos con plataformas de corcho. Estaba siempre de buen humor, y se daba cuenta de la timidez de Cardona, que hacía las tareas en su cuarto, y le decía entre bromas *crecémelo, te estaré esperando*. Recordaba esas frases desde que tenía diez años, cuando ella, en un par de meses, dejó de ser una chiquilla que se vestía como hombre y se hacía llamar Mirtho, y se transformó en una coqueta adolescente que no necesitaba de maquillaje o ropa provocativa para llamar la atención. Y un día Cardona se dio cuenta de que había crecido y tomaba muy en serio las juguetonas palabras de Mirtha. Y se enamoró. Su hermana notó su delirio. Le dijo que perdía su tiempo, ella era su prima hermana, sangre de su sangre. El argumento fue incapaz de disuadirlo. Su hermana intentó otro: Mirtha era una hippie, medio roja, había guitarreadas en su casa y sospechaba que los que asistían eran como ella, ex universitarios que odiaban al presidente Montenegro y conspiraban contra él. No hubo caso: la fiebre del amor lo consumía, y la miraba entrar y salir desde la ventana que daba a la calle en el segundo piso, su cara escondida entre las semitransparentes cortinas blancas. Soñaba con que Mirtha le dijera que ya había crecido lo suficiente. Pero, aparte de fugaces sonrisas de dientes muy blancos, no había nada más para él. Un domingo, Mirtha desapareció. Su hermana le contó que los rumores eran ciertos: era de un partido marxista-leninista y había ingresado en la clandestinidad. Hubo un par de dolorosos meses en que no supo nada de ella. Hasta que una mañana, sus tíos, los papás de Mirtha, tocaron el timbre de la casa y, con palabras entrecortadas, pidieron ayuda a los papás de Cardona: habían llamado de la morgue, les pedían que fueran a identificar un cadáver. Ellos no creían tener el valor suficiente para hacerlo, quizás podrían acompañarlos. Los papás no se animaron, la hermana tampoco; Cardona dijo sí. Y fue. Ingresó a la morgue, un recinto de llorosos familiares a la entrada, paredes agrietadas y escasa iluminación. Un médico lo condujo a una gran mesa de cemento donde se apilaban varios cuerpos, y descubrió la sábana. Y él vio el rostro magullado y los pechos cortajeados y la cinta en el pelo, y cerró los ojos. Hoy, cree que en ese instante acabó el amor para él. Y se pregunta por qué tardó tanto tiempo en intentar hacer justicia, expiar de algún modo esa muerte insensata. Porque tenía diecisiete años, y sabía que ella, por más izquierdista o roja que fuera, no se merecía esa muerte. Con el paso de los días, se había enterado de que el grupo al que pertenecía Mirtha conspiraba con unos militares jóvenes para derrocar a Montenegro. Idealistas, admirables.

Dos cazas surcan el cielo con estruendo, dejando tras de sí una estela algodonosa. Sale de sus cavilaciones. ¿Llovería? Muy probable. A setenta metros de la barrera, puede ver los rostros de furia de los manifestantes: arrojan latas y botellas y han iniciado, con cajas de cartón y papel periódico, una fogata en plena calle. «¡Para la nación, es la hora de la Coalición!», el estribillo de los manifestantes es difuso, asincopado. «¡Para la conciencia, es la hora de la resistencia! ¡Se va a acabar, se va a acabar, esta locura de globalizar!». Se acerca a la barrera, y de pronto recibe una pedrada en la parte superior del ojo derecho. Deja caer el maletín y se lleva las manos al rostro. Uno de los policías que lo escoltaba ha sido también alcanzado por una piedra; está tirado en el suelo y hay sangre en su sien izquierda. Los manifestantes cruzan la barrera, y son reprimidos por un contingente de policías. Cardona escucha disparos al aire, y secos taponazos: se le ocurre que son gases lacrimógenos. Hay gritos, revuelo de metal que golpea a metal. «¡Milicos hijos de puta!», la frase cruza todos los ruidos, se impone a ellos. «¡Milicos a sus cuarteles!». En las manos de Cardona hay sangre: tiene un corte en el arco superciliar. Punzadas finas y calientes barrenan el ojo. Apenas puede abrirlo, y el dolor lo marea. ¿Debería ir a una clínica? Levanta el maletín: debe continuar el camino. A tientas, llega hasta la esquina y dobla hacia la izquierda. Comienza a correr por una calle que se le antoja interminable, mientras siente un picor en los ojos y un olor amargo invade la atmósfera. Gases, escucha que alguien grita gases; el portero tenía razón. Trata de avanzar con los ojos entrecerrados. La adrenalina ahoga su pecho; así se debía sentir Mirtha cuando iba a enfrentarse con policías y militares en manifestaciones. Él se había perdido todo eso. Sólo quería que se reabriera la universidad para así comenzar sus estudios. Si no se reabría pronto, se iría a estudiar al Brasil o a México. Quería hacer carrera, le preocupaba su futuro, no le interesaba mucho lo que ocurría en torno suyo. Un día, le había dicho esto a Mirtha, que había entrado a su cuarto mientras su hermana preparaba el té. Ella le había preguntado qué opinaba de la situación política, y le dijo que le sorprendía su egoísmo, su desconocimiento de lo que ocurría en el país. Se avergonzaba de él. Me imagino lo que ocurre, pero no soy tonto, no soy valiente, no soy un héroe, le dijo él. No se trata de eso, le decía ella, agitadas sus pichicas, se trata de mantener la dignidad. Luego había salido del living. Ésa fue la última vez que la había visto con vida.

Se detiene cuatro cuadras más allá, a la salida del Enclave. Pasa por el edificio que algún día albergó a la Compañía de Telégrafos, columnas dóricas y dos desnudas diosas neoclásicas flanqueando la entrada. Pasa por un edificio de siete pisos; no hay letrero que indique de qué se trata, pero debe ser importante, pues se halla custodiado por muchos policías. Todavía se escuchan disparos al aire. Llegan las cámaras de televisión. Una reportera le espeta el micrófono a la cara y unas preguntas; Cardona continúa su camino, ardor en los ojos. «Espere… ¿no es usted…?». Por suerte, detrás suyo, hay muchos otros con ansias de ser entrevistados. No quiere saber de cámaras. Hace un buen tiempo que se halla lejos de ellas. Y tanto que algún día había deseado estar en el centro de los acontecimientos, acaparar micrófonos, hacerse de las mejores fotografías junto a Montenegro. Vamos a promulgar el nuevo código penal. Su despacho lleno de papeles y pedidos para entrevistas. Los fines de semana en la casa de campo de algún allegado al régimen, tomando cubas libres al lado de una piscina, charlando con la paquidérmica esposa de Montenegro, cómo haría para no ser aplastado en las noches. Los rumores de que la esposa de Montenegro es la mano negra detrás de la corrupción en la aduana. El ahijado de Montenegro, ex alcalde, la barba blanca, la sonrisa afable, el vaso de whisky en la mano, acercándose y preguntándole si no le hace calor, debería quitarse el saco. En un momento, mi estimado. El expediente en su despacho, con las pruebas concretas del soborno que ha recibido el ahijado para aprobar una licitación. La presión de los opositores, juicio para el ahijado. La orden de Montenegro, al lado de esa misma piscina, haga desaparecer ese expediente. Cómo no, mi general. Por supuesto, mi general. Las fotocopias de la compra de un avión Beechcraft para la presidencia de la república, tres millones de dólares, la firma de Montenegro autorizando la compra. Un estudio de una consultoría que indica que no se debió haber pagado por ese avión más de un millón cuatrocientos mil dólares. ¿Dónde está ese dinero? ¿Cómo preguntárselo al general? ¿Cómo entrar a ese juego si uno no tiene estómago para ello? Al lado de la piscina, la dueña de casa, un coqueto e incongruente sombrero blanco cubriendo su cabeza casi calva, pide que se acerquen todos para brindar por la esposa de Montenegro en su cumpleaños, *happy birthday to you, happy birthday to you,* la mirada hosca de Montenegro, el susurro a su lado, olvídese de ese avión, juez, está con nosotros o está con nosotros. No dude de mí, mi general. Sólo necesito tener las respuestas preparadas, los periodistas comenzarán a hacer preguntas, la oposición. El centelleo del sol en las aguas de la piscina. Respuestas para las preguntas de todos, menos para las mías. El ahijado le palmea la espalda. Si uno no tiene respuestas, mejor irse. Más vale tarde que nunca. Irse, huir de las cámaras, huir del poder, no ser uno el que da la cara de esa vergonzosa manera. ¿Se meterá en la piscina, juez? Ya es un poco tarde, mi general. Nunca es tarde para nada, aprenda lo que le digo. El picor en los ojos. Los abre y los cierra, una y otra vez. El agudo dolor en el arco superciliar derecho. Aunque siente las piernas todavía algo pesadas, se le ha pasado el efecto del PMB. Acaso la violencia en la calle lo obligó a despertar de su letargo. A cuatro cuadras está la casa donde tienen a Albert. La puede ver desde allí, al fondo de su campo visual, inofensiva, pasando desapercibida para vecinos y transeúntes. Los jacarandás en la avenida. Una casa en la que se encuentra asilado alguien que manejó por un tiempo algunos de los hilos de la historia nacional. Debe dejar atrás todo lo que está atrás, y preocuparse de mirar sólo al frente. De dirigirse, con paso firme, rumbo a esa casa. Ruth ha ido en busca de las pruebas concretas que acusan a Albert y a su marido, los nombran responsables de varias muertes, entre ellas la de Mirtha. Pero Cardona, una vez que ha escuchado la confirmación a sus sospechas de boca de Ruth, no necesita ninguna prueba. Lo único que pide es mantener la convicción, hacerse de firmeza. Para el resto, es suficiente el objeto de blanco y pulido metal en el maletín al que se aferra. O que se aferra a él.

7

A Kandinsky le gusta caminar por el centro de la ciudad, conocido como el Enclave. Se trata de una abigarrada conjunción de vendedores informales en las calles y agresivo olor en los puestos de anticuchos y sándwiches de chola en las esquinas; fachadas carcomidas de edificios; jubilados y beneméritos de la patria leyendo los periódicos en los bancos de la plaza, y una maciza catedral convertida en un protectorado de mendigos en sus escalones de ingreso. Años atrás, durante una de esas fugaces explosiones de prosperidad económica que han marcado la historia de Río Fugitivo, el Comité Cívico vio con preocupación el avance desmesurado de los edificios nuevos por toda la ciudad. Esas construcciones alteraban el paisaje urbano y, si bien le daban a Río Fugitivo un rostro moderno y progresista, tampoco valía la pena perder del todo su imagen de ciudad tradicional, de solaz refugio para el descanso. Se derruían iglesias coloniales y casonas decimonónicas, se perdía el sobrio encanto de lo antiguo, de aquello que testimonia el paso del tiempo y con su sola presencia combate el imperio de lo efímero. ¿No podría ser el centro un enclave de tradición en medio de tanta modernización? El Cómite Cívico movilizó sus fuerzas para conseguir que se prohibiera todo tipo de construcción en el casco viejo. Lo logró. La batalla continúa: la ciudad nueva, hoy, asedia y ahoga a la vieja, la rodea por todos sus flancos y espera un descuido para lograr la victoria final. El Enclave es prueba suficiente de que lo antiguo, por sí solo, no basta para testimoniar la historia y la grandeza. Edificios construidos a fines del siglo XIX –la Compañía Nacional de Telégrafos, la sede local de Ferrocarriles– y mediados del siglo pasado –el Teatro Departamental– están deshabitados y se dejan llevar por una muerte lenta. Otros edificios, como la casona que hoy alberga al hotel Palace y la que alguna vez fue sede de Tiempos Modernos y ahora lo es del instituto de computación donde estudió Kandinsky, persisten a contrapelo del lugar.

A Kandinsky le gustaría que todo Río Fugitivo fuera como el Enclave. Un lugar detenido en el tiempo, de espaldas al hipermercado en que se ha convertido el planeta. Hay muchos jóvenes que piensan como él, incluso en el mismo imperio. No se olvida de las protestas de Seattle en noviembre del 99: le han hecho ver que no está solo, que hay un descontento generalizado ante el nuevo orden mundial. Si los jóvenes de los países más prósperos eran capaces de explotar de la forma en que lo hicieron en Seattle, no era imposible pensar que una explosión más devastadora podía ocurrir en una región con la pobreza y los contrastes de América Latina. Río Fugitivo debía convertirse en la Seattle de Bolivia y del continente. La labor de Kandinsky, junto a unos cuantos activistas, sería la de lograr que el vendaval del descontento saliera a la superficie.

Para llevar a cabo una revolución, piensa Kandinsky, la cabeza apoyada entre las manos, lo primero que se necesita es reclutar gente. Está tirado en el sleeping en el cuarto de Phiber, que ronca después de haberse acostado tarde. Los dedos de sus manos le duelen y los mueve como si estuviera escribiendo en el teclado de la computadora, manía adquirida las últimas semanas. ¿Qué palabras escribe en el aire, que códigos de software improvisa frente a una pantalla inexistente? En la madrugada, un vaho frío todavía circula en el ambiente, pero los primeros rayos del sol ya se cuelan por las cortinas. En las ventanas, comienza a perder potencia el resplandor rojizo del letrero de neón en la acera de enfrente. La ciudad se levanta, las calles se van poblando de los chirriantes ruidos de los colectivos y de las voces aflautadas de los voceadores de periódicos.

Kandinsky no ha podido conciliar el sueño. Le ocurre a veces, cuando tiene el cerebro sobregirado en revoluciones. Es imposible dejar de pensar, desconectarse. El pensamiento piensa y lo lleva a uno a rastras, a praderas fértiles y en otras ocasiones no tanto. Lo importante es unirlo con el deseo, la intuición, las sensaciones. Cuando hay sintonía entre lo racional y lo irracional, afloran chispas.

A veces se imagina con Laura, que lo ignora desde aquella vez en el baño. Insoportable, qué se creerá.

Lo primero que debe hacer es irse de la casa de Phiber. Con todo el dinero ganado, podría comprarse un departamento. Era absurdo tener una cuenta bien provista de fondos en el banco y seguir durmiendo en un sleeping. Phiber decía que no debían llamar la atención con muchos gastos repentinos, la policía sospecharía. Ya era suficiente la oficina que habían instalado. «No hay apuro».

Sí hay apuro, piensa Kandinsky. Ha decidido reclamar su parte y mandarse a mudar esa misma semana. La revolución no puede esperar. Necesita conseguir socios y seguidores como él. Descontentos con el estado de cosas y dispuestos a hacer algo por cambiarlo. Imagina un ejercito de jóvenes que retomen las propuestas utópicas y de cambio social de generaciones anteriores. Que sacudan su apatía y echen a andar su furia contra el gobierno vendido a las transnacionales, contra el nuevo orden global. El descontento está en el aire y sólo es cuestión de canalizarlo. No será fácil, pero, como decía un mural en una de las paredes del San Ignacio, *No hay imposibles, sino incapaces.*

Kandinsky bosteza. Quizás el sueño por fin lo visite. Se le ocurre que ésta será una revolución diferente a las anteriores. Habrá manifestaciones por las calles de la ciudad, emocionados discursos desde un balcón en la plaza principal. Pero al menos parte de ella será hecha a distancia, desde computadoras. Quizás ni siquiera sea necesario conocer en persona a sus compañeros de lucha.

Figuras geométricas tridimensionales flotan en el screensaver de la computadora. Ojos en la madrugada que parecen estarlo atisbando.

Tal como lo había sospechado, Phiber no toma bien la decisión de su partida. En la tarde, mientras regresan de un café internet, hay gritos y recriminaciones al cruzar el puente de los Suicidas. Phiber dice que se siente usado. Kandinsky se había aprovechado de su hospitalidad para ganar confianza e independizarse.

Kandinsky se queda callado.

—Quizás tengas razón —le dice al fin. No tiene ganas de discutir. Aceptará todas las acusaciones para acelerar la ruptura.

Phiber se detiene y lo mira a los ojos, implorante.

—Por favor, un año más. Necesito un año más.

Hay una humildad genuina en su voz.

—La decisión está tomada —dice Kandinsky sin cambiar el tono.

Ni siquiera se le ocurre ponerlo al tanto de sus planes e invitarlo a formar parte de ellos. Phiber está hecho de otra madera.

Phiber no habla más a lo largo del camino de regreso. Al llegar a la casa, le dice que no puede entrar. Pondrá todas sus pertenencias en la puerta.

—Tenemos que dividirnos el dinero —dice Kandinsky.

—Ni se te ocurra. Tal como yo lo veo, tú estás abandonando la sociedad. El dinero estará allí, esperándote, para cuando decidas regresar.

Kandinsky no caerá en la trampa de su chantaje. Sabe que no le costará mucho conseguir tanto o más dinero que el que tiene con Phiber.

Se da la vuelta y se va. Escucha los insultos de Phiber. Lo único que le da pena es no haberse podido despedir de Laura.

Kandinsky duerme en una plazuela a una cuadra de su casa y el San Ignacio. En las mañanas, sentado en un banco al otro lado de la calle, observa la actividad en el San Ignacio: largas pausas de quietud durante las clases, punteadas por breves estallidos de euforia en los recreos. También observa lo que ocurre en su casa. Su papá se levanta temprano a trabajar en el patio: nada ha cambiado. Su hermano ha crecido y desarrollado un cuerpo robusto. Su mamá sale temprano, probablemente a cuidar algún bebé o a limpiar casas.

A ratos tiene la tentación de oficiar de hijo pródigo, aparecer en la puerta, decirles a sus papás que ha vuelto y perderse entre sus brazos: todo ha sido una travesura que se prolongó más de la cuenta y quiere ayudarlos, acompañarlos a sobrellevar la vejez. Pese a haberse iniciado en el mundo de los adultos, seguirá siendo un niño para sus papás. Pero intuye que el regreso es imposible: una vez emprendido el camino, cualquier camino, lo único que queda es continuarlo, incluso cuando se regresa a casa. Los objetos y los seres se mueven tanto como uno, no suelen esperar a nadie.

Esos días, Kandinsky suele visitar *Portal a la Realidad*, un café internet en el barrio de Bohemia. Lo atiende una joven con el brazo derecho de metal. Kandinsky la observa, desde lejos, alzar vasos de cristal con delicadeza, pasar las páginas de su agenda, teclear en la computadora. El brazo está controlado por el cerebro, aprende a moverse de manera intuitiva, reconoce las formas y las texturas de los objetos y se adapta a ellas. La joven tiene una cara redonda y sosa y un cuerpo plano, pero Kandinsky es seducido por ella, o acaso por la relación que tiene con su brazo. Así quisiera relacionarse con su computadora, intuitivamente: programar códigos sin necesidad de usar el teclado. La invita a salir y ella lo rechaza. Acaso es tímida, piensa. Cuestión de insistir.

Frecuentan el café jóvenes de billeteras recargadas y facilidad para subestimar a los demás; no es difícil, para Kandinsky, apostar con ellos a juegos de guerra en línea –está de moda *Linaje,* ambientado en el Japón feudal– y llenar sus bolsillos. Pronto volverá a hackear un par de cuentas personales y transferirá el dinero a una cuenta que ha creado para él; una vez retirado el dinero, cerrará la cuenta y desaparecerá. Alquilará un pequeño departamento en las afueras de la ciudad, camino a la colina donde se halla la Ciudadela, y comprará una computadora, un clon de IBM.

Ya todo está listo para iniciar su plan.

Kandinsky pasa horas en el Playground con la intención de reclutar gente. En el Playground hay un barrio de anarquistas, con una plaza y cafés donde se reúnen los avatares insatisfechos con la política de los gobernantes del Playground. Kandinsky sospecha que la insatisfacción de esos avatares debe estar correlacionada con la de sus creadores en el mundo real. Claro, no siempre es así: a veces un avatar anarquista pertenece a un dócil yuppie, y uno revolucionario está en manos de alguien que trabaja en el Ministerio de la Presidencia. Pero por algún lado hay que comenzar.

Luego se le ocurre que lo mejor es no entremezclar ambos mundos, al menos no inicialmente. ¿Por qué no reclutar a esos avatares para una insurrección contra el gobierno del Playground? El mundo virtual le permitiría una práctica que luego sería puesta a prueba en el mundo real.

En la plaza de pixeles naranja y púrpura, junto a una fuente por la que discurre agua amarilla, el avatar de Kandinsky, que bautiza como BoVe –en honor al campesino francés que atacó un McDonalds como protesta contra la globalización–, recluta a dos avatares: uno andrógino, y el otro un Ser digital que entremezcla la cabeza de un unicornio con el cuerpo de un tigre (los Seres digitales combinaban la cabeza de un animal fabuloso o una personalidad famosa, con el cuerpo de otro animal o personalidad: una gorgona con el cuerpo de Ronaldo, una hidra con el cuerpo de Britney Spears. El creador de los Seres digitales era un diseñador gráfico desaparecido en circunstancias misteriosas; ante la proliferación de Seres digitales piratas, su hermana había patentado su invento y le buscaba las aplicaciones más inverosímiles. Una de ellas había sido vender la posibilidad de su uso a la corporación a cargo del Playground).

Una noche, los avatares pintan consignas revolucionarias en varios lugares del Playground donde se encuentran los anuncios comerciales de Sony, Nokia, Benetton, Coca-Cola, Nike. En todos los ataques, dejan la firma de la Recuperación (nombre con el que Kandinsky ha bautizado a su grupo): una *R* mayúscula en vez de la *a* en el signo @. Perseguidos por la policía, se escapan por las calles del barrio anarquista y logran esconderse en la casa de un profesor universitario; uno de los avatares es atrapado al saltar una barda y caer al jardín de la casa contigua a aquélla donde ingresaron sus compañeros; las fuerzas de seguridad se lo llevan al Torreón, el infame edificio del Playground en el que son recluidos por tiempo indefinido los avatares más molestos al régimen.

Las noticias del ataque son propaladas por Radio Libertad, uno de los escasos medios de comunicación clandestinos que el gobierno del Playground todavía no ha logrado acallar. Los chismes y los rumores magnifican el ataque de la Recuperación. Se inicia la leyenda de BoVe en el Playground.

En la soledad de su departamento –un escritorio con la computadora, un televisor en blanco y negro y un equipo de música, un colchón en el suelo–, Kandinsky comienza a pensar en su próxima jugada. En el periódico, lee que el gobierno de Montenegro ha concedido la provisión de energía eléctrica para Río Fugitivo a GlobaLux, un consorcio ítalo-norteamericano.

8

Almuerzas en el comedor de la Cámara Negra, a tu pesar: las sopas saben a engrudo –a lo que tú crees sabría el engrudo si lo probaras–, sueles encontrar manchas de grasa en cuchillos y tenedores, y las carnes son duras, llenas de intrincados laberintos de nervios. Muchas veces te has dicho que no lo volverías a hacer, y has murmurado antes del mediodía, como una suerte de ritual, que irías a casa como solías hacerlo, a almorzar con Ruth y Flavia, después un rato de noticias en la televisión y una siesta de media hora con un pañuelo cubriendo los ojos (la extravagante rutina de la vida doméstica). Pero luego has encontrado una excusa para postergar tu regreso a casa al menos hasta la noche. Y has enviado un correo electrónico a Flavia –acaso una foto digital o treinta segundos de video haciendo monerías en los corredores del Archivo– como insuficiente compensación.

Estás solo en una mesa en la esquina más alejada del comedor, revisando otro mensaje en código que te había llegado esa mañana, cuando se te acercan Baez y Santana, en sus manos las fuentes de plástico con el almuerzo.

—¿Podemos sentarnos, profesor?

Intentas detectar en la voz un tono de burla o sarcasmo. Te hubiera gustado decir que no, estás molesto y preocupado: pronto terminarás de descifrar el mensaje, y todo indica que te han vuelto a insultar: *criminal, asesino, tus manos están manchadas de sangre*. Tu apego a los buenos modales te lo impide.

Cierras la carpeta con el mensaje. Los observas: uno rubio y otro moreno, caras opuestas de una misma moneda. Pantalones negros, camisas blancas y corbata. Albert prefería promover la individualidad y dejaba que cada uno se vistiera como quisiera; Ramírez-Graham se cree director de un internado y ha impuesto reglas estrictas acerca de cómo debe vestirse uno en el trabajo. Por sus ropas los conoceréis; bajo el imperio de Albert florecieron los más grandes genios del criptoanálisis en Río Fugitivo, como Turing; el mantra de Ramírez-Graham es que el triunfo de uno es el triunfo de todos –influido por su lectura de *Los tres mosqueteros*, piensa Turing–, y no hay forma de que nadie se destaque del resto.

—El jefe está que arde —dice uno de ellos, dándole un mordisco a su hamburguesa.

—No es para menos —dice el otro, rubio y con acné—. La Resistencia humilló al gobierno.

—Y Montenegro está buscando culpables. O su gobierno, que es lo mismo. Porque a estas alturas Montenegro debe ser un títere de su entorno. De su familia. De su mujer. Si se muere, son capaces de mantenerlo con vida artificialmente hasta el fin de su mandato.

—Obviamente, nosotros pagamos el plato.

—Se supone que somos magos.

—Y que debemos interceptar todas las comunicaciones del país.

—Y entenderlas.

—Siempre digo que quizás los métodos antiguos pudieran dar mejores resultados. Ir a buscar papeles comprometedores en los basurales.

—La fucking Resistencia. Estos chicos tienen máquinas más poderosas que las nuestras. ¿Será que somos irrelevantes?

—¿Será que el próximo presidente nos elimina de un plumazo? Si es el dirigente cocalero, seguro.

—Por eso, profesor, le tenemos envidia.

—Una envidia sincera.

Hablan de forma atropellada y ruidosa, con la boca llena. Turban tu paz. Han ascendido con rapidez gracias a su indiscreta manera de cortejar a Ramírez-Graham. O mejor: ni siquiera tuvieron que ascender, comenzaron arriba. Albert ni siquiera los habría contratado.

—Nos hubiera encantado vivir en su época —continúa Baez, bajando la voz. Hay sinceridad en su expresión.

—Una época de oro —sugiere Santana en tono admirativo.

—Y nos interesa escucharlo —vuelve el tono alto, las palabras pronunciadas con énfasis—. Que nos cuente lo que vio.

—Usted es parte de la historia. Nosotros ya no.

—A no ser que ocurra un milagro.

—Y contribuyamos en algo a agarrar a Kandinsky.

—El hijo de puta ése.

—Dicen que no tiene ni veinte años.

—Nadie tiene una pista. Puede ser cualquiera.

—Puede, incluso, estar trabajando aquí.

—Puede ser el jefe.

—Si te escucha te mata.

—Si me escucha, me aplaude. ¿No es ésa su regla? Ser paranoicos. Desconfiar hasta de nosotros mismos.

—Sí. Yo ya no puedo leer los mails de mi novia sin pensar que me está mandando mensajes secretos, diciéndome que en realidad me odia.

—Y yo no puedo leer ni mis notas sin pensar que me estoy tratando de enviar un mensaje secreto, haciendo a la vez todo lo posible para no ser descifrado por mí mismo.

Hay algo patético en su exuberancia de gestos y palabras. Si tú eres irrelevante, eres al menos una pieza de museo; ellos lo son de la peor manera, nacidos a destiempo para su profesión (en comparación con países más desarrollados, incluso tú ya habías nacido a destiempo; gracias a que el país que te tocó en suerte se movía a la vez en diferentes tiempos históricos, pudiste agarrar la cola del cometa). Te miran como el Archivo, y tú, que has peleado tanto contra ello y has renegado tanto de tu obsolecencia, comienzas a creer que quizás aceptar tu nuevo estado no sea tan negativo después de todo.

—Poco hay que contar —dices. No les darás el gusto. Lo primero que uno debe aprender en esta profesión es a mantener secretos, incluso con los compañeros de trabajo.

—Cómo no, profesor. No sea humilde.

—El que tiene mucho que contar es Albert —dices—. Sabe todo de todos.

—Pero él ya no puede hablar.

—Lo cual no es un mal destino para gente como nosotros —dices.

—Entonces, cuéntenos al menos algo de él. ¿Era tan rápido como se dice?

—¿Es cierto que era un fugitivo nazi? ¿Muy amigo de Klaus Barbie?

—Dos nazis a cargo de las operaciones secretas de Montenegro cuando era dictador, uno a cargo de los paramilitares, otro a cargo del acopio de inteligencia.

—Trabajé en la Cámara Negra desde el principio —dices, la voz firme—. Y puedo jurar que Albert no conocía a Barbie. Barbie apareció en los ochenta, con el gobierno de García Meza. Fue asesor del DOP, pero no tenía nada que ver con la Cámara Negra.

—Da para pensar —dice Baez—. Barbie llegó a Bolivia a principios de los cincuenta. No me diga que estuvo treinta años sin hacer nada. ¿Cómo puede estar seguro de que no fue un asesor secreto de otros gobiernos militares antes de los ochenta? Quizás en la época de García Meza se sintió tan seguro como para salir a la luz pública, pero recuerde que, como fugitivo nazi, le convenía quedarse callado. Su error fue volver de manera descarada a la vida pública.

—Permiso, señores.

Te levantas. No vas a tolerar que ofendan a Albert comparándolo con un nazi. Te piden disculpas. Son muy charlatanes, no durarán mucho en esta profesión.

Te queda todavía un buen rato antes de volver al trabajo. Y decides visitar a Albert. Es tu visita mensual, adelantada unos días. Quizás él te ayude a descifrar el enigma de los mensajes que has estado recibiendo. Quizás, como otras veces, algunas frases de su delirio te puedan iluminar.

Albert vive en el segundo piso de una casa modesta en la avenida de las Acacias, con jardín de rosas secas y gomero esmirriado. Las paredes están pintadas de azul y una enredadera las trepa sin ganas. El primer piso está desocupado; una escalera exterior conduce directamente al segundo piso. Un policía resguarda la puerta; sólo permite la entrada a quienes están autorizados por el gobierno.

Has tardado en llegar. La avenida está bloqueada; no te dejaban pasar, y has tenido que estacionar tu Toyota en una intersección y luego pagar unos pesos. Un joven te insultó después de recibir tu dinero. «¡Cuidado que diga que nos dio una limosna!». No dijiste nada. Te habías quedado mirando la cara del Libertador en el billete. Te miraba fijamente; quería comunicarte algo. ¿Qué? ¿Qué, por Dios, qué? «Y analice lo que está haciendo y la siguiente quédese en casa. La ciudad está paralizada, y usted no es capaz de solidarizarse con un amplio movimiento popular».

Estabas pensando en la granítica cara en el billete. Debiste hacer un esfuerzo para regresar al *aquí* y al *ahora*. Continuaste tu camino sin contestarle al joven; odias la confrontación. Además, ni siquiera sabes muy bien qué es lo que protestan. ¿La capitalización de la compañía de luz? ¿El aumento de las tarifas mensuales de electricidad? Con la abundancia de huelgas y protestas, es difícil diferenciar entre las relevantes y las irrelevantes. Todo marcharía mejor si hubiera más respeto a la autoridad, si no se perdiera tiempo o dinero discutiéndola o desconociéndola. Difíciles los años que te han tocado en suerte.

El policía deja de leer *Alarma* y te saluda con un ligero movimiento de cabeza. Tiene las cejas blancas y la piel de un rosado descolorido. Un defecto genético, un código mal escrito. Te conoce, pero de todos modos te pide tu carnet. Se lo entregas, respetuoso. Y te quedas mirando la primera página de *Alarma. Ahogó a su hijo mientras dormía*. ¿Quién era el que dormía, el hijo o el asesino? Imaginas a un asesino sonámbulo, su cuerpo moviéndose mientras él se halla ausente, incapaz de responder por sus actos. Imaginas su mente funcionando entre sueños, los pensamientos encabalgándose por cuenta propia, alejados de un ser racional capaz de controlarlos. Acaso todos somos sonámbulos, piensas, nuestros actos, ideas y sensaciones guiados por algo o alguien más allá de nosotros mismos, o quizás esté en nuestro interior. El efecto es el mismo. *Ahogó a su hijo mientras dormía.* Ese algo o ese alguien que se halla dentro o fuera de ti y te controla, te dice que hay en esas palabras un mensaje que podría ayudarte a entender el sentido del mundo. Te gastarás buscando el código que destrabe esa frase, que le devuelva a un pedazo del universo el orden dispuesto por una Causa Primera.

—Le ha debido costar llegar hasta aquí —dice, revisando tu carnet—. No están dejando pasar a nadie. El ejército debería intervenir. Meterles gas. Eso los dejaría tranquilitos como en misa.

Asientes con la cabeza. Alguna vez te has preguntado de dónde viene tu respeto a la autoridad. Tuviste una niñez privilegiada; tu papá era un ingeniero con un cargo importante en la compañía nacional de petróleos. Era alto y grueso, y tenía una voz firme, intimidatoria; siempre andaba organizando a sus colegas y a sus subordinados en procura de mejores condiciones de trabajo. Su error, si se lo puede considerar así, fue solidarizarse con una huelga de hambre de los trabajadores de base. Los otros ingenieros decidieron no apoyar la huelga porque decían no tener nada que ver con las demandas de otro sector; tu papá era de los que se conmovía fácilmente y no pudo hacer lo mismo. Tenía muchos amigos entre sus trabajadores. La administración le dio varias oportunidades para reconsiderar su posición, pero él se mantuvo impertérrito en sus principios. Al final, lo despidieron. Pudo haberse olvidado del tema y buscar trabajo en una compañía privada, pero no quiso hacerlo: decidió apelar el despido hasta sus últimas consecuencias. Los abogados devoraron los ahorros de papá, y tu familia fue perdiendo sus privilegios. La administración, con el apoyo del gobierno, no cedió, y tu papá terminó derrotado, convertido en un hombre rencoroso. Lo recuerdas murmurando insultos mientras regaba el jardín. Deambulando por la casa en las noches, insomne, un temblor en los labios. De esos años data, quizás, tu respeto, tu miedo a la autoridad. O quizás había algo innato en ti que te hizo aprender eso de aquella experiencia, pues otro temperamento acaso hubiera extraído la lección contraria.

—Pase, profesor —dice el policía volviendo a su periódico—. Le ruego que no esté mucho rato.

La habitación huele a hojas de eucalipto y a remedios. Albert está echado en la cama con las frazadas hasta el cuello; tiene los ojos abiertos pero sabes que está durmiendo. Varios tubos conectan su cuerpo a una máquina color crema en uno de los costados; en una pantalla, la trémula geometría de sus signos vitales. Todavía te sientes humilde e insignificante ante esa figura reverenciada, otrora tan poderosa. Las primeras veces, engañado por sus ojos, la creíste despierta e intentaste entablar una conversación. De nada servía. Ahora lo que haces es contarle, sin detenerte, todo lo que ha ocurrido en la Cámara Negra desde la última vez que lo visitaste. Y ese rostro surcado de arrugas, y ese cuerpo más cerca de la muerte que de la vida, te deja hablar como solía hacerlo en vida, aunque tú no aprovecharas mucho esa oportunidad. De pronto, a veces, los labios hacen un esfuerzo y pronuncian unas palabras o frases; al principio se te antojaban incoherentes, pero, visita tras visita, has descubierto que, a manera de oráculo, te dicen algo iluminador sobre tu situación actual. Una suerte de *I Ching* particular, tu sibila privada. Albert estaba interesado en descubrir cómo pensaba el pensamiento; quería encontrar el algoritmo, los pasos lógicos que iban de una idea a otra a manera de predecibles ramificaciones nerviosas. *Ahorraríamos tanto tiempo*, decía, *si pudiéramos controlar el ruido del mundo; nos sería mucho más fácil conocer los planes de nuestros enemigos*. Es lógico, entonces, que haya algo de coherencia en su delirio. Es lógico, entonces, que su delirio sea interpretado como un código que da cuenta del mundo.

Te sientas en una silla al lado de la puerta. Las paredes de la habitación lucen más desnudas que de costumbre. Han sacado algunas fotos, tres o cuatro. En esas paredes, alguien de la Cámara Negra había armado una biografía de Albert en el país. Albert en su despacho, el testarudo cigarrillo entre los labios. Albert estrechando la mano de un joven y ambicioso Montenegro. Albert con la réplica de una máquina Enigma, que había hecho colocar en su despacho, a manera de inspiración. Incluso había una foto contigo y otros de la primera camada. ¿Cuáles son las que faltan? Tu memoria pronto te dará la respuesta.

La primera vez que comenzó a desvariar fue hace tres años. Estabas en su oficina, hablaban del vicepresidente de Montenegro, que se había reunido con Albert para decirle que habían aprobado los planes de reoganización de la Cámara Negra. A Albert no le gustaba el vicepresidente, muy agringado. Pero confiaba en Montenegro: después de todo, se había quedado en Bolivia gracias a él. Y la Cámara Negra existía gracias a él. De pronto, le escuchaste murmurar una sarta incomprensible de palabras. Decía que se llamaba Demarato, que era griego y vivía en Susa. Había inventado la estenografía. Decía que se llamaba Histaiaeo y era gobernador de Mileto. Decía que era Girolamo Cardano, creador de una grilla esteganográfica y del primer sistema de autoclave. Decía que era inmortal. No podía parar de hablar. Te armaste de valor y le tiraste un vaso de agua al rostro. Reaccionó. Te pidió disculpas. Pero era tarde: a los dos días, volvió a ocurrir lo mismo, esta vez en la Sala Vigenère, y en frente de un grupo de criptoanalistas. Después de varios minutos de una perorata inconexa, se percataron de que algo anormal le ocurría. Entre tres, lo tiraron contra el piso y lo sujetaron hasta que llegara la ambulancia. Se lo llevaron en camisa de fuerza. Perdió el conocimiento, y cuando despertó ya no era el mismo. Miraba con ojos vacíos y no hablaba, excepto, muy de vez en cuando, unas frases sin rumbo que Turing se esforzaba por comprender. Desde entonces, está recluido en el segundo piso de la casa en la avenida de las Acacias.

Cruzas las manos y comienzas a hablar. Le dices que extrañas su presencia, portadora de seguridad y confianza para todos en la Cámara Negra. Y le cuentas de los últimos acontecimientos. De Kandinsky y la Resistencia. De Ramírez-Graham y sus irrespetuosos cambios a las reglas impuestas por Albert. De los inexplicables códigos que recibes. Frases insultantes e injustas. Tantos años al servicio del país no merecen semejante pago. Le pides que te ayude. Si estuviera a tu lado, te sentirías más fuerte y podrías descartar cualquier injuria con facilidad.

Escuchas, desde la calle, el rumor de los escasos autos circulando. Por la ventana, las montañas en el horizonte, que siempre te sorprenden. Esperas. No hay respuesta. Por un momento se te ocurre que Albert ha dejado de existir. Luego observas un leve movimiento bajo las frazadas, el agotado discurrir del aliento en el cuerpo.

—Kaufbeuren —dice Albert de improviso, sorprendiéndote.

—¿Kauf…?

—Kaufbeuren. Rosenheim.

—¿Ros…Ros…?

—Kaufbeuren. Rosenheim. Huettenhain.

Se calla. Memorizas las palabras, lo que has entendido de ellas. Kaufberen. Rosenjeim. Uetenjain. Quisieras quedarte un rato, quizás Albert te diga algo más. No puedes: tienes que volver al trabajo. Te irás preguntándote a qué se refieren esas palabras.

Al menos, en el silencio, te vendrán a la mente las imágenes que faltan en las paredes. Y descubrirás que había en el fondo un motivo para tu visita hoy: algo que tu inconsciente sabía antes que tú. Querías descartar o confirmar lo que habías escuchado de Baez y Santana.

Una de las fotos es de un grupo, en blanco y negro. Nunca le prestaste mucha atención, los rostros están algo borrosos. Hay nueve hombres en dos filas: cinco llevan uniformes del ejército, los otros cuatro están de camisa y corbata. Uno de ellos, el que está más a la izquierda, es Albert. El que está a su lado, lo sospechas, lo intuyes, es Klaus Barbie.

9

Flavia ingresa a *Portal a la Realidad*. El primer piso está lleno de luces rojas y amarillas, y la música trance de Paul Oakenfold sale de los parlantes. Estudiantes de colegio y universitarios se enfrentan a las pantallas de las computadoras Gateway alineadas en tres hileras. En las paredes hay pósters de *The Matrix*, Penélope Cruz en una escena de *Abre los ojos* y en otra de *Vanilla Sky*, y diferentes portadas de Wired. Un anuncio del local proclama, en letras anaranjadas, *¡ahora también alquilamos celulares!* Flavia pide una computadora en el mostrador, si es posible en una de las cabinas privadas del segundo piso. Una chica con el pelo rojo y un gancho en los labios le anuncia que cuesta el doble que en las del primer piso, y le entrega un número sin dejar de mirar a la pantalla: está jugando *Linaje*. La primera vez que vine a este café la chica que atendía me puso nerviosa, tenía un brazo de metal y hacía de todo como si nada, qué cosa más rara. Nació así, me dijo, ese brazo era normal para ella, lo extraño le parecía tener dos brazos como yo. Y yo que me terminé mirando los brazos como un bicho raro durante una semana, tocándomelos, incluso me los mordía.

El ambiente le parece pretencioso, fuera de lugar en Bohemia. Pero Bohemia, debía aceptarlo, ya no era lo que había sido, y lo que alguna vez se halló allí fuera de lugar era ahora parte de la norma. El barrio se había hecho popular gracias a sus cafés alrededor de una plaza con la estatua de Bob Dylan al centro. Universitarios y mochileros habían sido los primeros clientes de esos lugares de aire alternativo, donde se discutía tanto de la cosmovisión aymara como del nuevo cine mexicano y la música de Bjork. Luego habían aparecido las discotecas de música tecno, y las hijitas de papá vestidas a la moda –botas de plataforma alta, minis de plástico y tops con aires de ropa interior–, y los niños ricos visitando el Playground armados con sus celulares importados del Japón. Todo lo que se hacía conocido se corrompía.

Sube las escaleras, estoy casi segura de que me equivoqué. Según lo que descifré en el papel que Ridley le entregó a Erin, Rafael debería estar en una de las cabinas del segundo piso. Pero no lo imagino en un lugar como éste. Él era como ella, alguien que preferiría los desiertos cafés internet en el Enclave. Si sus sospechas eran acertadas, Rafael tenía algo que ver con la Resistencia, y para los hackers de ese grupo un lugar como *Portal a la Realidad* debía ser anatema.

La atmósfera del segundo piso difiere por completo de la del primero. No hay luces que brillen, no hay pósters en las paredes. Doce cabinas, la mayoría de ellas vacías. Los pasos de Flavia vacilan. Mira con disimulo hacia el interior de las cabinas de puertas entreabiertas. Nada por aquí, nada por allá. Se sacará la espina, llegará hasta la cabina del fondo y luego volverá a casa.

Escucha, a sus espaldas, una voz susurrando su nombre. Se detiene y se da la vuelta; una cabina acaba de abrirse. Se acerca, mechones de la cabellera cayendo sobre la frente. Sentado en un sillón de cuero negro, se encuentra Rafael, que con un gesto imperioso le pide que se apure. Flavia ingresa a la cabina y Rafael cierra la puerta. Tiene ojeras y sus pupilas se mueven de un lado a otro, intranquilas. Flavia se dice que esta versión de Rafael tiene poco que ver con aquella tranquila, segura de sí misma, que había conocido días atrás en el micro.

—Más inteligente de lo que pensé —dice Rafael—. Llegaste. A ratos, creí que no lo harías, que el mensaje de Ridley a Erin había sido muy críptico, que tú no te darías cuenta que en realidad se trataba de un mensaje para ti, etcétera.

—Si sabes tanto de mí como crees saber, deberías entonces confiar más en mí —dice Flavia, segura ahora de que una de las cosas que más le atrae de Rafael es su voz estentórea, tan masculina. No podría enamorarme de él sólo a través del Playground, o quizás pronto no se necesitará escribir para comunicarse en el Playground, se podrá chatear en voz alta, como cuando uno habla en su celular. Tantos avances digitales y cada vez escribimos más, bien mirado es algo anacrónico.

—No tenemos tiempo que perder. Si llegaste aquí, significa que ellos también pueden haber leído el mensaje y llegar hasta aquí.

—¿Quiénes son ellos?

—La Resistencia.

—Pudiste haberme citado en un lugar menos obvio.

—Elegí un lugar como éste precisamente por su obviedad.

—¿Y qué tienen los de la Resistencia contra ti? ¿Y si Ridley pertenece a la Recuperación, significa eso que tú tienes un avatar en la Recuperación?

Rafael respira hondo. Cruje el sillón.

—La Resistencia y la Recuperación son lo mismo. La Recuperación fue un grupo virtual que se formó para la resistencia en el Playground. Quienes controlaban los avatares eran hackers que luego formaron la Resistencia, para dar el salto del espacio virtual a la realidad.

Flavia frunce el ceño, esforzándose por comprender. Escucha unos pasos rondando la cabina. Rafael coloca el índice derecho sobre sus labios. Los pasos desaparecen.

—Vaya paranoia la tuya —dice Flavia.

—Los conozco bien, yo fui uno de ellos. Para mí todo comenzó como un juego. Y en el fondo quizás nunca dejó de serlo y ése es mi problema. Es mi carácter, me cuesta tomar en serio las cosas. Incluso si es cuestión de vida y muerte. Por eso me pasaba horas y horas en el Playground. Porque en cierto modo, todo en la pantalla se convierte en un juego. Y porque allí podía conseguir información. Sabes que soy un Rata, y si no lo sabes lo sospechabas. Un Rata de los buenos, de los que no engañan.

—¿No eres un hacker?

—Un medio para un fin. Lo hago para conseguir información, si no queda otra.

Rafael la mira como si no tuviera paciencia ni tiempo para explicar todo al detalle. Qué frías tiene las manos, como si hubiera dormido a la intemperie. Y qué nervioso está. Flavia se pregunta qué puede hacer para ayudarlo. Y se dice que es una sensación nueva, tocar las manos de un hombre y no ser visitada por la hostilidad o la repugnancia. Lo había intentado a los quince años, había ido al cine y a fiestas con un par de amigos, y había sido incapaz de llegar muy lejos: apenas la tocaban se sentía como repelida por una carga negativa. No era culpa de ellos: era ella, era la imagen siniestra de los hombres que habitaba en su interior a pesar de sí misma.

—Todo comenzó como un juego —dice Rafael—, hasta que me dejé seducir por BoVe. Y entré a formar parte de la Recuperación.

—En el Playground.

—Exacto. Era una especie de prueba. Atacar al gobierno del Playground, ir desarrollando un modelo de resistencia que luego se pondría en práctica en la vida real. Claro que no era fácil conseguir ese modelo, no hay correspondencias directas entre uno y otro mundo, pero al menos lo intentamos. Y me convertí en parte del entorno de Kandinsky en la Resistencia. Porque, ya lo habrás entendido, BoVe era el avatar de Kandinsky en el Playground. En el Playground, yo era el que podía conseguir los objetos que luego, vendidos en el mercado negro, financiaban nuestras actividades. No me digas cómo lo hacía. Digamos que es una ventaja ser un Rata.

—Los Ratas tienen una bien ganada mala fama. Una de las cosas que hacen es extorsionar a gente que trabaja en la compañía a cargo del funcionamiento del Playground, para que se les diga cómo conseguir objetos preciados, vidas, cartas mágicas.

Rafael se levanta, apoya las manos en la pared a sus espaldas. Flavia percibe el agotamiento de sus gestos. Se esfuerza por comprender, pero hay algo en la explicación que no termina de asir del todo.

—Por ahí va la cosa —continúa Rafael—. Lo cierto es que después, cuando la Resistencia comenzó a operar en la vida real, quise conocer en persona a Kandinsky. No pude hacerlo. Y me di cuenta de que ninguno de los hackers principales, el entorno digamos, lo conocía en persona. Era una táctica justificada para evitar delaciones. Y también, por supuesto, para que creciera el mito. Nadie conocía en persona a este gran hacker, pero todos tenían alguna leyenda sobre él. Así, el mito iniciado en el Playground, relacionado con el avatar llamado BoVe, pasó a la vida real, a la persona conocida como Kandinsky que se hallaba a cargo del avatar BoVe. ¿Suena complicado? No lo es.

—¿Y yo qué papel tengo en este entierro?

Rafael vuelve a sentarse. Mueve las piernas, inquieto. Se pasa las manos por la barbilla.

—Los medios de comunicación, incluso los más críticos, han rodeado de un aura a Kandinsky. Es alguien del Tercer Mundo que ha sido capaz de lograr que se pongan de rodillas grandes corporaciones, los símbolos del Primer Mundo, del triunfo del capitalismo. Es la expresión más viva de la resistencia a un gobierno de políticas neoliberales salvajes, a unos vientos de globalización intolerantes con los países pobres. Y sí, Kandinsky es todo eso. Pero no es un Dios.

Hace una pausa, se aclara la garganta.

—Es un ser falible como todos —el vozarrón continúa, y eso que está hablando despacio, cómo será si hablara en voz alta—. Y ha llegado arriba no sólo por su gran habilidad para manipular la tecnología, o por su carisma, sino también por una despiadada manera de acallar todo tipo de disenso en la organización. La Resistencia no tolera resistencia interna. Su fuerza de lucha contra el gobierno y las corporaciones se debe a un fundamentalismo ideológico que impide el debate interno. A través de mi avatar, Ridley, comencé a sospechar algo en el Playground. Todo se aclaró para mí cuando algunos miembros de la Recuperación aparecieron muertos y se nos quiso hacer creer que se trataba del gobierno. Pero era demasiada casualidad que esos miembros eran justo los que se habían opuesto a BoVe en una reunión anterior.

Habla con rapidez, como si tuviera los minutos contados para exponer su caso.

—Algo similar ocurrió hace poco en la vida real. Dos hackers aparecieron muertos.

—Vivas. Padilla.

—Ajá. Ambos pertenecían a la Resistencia. Y yo, que no me animaba a acusar a Kandinsky, decidí que tú eras la persona adecuada para hacer pública la acusación. Tu site se ocupaba de hackers, así que decidí hacerte llegar todo lo que sabía. Por supuesto, debía aparentar que te advertía del peligro que corrías si continuabas tu investigación sobre la identidad de Kandinsky. Me controlaban, y un paso en falso podía significar mi fin.

—O sea que tú fuiste…

—Ajá. Y me impresionó tu coraje al publicar todo. Bueno, casi todo. No mencionaste que era Kandinsky…

—Necesitaba pruebas más concretas. Lo insinué. A buen entendedor…

—No te estoy reprochando nada. Me sentí mal, un cobarde, porque había puesto tu vida en peligro. Por eso te seguía. Me sentía responsable por ti y quería protegerte.

Flavia lo mira con los ojos azorados. No sabe qué decir.

—Ridley contactó a Erin en el Playground —continúa Rafael— porque temía por su vida. Yo estoy haciendo lo mismo contigo ahora. Quizás puedan acabar conmigo. Pero al menos tú ya sabes la historia y te ocuparás de seguir haciéndola pública.

—No es mucho lo que puedo hacer mientras no se sepa quién es Kandinsky.

—Ni los Ratas te podemos ayudar en eso.

Rafael la besó en los labios. Fue un beso que comenzó con dulzura y se tornó agresivo. Flavia puso cara de sorprendida; lo cierto es que la había sorprendido más la tardanza. Había pensado que el encuentro sería romántico; no sospechaba qué madeja se desenrollaría en su presencia. Quizás algún día, cuando todo esto acabara, ambos podrían embarcarse en una relación sentimental; ahora, otras cosas los reclamaban con urgencia.

—Me mantendré en contacto, aquí o en el Playground —dijo Rafael—. Sal tú primero. No te voltees por nada del mundo. Apenas pises la calle, saldré de la cabina.

Se volvieron a besar. Flavia salió de la cabina, bajó las escaleras con premura y se acercó al mostrador. Le devolvió su número a la pelirroja, le dijo que no había llegado a usar su computadora; la chica la miró con extrañeza y comprobó en su pantalla lo que Flavia le decía.

Cuando Flavia salía, vio bajar de un destartalado Honda Accord rojo a dos hombres con anteojos oscuros. Le llamó la atención que el Honda se mantuviera junto a la acera del café con el motor encendido. Cuando se dio cuenta de qué se trataba, ya era tarde. Ingresó al café en el momento en que sonaban los disparos. Rafael, que comenzaba a bajar las escaleras, cayó de bruces y rodó hasta que su cuerpo se detuvo contra el pasamanos de metal. Mientras los hombres de anteojos oscuros salían corriendo del café y huían en el auto, Flavia, inmune al pánico en derredor –estudiantes gritando bajo las mesas, dándose de tropezones en busca de las inexistentes puertas de emergencia–, corría hacia donde se hallaba el cuerpo desplomado, la sangre manchando la camisa blanca, el corazón latiendo, latiendo, dejando de latir.

Ruth se detiene junto a la puerta de su oficina, en la que se encuentra una foto de Bletchley Park y tiras cómicas de Mafalda y The Far Side. Le duelen los pies, los zapatos de taco alto se han tornado en una molestia intolerable; se los saca y los deja en el pasillo, junto a un basurero. El policía la mira, entre curioso y expectante. Se ha abotonado la chaqueta, su figura parece más compuesta. Ruth siente que al menos está más tranquila; ha dejado de salir sangre de su nariz. ¿Pueden las venas salirse de su cauce como los ríos en temporadas de lluvia? ¿Y pueden volver al redil de la forma intempestiva en que salieron? ¿Qué fallas geológicas se abren día tras día en su organismo avejentado? ¿Qué revelarán de sus células cansadas futuras endoscopías, colposcopías, laparoscopías?

Saca las llaves. Sea lo que fuere que esté ocurriendo en ella, ha decidido no dejarse vencer por el pánico. No será como su madre, que ante el inexorable deterioro del cuerpo prefirió acabar con todo de un pestañeo, y le impuso el horror del espectáculo.

Le da un par de billetes al policía. Lo nota algo descontento, mirando los billetes al trasluz como cerciorándose de que no son falsos. Alguien que paga una coima, alguien que la recibe, ¿cuántas veces ocurre eso a cada minuto en el continente? La corrupción institucionalizada como forma de vida.

En la mirada recelosa y en la tez cobriza del policía, en su pose de desafío, las piernas abiertas y el cuerpo algo inclinado hacia adelante, Ruth percibe el abismo que los separa. ¿Qué puede hacer? No es su culpa: no va a caer en esa trampa. Ya ha caído en ella varias veces, cuando veía las piernas varicosas de su empleada Rosa, que la repelían y la conmovían, y la obligaba a ir al doctor y pagaba la consulta y los remedios; o cuando Rosa le contaba que estaba ahorrando para comprarse un televisor, y ella la ayudaba con unos pesos extra y luego se enteraba de que Rosa le había dado el dinero a su ex esposo. Ha aprendido que ninguna acción bien intencionada va a remediar lo irremediable. Todo lo que hace sólo sirve para sentirse con la conciencia tranquila unos minutos, una tarde, acaso un día.

Ruth le entrega otro par de billetes e ingresa a su oficina. El policía se queda afuera, observándola de reojo a través de la puerta entreabierta, la mano tocando la gorra en un gesto congelado, como posando para una fotografía.

La oficina huele a una combinación de jazmines y tabaco negro. Enciende un cigarrillo, mira sin mirar los papeles sobre el escritorio –apuntes de clases, notas para un artículo sobre el rol de la NSA en la guerra de las Malvinas (la NSA había logrado descifrar los códigos del ejército argentino; había contribuido con el 98% de la información que los ingleses tuvieron a su disposición en la guerra)–, los libros en los estantes –las historias del criptoanálisis de Kahn, de Singh, de Kippenham–, los videos de películas relacionadas con el criptoanálisis para la clase del próximo semestre –*U-571, Windtalkers, A Beautiful Mind, Enigma*–, los cuadros de Degas en las paredes.

Extrae el manuscrito del cajón inferior derecho del escritorio. Casi trescientas páginas escritas en diferentes códigos; el que más la enorgullece es uno de sustitución polialfabética, creado por ella basándose en el Vigènere, que había durado tantos siglos sin ser descifrado. Hasta el título y su nombre en la portada se hallaban en código. Cualquiera diría que la suya era una obsesión enfermiza. Era normal, era la única forma de relacionarse con los códigos. Al menos ella había convertido su dedicación en una curiosidad inofensiva. Al menos ella había tenido la entereza necesaria para darse cuenta a dónde se dirigía el trabajo en la Cámara Negra, y de retirarse a tiempo.

—¿Puedo hacer una llamada? A mi médico. Si quiere, usted puede marcar.

—Siga nomás. Y apúrese.

Ruth marca el número del consultorio. La secretaria le dice que el doctor no ha llegado, con esto de los bloqueos. Ruth pregunta por los resultados de sus pruebas. La secretaria le dice que el laboratorio está cerrado, por favor llame mañana.

Sale de la oficina oprimiendo el manuscrito contra su pecho. Ella y el policía caminan por el patio desierto rumbo a la puerta principal. Escuchan gritos y explosiones; el policía, sin embargo, camina como si no tuviera apuro. Ruth le sigue el ritmo. Ahora sí, piensa: le entregará el manuscrito a Cardona y será el fin de Miguel. Irá a casa a hacer sus maletas y comunicarle que su abogado iniciará pronto el trámite de divorcio. Saldrá en un taxi rumbo a la casa de su papá en la zona norte de Río Fugitivo. Quizás busque un departamento, o decida, mejor, dar un salto al vacío, renunciar a su trabajo e irse a vivir a La Paz. Le preocupa Flavia. ¿Se iría con ella, se quedaría con Miguel? Quizás ninguna de las dos opciones. Era tan independiente.

—¿Qué hay en esos papeles que es tan urgente? –pregunta el policía sin mirarla.

—Es parte de una investigación que estoy haciendo. Soy historiadora. Tenía miedo de quedarme sin ellos si esto se prolongaba. Ahora por lo menos podré trabajar en casa.

—Lo que es yo, tendré un buen tiempo sin volver a casa. Cuando estamos en estado de alerta nos acuartelan.

—¿Dónde vives?

—En Tarata. Allí estoy destinado, pues. Pero no me quejo. Ahora me han dado fusil nuevo. Allá no tenía ni revólver.

—¿Qué pasó con el tuyo?

—Me lo robaron hace un mes.

—¿Y no te dan otro?

—De mi sueldo me descuentan. Y cuando ya está cubierto el pago, uno nuevo me dan. Pero pueden pasar meses. Y los ladrones no esperan. Por suerte Tarata bien vacío es. A veces hay peleas de borrachos, y nada más. Y algo se gana en las propinas de los que van a visitar la casa de Melgarejo. Es bien fea, y chiquita. Para conservarla, le han puesto un cemento horroroso. Los estudiantes que llegan se decepcionan.

Una conversación tan normal se halla fuera de lugar cuando los gritos y las explosiones son cada vez más cercanos, y salen del McDonalds llamaradas de fuego y columnas de humo. Aunque quizás esa conversación no tenga nada de normal. Después de todo, ¿cuándo tendrá una nueva oportunidad de conversar con un policía?

—Este trabajo no es fácil —dice el policía—. Cuando nos mandan a levantar bloqueos, a veces me encuentro con gente conocida al otro lado. Y me insultan y me dicen que soy un vendido. Quizás tengan razón pues. Pero mientras ellos no me consigan otro trabajo decente y que además me guste, aquí me quedo. Así me tocó, qué le vamos a hacer. Cada uno hace lo que le gusta. O lo que puede.

Llegan a la puerta. El otro policía no se ha movido de ésta, y ha llegado a reforzarlos un contingente de cinco soldados, junto a dos pastores alemanes que tiran de sus cadenas como si quisieran forzarlas. Ruth se detiene, vacila: no sabe qué hacer, adónde ir, qué camino tomar. Hacia la izquierda se encuentran la puerta principal y el McDonalds incendiado; hacia la derecha, calles bloqueadas, y un grupo de manifestantes que marcha coreando consignas contra el gobierno. *Se va a acabar, se va a acabar, esta locura de globalizar*... Dos autos policía con las sirenas encendidas bloquean el paso. Se queda mirando a uno de los pastores alemanes, el brillante pelaje negro, la baba colgándole de los violentos colmillos. Quizás fue una mala idea haber venido a la universidad. Quizás debió haber regresado a casa.

Un par de videomensajes la espera en su celular. Uno de Miguel, otro de Flavia. No los abre: está cansada de los mensajes de Miguel que, aburrido en el Archivo, la llama sin nada nuevo que decirle, tan sólo para perder algunos minutos; en cuanto a Flavia, no hay nada de lo que haga ella que le parezca urgente. Hacía años que le había perdido el rastro. Quizás cuando se descubrió compitiendo con ella por el escaso tiempo de Miguel, por su hemipléjico afecto, y no tardó en comprender que perdía.

Un sargento barrigón y con una gorra en la mano derecha se acerca al policía que la había acompañado. Le pregunta qué diablos hace esa mujer parada en la puerta.

—¿No ve que es peligroso? —lo increpa—. ¿No le dije que había que evacuar a los civiles? No quiero un alma en la universidad.

—Evacuamos a todos, mi sargento —dice el policía con tono asustado—. La señora apareció después. Es una profesora. Quería entrar a su oficina a sacar un manuscrito.

—¿Y qué es lo que hizo usted, ah? No me diga que la acompañó.

—Es que, mi sargento.

—Ningún es que. ¿La acompañó?

—Me dijo que era urgente. Necesitaba trabajar en su casa.

—Ah, qué joda ésta. ¿Y desde cuándo lo contrataron a usted de secretaria? ¿O de mandadero? Si le parece bien, pues carajo, entonces que todo el mundo venga a hacer fila aquí para sacar sus papeles. Y que se caiga el mundo mientras tanto. No lo mando al calabozo inmediatamente porque necesitamos gente. Pero me va a escuchar después.

—Sí, mi sargento —el policía se cuadra. El sargento se acerca a Ruth. Le dice con voz ceremoniosa:

—Señora, disculpe. ¿Puedo ver lo que tiene en sus manos?

—No es nada que le interese, oficial.

—Sargento, por favor. Y disculpe, yo decidiré si me interesa o no.

Ruth le muestra el manuscrito sin soltarlo. El sargento observa la portada.

—¿Y qué son esos jeroglíficos?

—Es un libro que estoy escribiendo. Sobre mensajes secretos en la historia nacional. Soy historiadora.

Los ojos del sargento brillan, los músculos de la cara se le distienden, hace una mueca feliz: como si acabara de descubrir que su astucia lo ha ayudado una vez más. Un libro sobre mensajes secretos no puede ser otra cosa que un mensaje secreto.

—Me permite —dice, y antes de que Ruth conteste ya tiene el manuscrito en sus manos. Lo abre al azar, revisa unas cuantas páginas. Líneas y líneas de letras que no forman palabras comprensibles, que no se arman en un párrafo coherente, en un capítulo con sentido. Todo esto huele mal.

—Me va a disculpar, señora —dice, enfático—, pero me voy a tener que quedar con su libro. Tiene que ser revisado con calma, por si las moscas.

—¡Sargento, esto es un atropello! —grita Ruth, tratando de recuperar el manuscrito con una mano—. No tengo un minuto que perder. Tengo que trabajar inmediatamente.

—La comprendo, la comprendo. Pero vea usted, la situación...

—No tengo nada que ver con lo que está ocurriendo. ¿Qué cree usted, que son mensajes secretos de la Coalición? ¿Un plan secreto para acabar con GlobaLux? ¿Las direcciones de los miembros de la Resistencia?

—Tranquilícese, señora. Yo soy el que no tiene un minuto que perder. Y no me haga arrestarla. Quien nada tiene, nada teme.

El sargento le da la espalda; Ruth se abalanza sobre él y lo empuja. El sargento da dos pasos al frente, pierde el equilibrio pero logra evitar la caída. Se da la vuelta y ordena a sus hombres que la arresten.

La sangre vuelve a salir de la nariz de Ruth. Se escuchan varias explosiones.

11

Llueve. Estoy cansado. Estoy cansado. Y la luz sigue golpeando mis ojos.

No hay nada que pueda hacer… Salvo esperar… Reencarnaré en un cuerpo joven. Habrá un tiempo de esperanza. De energía… De planes que se pueden realizar. Un cuerpo joven. Pero nunca muy joven. Seré parásito de otro cuerpo. Que ya está instalado cómodamente en la vida… Y lo ayudaré a explotar las múltiples posibilidades de sus talentos…

Siempre ha sido así. No tengo infancia. Nunca la he tenido. Algunos dicen que es la mejor época de la vida. No lo creo. Lo cierto es que no puedo opinar…

De vez en cuando se me vienen imágenes de un niño juguetón. No sé quién es él… No sé de dónde ha aparecido. Corre por unos pastizales a las afueras de un pueblo… Arma y desarma una máquina de escribir que ha encontrado en un basurero. Escribe en la máquina… Palabras que no tienen sentido. Claves secretas.

Me gustaría tener una infancia. Al menos una vez en mi vida.

Cuerpo cansado… Dolor en el estómago. En el cuello. Ojos que no se quieren cerrar. Flemas en la garganta… El fluir irrevocable de la sangre…

La máquina que cuenta mis latidos sigue funcionando.

Me gustaría… Alguna vez… Morir… Y no despertar. Quizás sea mucho pedir. Quizás el ser que se hace cargo de mí… El que me ha dado esta maravillla y este infortunio. Se apiade de mí y me dé el definitivo fin. Mientras tanto. Seguiré siendo muchos hombres.

Yo fui Charles Babbage. Profesor en Cambridge. Conocido por muchas cosas... La más importante fue enunciar. Allá por 1820. Los principios que servirían para construir las computadoras... Estaba obsesionado por la idea de utilizar máquinas para hacer cálculos matemáticos... Soñé con construir el Motor Analítico y el Motor Diferencial... Incluso renuncié durante siete años a mi cátedra en Cambridge. Fallecí a los setenta y ocho años sin haber logrado realizar mis planes. Sin embargo. Mis ideas quedaron. Otros hombres después de mí... Hicieron posible que la estructura lógica de mi Motor Analítico... Sirviera de base para la computadora.

Me interesó la criptología porque me interesaba la estadística... Me gustaba contar la frecuencia con que se repetían las letras en un texto. Fue por eso... Que fui uno de los primeros en utilizar fórmulas matemáticas para resolver problemas de criptoanálisis. Fui uno de los primeros en utilizar el álgebra... Me sorprende que no haya habido muchos antes que yo.

Un pequeño paso. En ese momento... Que luego tendría repercusiones enormes.

Como todo lo mío.

Lamentablemente. No continué mis investigaciones. Las notas que iba tomando quedaron incompletas... Me metí en otras cosas. Me distraje... Qué podía hacer. Ése era mi carácter.

La lluvia golpea en mi ventana. En el techo. Se empaña mi visión de las montañas de Río Fugitivo. Se borronean sus contornos. Una luz difusa y sombría se apodera del día.

Siempre me gustó la lluvia. Decir siempre no es una hipérbole aquí. Mi carácter es más afín a los crepúsculos que a los días luminosos. Tan resplandeciente. El sol de esta ciudad. Debí crear mi propia penumbra. Y refugiarme en ella.

Hay ruidos afuera de mi habitación. Tengo visitas. Será Turing... Será algún otro...

No tengo deseos de ver a nadie. No tengo deseos de nada. Sólo aguardo. Que se acabe esta cruel broma cósmica... Que me tiene aquí. En la periferia de la periferia. Mientras en otras partes se libran batallas… Se ataca y se defiende con mensajes secretos el corazón de un imperio. Se dirá que fue mi culpa… Yo elegí quedarme en este territorio. Es cierto. En ese entonces. Parecía importante lo que yo hacía… Se necesitaba de mi presencia aquí. Es cierto. Fue mi culpa.

Hormiga eléctrica…

Pero no todos mis pasos los decido yo. Yo escribo mi destino. Mientras alguien me escribe.

Yo fui José Martí. Yo fui José Martí. Martí José fui yo. José fui yo Martí. Fui. Martí. Yo. José. Soñé con una Cuba libre… Y dediqué todos mis esfuerzos a la causa de la libertad. Viví muchos años en Nueva York. Reuniéndome con patriotas que pensaban como yo. Y que deseaban que nuestra isla se sacudiera del yugo español…

En 1894. Elaboré un plan de alzamiento. Junto a José María Rodríguez. Y Enrique Collazo… Lo coordinamos al movimiento de Fernandina… Para evitar peligrosas indiscreciones. Que hicieran tambalear nuestro plan. Decidimos encriptarlo. Utilicé una clave de sustitución polialfabética… Cuando me dirigía a Juan Alberto Gómez. Uno de nuestros contactos fundamentales… Utilizaba cuatro alfabetos. En ellos no contaba la letra ch… Y la palabra clave era HABANA. Seis letras. Pero una de ellas repetida tres veces… Daba cuatro letras diferentes. No era necesario anotar nada. Sólo había que memorizar el ritmo… Que era 9-2-3-2-16-2. Esto significaba que… Cuando se trataba del alfabeto 9. A correspondía a 9. B a 10. C a 11. Y así sucesivamente… Cuando se trataba del alfabeto 2. A correspondía a 2. B a 3. Y así sucesivamente… Para descifrar. Se colocaba el ritmo debajo de la clave. Digamos que se escribía:

13-13-9-6-30-6-28-2-14-8-32-15-13-29. Y abajo el ritmo.

9 –2 – 3-2-16-2- 9-2-3 2-16-2-9-2.

Eso significa que primero hay que ver a cuál letra corresponde el número 13 en el alfabeto 9… Es la E… Y luego a cuál corresponde 13 en el alfabeto 2… Es la L… La frase entera da como resultado: ELGENERALGOMEZ. Nada difícil…

Una vez que se sabe la clave. En las cartas dirigidas a Enrique Collazo. También utilicé cuatro alfabetos... Pero la palabra clave era MARIA.

Torres medievales. Ruinas de fortificaciones.

Un enviado especial llevaría la carta al general Gómez... En el plan de alzamiento... Escribimos que se enviaría un cablegrama «q. indicará q. ya se está en capacidad y libertad de obrar en la isla»... Luego habría un cablegrama final «q. indique q. de afuera está hecho cuanto hay que hacer»... Y en el que se pedía «aguardar a alzarse con seguridad personal hasta diez días después de recibir el cablegrama»... Las instrucciones señalaban que debía «asegurarse la benevolencia o indecisión de los españoles arraigados en la isla»... Que no se debía tomar ninguna «medida de pura nacionalidad o de terror»... Pero que se debía «usar toda la fuerza de las armas contra el español que salga armado»...

El plan fracasó. Porque uno de los nuestros. Nos traicionó... Y avisó del cargamento de armas que pensábamos enviar a Cuba. Desde los Estados Unidos. El cargamento fue requisado. Está visto que para que triunfe una revolución. No es suficiente encriptar bien un mensaje. A la gente le gusta hablar más de lo necesario... No le gusta. Convertirse. En una máquina. Universal. De. Turing.

Lo cual es una pena.

Estoy cansado. Y hay ruido afuera de mi habitación. Mucho ruido.

Sólo la lluvia me proporciona alegría en esta tarde. Que va camino a acumularse junto a las otras. Tantas. Tardes.

Kaufbeuren. Rosenheim. Huettenhain.

Ramírez-Graham acaba de recibir un mensaje de Baez: la hija de Sáenz está dispuesta a cooperar. Un patrullero ha ido a recogerla y la traerá inmediatamente a la Cámara Negra. Ramírez-Graham apaga su celular y lo deja sobre una pila de carpetas en el escritorio de su despacho. Se queda mirando el lento e impredecible desplazamiento de los escalares en las aguas cristalinas del acuario. La forma en que eluden el galeón encallado en las profundidades. El baúl del tesoro desparramado. El flotante buzo en trabajo de rescate.

Todavía no está del todo convencido de las bondades de la idea, pero conviene no descartar ninguna opción. Thinking outside the box, thinking outside the box... Preferiría atrapar a Kandinsky por métodos convencionales, mantener el enfrentamiento como un choque de intelectos en el que uno encripta códigos o se aprovecha de las debilidades del sistema para penetrar en éste, y otro descifra los códigos o descubre las huellas digitales dejadas por el criminal al ingresar al sistema. Pero puede más su temor a la posibilidad de la derrota. No ha sido entrenado para ello; no la conoce, no sabe lidiar con ésta.

Se sirve una taza de café y se reclina en el sillón giratorio, de cara a las luminosas ventanas que, junto a sus cuadros, son un espacio de color como excepción en ese edificio de paredes desnudas y techos opresivos. El líquido le quema el paladar. No lo está tomando para disfrutar de su sabor, sino para combatir su ansiedad. Café tinto, de los Yungas. ¿Cuántas tazas, hoy? Cuatro, pese a que no le faltan razones para el insomnio. Han vuelto las naúseas, acaso una úlcera va floreciendo.

La pila de carpetas pertenece a la *Operación Turing.* Hubiera querido seguir leyéndolas, pero no pudo avanzar mucho una vez que llegó a su despacho: la lucha contra la Resistencia lo reclamaba con urgencia. De todos modos, ya había revisado casi todas las carpetas, y no creía encontrar el documento comprometedor que resolvería el misterio, las frases que apuntaban en una dirección inequívoca. Eso sólo ocurría en las películas. Más bien, creía que ya tenía en sus manos los datos principales, y que ahora sólo faltaba un esfuerzo intelectual para llegar al fondo del asunto. O acaso bastaba un golpe de suerte, una intuición demoledora.

Lo que sabía era bastante. Y seguía conmovido por la suerte, el destino de Turing.

Debió haberse quedado junto a Svetlana. Ése era el momento en que ella lo necesitaba más. Nunca se lo perdonaría. Pero había sido demasiado para él. Esos días, lo único que quería era escapar de ese territorio luctuoso en el que el grito de los niños jugando en un patio cercano, o la mirada de un bebé en el supermercado, lo hacían perderse en un dolor que le laceraba la piel. El futuro hijo tenía quince semanas cuando se ahogó sin remedio en el vientre de Svetlana. Qué torpe había sido, cómo se había negado a aceptar la maravilla de la paternidad y, con sus palabras, había provocado una serie de efectos que concluyeron en el accidente y en la muerte. Y lo peor de todo no era eso: racionalmente se decía una y otra vez que él era el culpable de todo, pero comprendía hoy al fin que la razón lo había abandonado al enterarse de la muerte de su hijo, y que en ningún momento había dejado de culpar a Svetlana por lo ocurrido. Debía haberse quedado en casa, no haber manejado tan afectada como estaba después del altercado. Georgetown se había convertido de pronto en un barrio muy grande para dos personas con una pesada carga a cuestas.

Tiene ganas de llamar a Svetlana y pedirle perdón por su comportamiento. Alza el teléfono, marca los números conocidos de memoria. Answer, please. Answer, damn it.

En el contestador, la voz de Svetlana suena rígida y a la vez vulnerable. Está a punto de dejarle un mensaje, pero al final no lo hace. What for? Una mañana, la sorprenderá en la puerta de su edificio. Le pedirá perdón, y querrá una nueva oportunidad. Es muy orgullosa y no está seguro de tener éxito. No importa: la respuesta de ella es secundaria, lo esencial para él es corregir sus errores y actuar de manera correcta, aunque sea en una hora tardía.

Yeah, sure: of course, I care about the answer.

Cierra los ojos. Cuando golpean a la puerta, no sabe cuántos minutos han transcurrido. Observa su reloj: las diez de la mañana. Es Baez, junto a una adolescente de entreverado pelo castaño y mirada distante. Una rasta wannabe, I know the type: veía a muchas de ellas en los cafés de Georgetown. No se parece en nada a su papá, decide. Se levanta, los hace pasar, les ofrece asiento.

—Muchas gracias por su pronta respuesta —dice, tomando un sorbo del café frío—. Necesitamos más gente como usted. De otro modo, como lo ha debido observar estos días, es el caos.

—No vine por ninguna patria abstracta —cruza y descruza las manos—. Y no me trate como a una niña, con ese tono tan paternalista. Los de la Coalición me parecen unos imbéciles que sólo saben decir no a todo, y no tienen ningún plan alternativo que ofrecer. Tampoco me quitaría mucho el sueño si un día de estos Montenegro amanece colgado de un farol.

Well, well, well: esta chica es de opiniones fuertes. Opinionated. En eso, tampoco se parece a su papá.

—¿Entonces por qué vino, si se puede saber?

—Porque Kandinsky es responsable de la muerte de Rafael, un hacker a quien yo estimaba mucho. Y también de la muerte de otros dos hackers este mes.

—Interesante —interviene Baez—. No lo sabíamos. ¿Rafael qué?

—No lo sé.

—Baez —dice Ramírez-Graham—, por favor, usted averigua qué información tenemos al respecto. No puede ser que no sabemos nada.

—Y los otros dos hackers... —dice Baez, mirándola fijamente—. Vivas y Padilla. He leído lo que usted puso en su site. Por lo que llegamos a saber, eran dos hackers de poca monta. Pero no hay nada que los relacione con la Resistencia. Y menos sus muertes.

—No habrá nada que los relacione —dice Flavia—. Tendrán que escarbar en montañas de conversaciones de chat borradas en los canales de internet relay chat. Y buscar sus seudónimos, etcétera. Confíen en mí.

Baez la observa con una mueca burlona. A Ramírez-Graham le gustaría que Baez fuera más profesional. A veces intimidaba a gente que podía ayudarlos. Al mismo tiempo, reconocía que él no era un buen modelo para Baez. Quizás debió quedarse trabajando en la soledad de una oficina, enfrentado a algoritmos escurridizos y presto a descargar su furia en ellos (lápices que se rompían, cuadernos y calculadoras que volaban por los aires, pantallas de computadoras que recibían golpes violentos).

—Personas como Kandinsky son las que arruinan la reputación de los hackers —continúa Flavia—. Habrá más muertes si no lo detenemos. Es un megalomaniaco que merece la cárcel.

—Me sorprende —dice Ramírez-Graham—. Primera persona que me habla mal de él.

—Además —dice Baez—, las razones de su lucha son equivocadas.

—Las razones son buenas —lo contradice Flavia—; los métodos son los equivocados. Kandinsky no admite opiniones diferentes ni vacilaciones. Las toma como una traición personal. Eso no va con la ética de los hackers.

—Discúlpeme, pero seres que trabajan al margen de la ley carecen de ética alguna.

—Los hackers están a favor del libre flujo de la información. Ingresan a los sistemas para abrir lo que nunca debía haberse cerrado, y luego comparten la información con todo el mundo. Un edificio como éste es, por naturaleza, su enemigo.

Y alguien como ustedes, lo opuesto a lo que ellos representan. Les será imposible entenderlos.

La expresión de Baez se torna indecisa –los labios caídos, los músculos de las mejillas en tensión–, como si ridiculizara la respuesta de Flavia pero a la vez admirara su coraje para emitir opiniones indiscretas. Ramírez-Graham no quiere extraviarse en una discusión intelectual.

—¿Qué es lo que necesita para su trabajo? —dice—. Podemos poner nuestras mejores computadoras a su disposición. La oficina que quiere. Obviamente, será recompensada. No sé cuánto le pagaban antes, pero le aseguro que ahora será mejor.

—Está bien que me paguen. Y prefiero trabajar en mi casa. Lo que quiero es todos los archivos que tengan sobre Kandinsky.

—Le daremos todo sobre la Resistencia —dice Baez—. Pero suponemos que, gracias a TodoHacker, tendrá ya mucha información al respecto.

—Y aun más —dice Ramírez-Graham—. ¿Así que tan segura de que los hackers muertos son obra de Kandinsky? Señorita, usted parece saber más cosas que nosotros.

—No me extrañaría —dice ella, el tono cortante.

En esa respuesta firme e inmediata, Ramírez-Graham cree reconocer en Flavia un rasgo de Svetlana.

13

Bajo la lluvia, el juez Cardona ingresa por la puerta abierta a la casa donde se encuentra Albert. Cruza el jardín y sube las escaleras. Toca la enredadera en la pared; algunas hojas secas caen sobre los escalones. La puerta está cerrada en el segundo piso. La toca con firmeza. Aprieta su pañuelo contra el ojo derecho; la sangre sigue fluyendo, aunque con menos intensidad que antes. La vista se le ha nublado, y el dolor le dice que se trata de una herida seria. Hará lo que tiene que hacer, y luego habrá tiempo para todo, incluso para ir a una clínica. La lluvia muestra remolinos en su pelo y chorrea por sus mejillas. El guardia abre la puerta; tiene el rostro alargado, y la blancura de sus cejas y el pálido rosado de su piel le hacen pensar a Cardona que es albino. Tuvo un compañero albino en colegio; sus amigos se burlaban de él hasta hacerlo llorar. Le decían que tenía el color del papel higiénico. Le decían que Dios lo había sacado muy rápido del horno. Cardona también había participado de las burlas. Si hubiera sabido que algún día proliferarían manchas en su piel, y que los niños se le quedarían mirando en la calle, no lo habría hecho. Uno provoca al tiempo antes de tiempo, y luego llega la exasperada venganza. El trasiego de los días nos tiene reservados algunos escupitajos. El guardia lo deja pasar. Observa con recelo cómo las suelas de sus zapatos dejan manchas húmedas en el piso. Parece a punto de pedirle que se saque los zapatos, pero no dice nada y vuelve a su asiento detrás de una mesa con una pata tambaleante. Cardona se fija en las paredes agrietadas, en las que se encuentran un calendario del año pasado y cuadros del paisaje de Río Fugitivo, los puentes y el río y las montañas de color ocre. Jamás se me hubiera ocurrido. Pese a los exabruptos, hay un corazón que late. Mas no hagamos caso a ello, pues con toda seguridad alguien decoró todo por él, aunque quizás fue el anterior dueño, el que alquiló la casa. Albert llegó aquí inconsciente, en una camisa de fuerza, el cerebro machacado por trabajar con tantos códigos, confundidas las neuronas, débil la fuerza de las sinapsis ante tanto mensaje encriptado y perverso. «Uyuyuy, su herida. Debería hacerse ver». «Creí que no era para tanto. Pero por lo visto sí lo es». «Quizás necesite un par de puntos». Sobre la mesa se hallan un cuaderno de anotaciones y una pequeña televisión en blanco y negro. Cardona, el maletín en la mano, observa en la pantalla las imágenes en vivo de los choques en la plaza entre policías y manifestantes. Sensación rara, fantasmagórica, la de estar observando una escena de la que él formaba parte minutos antes. Se le ocurre que cualquier rato él aparecerá en la pantalla, el maletín en la mano, escoltado por un policía en su intento por salir de la plaza. «¿Lo espera el señor?». Niega con la cabeza. Qué pregunta más absurda. Como un mayordomo guardando la compostura cuando llega la invitación a una fiesta mientras el amo agoniza en la habitación, y el mayordomo responde con parsimonia que el amo se verá imposibilitado de ir. O acaso la pregunta indaga si Cardona tiene algún permiso para visitar a Albert. El guardia tiene los ojos somnolientos. Sus botas relucen, y el uniforme verde olivo parece recién planchado. Lleva puesta una gorra verde. De rato en rato mira al suelo intentando que Cardona no se dé cuenta de ello, como cerciorándose de que no le ha manchado de sangre el piso recién lustrado, de que el agua que se escurre por su cuerpo no ha creado un charco. Debe ser del campo. Seguro lo miraban como bicho raro, pensaban que el nacimiento de un albino era un castigo de Dios para todo el pueblo. Pidieron al cura un exorcismo, o sacrificaron una llama para tranquilizar a los malos espíritus. El guardia le pide su carnet. Se lo entrega con una mano mojada. «La lluvia lo agarró». «Ajá. Parece que todo iba a salir mal esta tarde. Debí haberme quedado en mi hotel». «¿Quiere colgar su saco?». «No se preocupe. No me quedaré mucho tiempo». «Si tiene suerte, esta lluvia pasará rápido». El clima: repositorio obligado de conversaciones intrascendentes entre desconocidos en los ascensores y en los taxis. Las oscilaciones meteorológicas nos salvan de nuestro pánico a los espacios vacíos, a los obligados momentos de silencio. Intempestiva furia de nuestras palabras, desesperadas por llenar los huecos. El guardia anota el nombre en el cuaderno y le pide que lo firme. «Me quedaré con su carnet». «Ningún problema». Todo es más fácil cuando el objetivo es claro. A Cardona no le interesa ocultar su nombre. Más temprano que tarde, todo se sabrá. Se sorprenderán de su frialdad, hablarán de un ser que perdió la cordura cuando lo despidieron del ministerio. ¿O renunció él? Un poco de ambas cosas: lo obligaron a renunciar. Hacía todo lo que le pedían, al principio con entusiasmo, luego a regañadientes. Se habían dado cuenta de su falta de buena voluntad. Pero él hubiera querido quedarse hasta el final, para de pronto, en su discurso de despedida, ante los flashes de los fotógrafos, apuntar su dedo acusador, en un magnífico golpe de efecto, a la corrupción del régimen, desde el presidente para abajo. Montenegro ya no era dictador, pero eso no significaba que había dejado de lado la corrupción. Ya no había muertes en su régimen, pero eso no significaba que éste era limpio. Se privatizaba el país, mejor dicho se lo capitalizaba, en el eufemismo de moda, y ni siquiera al mejor postor para el bien nacional, sino al mejor preparado para el soborno, al más hábil para la coima. No le habían dado la posibilidad de un final glorioso. Había salido del gobierno por la puerta trasera, un atardecer de nubes rosadas en el horizonte detrás de la ventana, cuando tres soldados de la policía militar se habían acercado a su oficina y le habían pedido que los acompañara. Temió lo peor. Lo llevaron a su casa en un jeep, lo dejaron en la puerta y le dijeron que no volviera por el ministerio. Le quitaron las llaves de la oficina y le pidieron, con una cortesía que enmascaraba una violenta represalia si no cumplía, que se abstuviera de hacer declaraciones a la prensa. ¿Era ésa manera de tratarlo? La frialdad, sin embargo, nace de la sensación de no tener nada qué perder, nada por lo cual vivir, una vez cometidos los actos necesarios para los cuales se ha estado preparando. Y ante la posibilidad de planear algo minucioso y perfecto, su mejor sorpresa deriva de la falta de sorpresa. Lo hará sin ocultar su identidad, a la luz del día, bendecido por la suerte de tener a las fuerzas militares y policiales distraídas ante tanta agitación en la ciudad. De todas formas, igual lo habría hecho si no hubiera habido conmoción alguna. Se dirige por el pasillo rumbo a la habitación de Albert. «Un momento», dice el guardia. «No puede entrar con el maletín». Cardona sospechaba que todo no podía ser tan fácil. ¿Qué diría la mujer de Turing cuando se enterara? La pobre, crédula, había ido a conseguir los documentos que corroboraban su versión, las pruebas de los crímenes de Turing y Albert. Habían sido suficientes sus palabras para terminar de condenar a los dos hombres. Deja el maletín sobre la mesa. Arrecia el repiqueteo de la lluvia en el techo. «¿Puedo sacar un regalo que tengo para el señor?». El guardia le da permiso, mirando distraído la pantalla del televisor. Declara ante las cámaras el gerente de GlobaLux, un paceño que pronuncia las eres y las eses como si en ello se le fuera la vida. La cara local del proyecto global, piensa Cardona. Son muy inteligentes. El paceño tiene bigotes finos y sigue hablando, amenaza con juicios, indemnizaciones millonarias. Cardona deja de escucharlo y recuerda el título de una película: *Cocodrilo albino*. Extrae del maletín un revólver plateado con silenciador, comprado a uno de sus guardaespaldas cuando era ministro, y en un rápido movimiento alarga el brazo derecho y dispara dos tiros al guardia. Cae la gorra y hay sorpresa en los ojos somnolientos; el cuerpo se desploma con pesadez. El uniforme verde olivo se mancha de un rojo oscuro. Es la primera vez que Cardona hace algo así. Siempre fue un ser timorato que hizo todo lo posible por alejarse de la violencia. De niño, le producían náuseas ver perros y gatos atropellados en la calle, las entrañas abiertas, muertos o al borde de la muerte. Y odiaba ir a la finca de sus abuelos, porque sus primos hermanos se reían de él si no salía con ellos a cazar gorriones y colibríes con rifles a balín. Le decían María Magdalena, y él miraba a Mirtha por el rabillo del ojo, esperando en vano que al menos ella cesara el ataque. Todavía recordaba esos almuerzos humillantes, cuando sus primos y su hermana le cantaban a coro *María Magdalena siempre eres tú, María Magdalena siempre eres tú,* hasta que él se levantaba y corría a encerrarse en el cuarto de los abuelos. A veces pensaba que había nacido en un país equivocado para semejante carácter. Por eso se había escudado en los estudios de abogacía; éstos habían sido el ancla desesperada para contrarrestar con la racionalidad de la ley la caótica violencia del mundo. Vano afán: en el país con el récord mundial de los golpes de Estado, la ley era un fantoche que se mandaba a la hoguera con una frecuencia de escándalo. Observa al guardia tirado en el suelo. Ha caído de costado, las balas han ingresado por el pecho y el abdomen. Le hubiera gustado saber su nombre. Como algunos se acuerdan de él como el *manchado*, se acordará del guardia como el *albino*. Siente compasión por su muerte injusta, por la familia que lo llorará. Son ellos, los inocentes, los que siempre pagan los platos rotos. Incluso cuando se trata de vengar una muerte inocente. Había querido defenderlos desde su puesto de magistrado. Al menos al comienzo, antes de descubrir la sordidez del sistema, el corrupto girar de las ruedas de la justicia. Había sido, alguna vez, tan inocente, tan idealista. Qué dirían sus primos si lo vieran ahora. Qué diría Mirtha. Por lo visto, uno es capaz de hacer aquello para lo cual la vida no lo ha destinado, al menos no en su bruñida superficie.

Ingresa a la habitación de Albert. Es austera, con claveles sobre una mesa y fotos en las paredes. Fotos que cuentan la historia de un triunfo. Albert, que llegó a Bolivia como uno más de los hombres de la CIA enviados a asesorar a la dictadura en operaciones de inteligencia, y se convirtió con rapidez en una figura imprescindible para Montenegro. Albert, que no quiso regresar a los Estados Unidos, renunció a la CIA –¿o era en realidad un fugitivo nazi?– y logró la maravilla de organizar una institución eficiente en el país, a cargo de la seguridad interna, de vigilar a los opositores, de escuchar sus conversaciones, de interceptar sus mensajes secretos y decodificarlos. Tan eficiente, que Mirtha y sus compañeros no habían podido burlarla. Turing había descifrado el mensaje que mencionaba dónde tendría su grupo una reunión clandestina y se lo había entregado a Albert, y éste al DOP, para que hiciera lo que le correspondía hacer. La lluvia se apoya en las ventanas. El juez Cardona tirita. Tiene las ropas mojadas, lo único que faltaba era que lo emboscara un resfrío. El hombre que busca está tirado entre las sábanas de la cama, en medio de un olor a eucalipto entremezclado con el de la vejez y la putrefacción de la carne. Su cuerpo, o lo que queda de él, está conectado a unos cables que salen de una máquina a un costado. Sus latidos palpitan en el gráfico de la pantalla, acaso son sostenidos artificialmente por ella. Se acerca al borde de la cama. Albert tiene los ojos abiertos, desorbitados, único signo de vida en esa calavera recubierta por un pellejo que ha perdido su elasticidad. Si no hiciera nada, este hombre igual no tardaría en desprenderse de la vida. Cardona, con el revólver en la mano, es el juez a cargo de pronunciar el veredicto final. Las punzadas candentes en la ceja cortada no le dan tregua. Debe apurarse. Apunta al pecho de Albert, que sigue mirando con los ojos bien abiertos a un lugar que acaso no se encuentra en la habitación. «Kaufbeuren», dice, de pronto. Delira, se dice Cardona. «Por mi prima hermana», pronuncia en voz alta, solemne, enfático, con el vozarrón que hacía rato lo había abandonado. «Mirtha. Se merecía un mejor destino. Era capaz, inteligente, sensible. Podía haber dado mucho al país. Podía haber hecho mucho por el país. Tantos como ella. Y por mí. Por mí». Dispara una, dos, tres veces.

De regreso a la Cámara Negra, descubres que la policía ha logrado despejar algunas calles. Con un chicle de mentol en la boca, observas en varias intersecciones llantas y maderas ardiendo en un fuego parpadeante: el paisaje de confrontaciones que te había tocado desde la infancia, en un país en el que tus conciudadanos se resistían a aceptar los dictados provenientes de arriba. A veces, los años discurrían lánguidos, perezosos, sin asomo de movimientos en la corteza terrestre; pero esa paz no era más que un paréntesis entre sacudidas, y sólo era cuestión de esperar con paciencia hasta la llegada del nuevo temblor. El epicentro variaba: las minas; las universidades estatales; el trópico cochabambino; el altiplano paceño; las ciudades. Los motivos variaban: protestas contra un golpe de Estado; el salario mínimo vital; el alza en el costo de la gasolina y los productos de primera necesidad; la represión militar; los planes para erradicar los cultivos de coca; la dependencia de los Estados Unidos; la recesión; la globalización. Lo que permanecía invariable era la existencia de un punto neurálgico de discordia, varias razones para la protesta. Lo sabías, porque por más que hicieras un esfuerzo, era imposible aislarte del todo, dedicarte a tu trabajo y olvidar la coyuntura. No del todo, jamás en el territorio que te había tocado en suerte. Pero había que intentarlo. Ser impermeable al entorno era la única manera de sobrevivir, de no ser arrastrado por el vendaval del presente.

Lana Nova da las últimas noticias en tu celular. Los manifestantes habían querido tomar la alcaldía y la prefectura, con un saldo de siete muertos. Ah, Lana, cómo haces para mantener imperturbables los músculos del rostro ante semejante estilete de la realidad. Te han dado algunos gestos, eres capaz de insinuar emociones, pero todavía te falta mucho para engañarnos: si fueras una replicante tratando de hacerse pasar por una de nosotros, hace rato que hubieran dado contigo. El prefecto, un empresario privado que extrañaba la paz de su concesionaria de autos, había asumido la responsabilidad que le tocaba en la muerte de los manifestantes, y renunciado con un discurso que se las daba de profético: *No habrá GlobaLux, pero tampoco habrá una buena provisión de electricidad durante los próximos cincuenta años. Nuestros hijos y los hijos de nuestros hijos seguirán viviendo entre apagones. Una victoria pírrica, de las que acostumbramos tener.* Un nutrido grupo de manifestantes sitiaba las oficinas de GlobaLux y amenazaba prenderles fuego; el encargado del consorcio gritaba que si no se imponía el orden, sus jefes romperían el contrato y exigirían una indemnización millonaria al Estado. La Resistencia se había proclamado responsable de la diseminación de un nuevo virus que se propagaba con rapidez por las computadoras gubernamentales, destrozando archivos a su paso. El presidente del Comité Cívico y miembros de la Iglesia intentaban dialogar con la Coalición; el gobierno anunciaba el despliegue de tropas, la militarización de Río Fugitivo y el envío de ministros a una mesa urgente de negociaciones. Las noticias continuaban: protestas y bloqueos en el Chapare, disturbios en las comunidades aymaras aledañas al lago Titicaca…

Apagas el celular. Demasiada información para tu propio bien. Hay que bloquearla, impedir que capture tu inconsciente, que se apodere de tu imaginario. Si no, pronto estarás soñando pesadillas de militares disparando a civiles, de manos blancas que no son tan blancas, manos que están manchadas de sangre.

A la entrada de la Cámara Negra hay más policías de lo habitual. Te someten a un interrogatorio, como si fuera tu primer día de trabajo. Revisan tu carnet de identidad; comparan en un escáner tu huella digital con la del carnet. No es culpa de ellos: la orden ha debido venir de Ramírez-Graham, tan exagerado. Como si ese edificio fuera el objetivo de los manifestantes.

Como si la Cámara Negra no derivara su poder de ese anonimato en el que vive, en los bordes del Enclave, cerca del edificio de Telecomunicaciones y del museo de Antropología. Un vecino familiar, un amorfo amigo del barrio. Qué genio el de Albert: si la Cámara Negra hubiera sido instalada, como quería Montenegro, en La Paz, todo el mundo hubiera dirigido su odio hacia ella. En Río Fugitivo, la Cámara Negra pasa desapercibida y teje con tranquilidad su tela atrapadora de intrigas.

Tiras el chicle de mentol a un basurero. Te metes otro a la boca.

Uno de los policías tiene en su solapa un broche de metal con un escudo de colores albirrojos. ¿Qué quiere decir? Ésa es la pregunta que siempre te haces, la inevitable búsqueda de la madriguera donde se esconde el sentido. Porque asumes que nada de lo que encuentran tus ojos es lo que es; todo es símbolo, metáfora o código de otra cosa. La forma nerviosa de gesticular que tiene el policía, con los brazos extendidos y agitando los dedos como si estuviera utilizando un lenguaje incoherente para hablar con los sordos; que el cinturón de cuero se haya saltado una de las rejillas de los pantalones... Todas las respuestas deberían conducir a una sola: si el programa que hace funcionar el universo fuera matemático, habría un algoritmo primero del que derivan los demás. Si el programa fuera computacional, se trataría de tres o cuatro líneas de código, responsables de explicar tanto las mareas como las manchas del leopardo y la multiplicidad de lenguajes y los movimientos de tu mano derecha y el vuelo de las moscas y el nacimiento de las galaxias y Da Vinci y Borges y la cabellera pegajosa de Flavia y la sombra que proyectan los sauces llorones y Alan Turing. A veces te cansa la incesante artillería de tu cerebro, incapaz de descanso aun en sueños, y te preguntas sobre la pregunta y te dices, *¿cuál es el sentido de preguntarse por el sentido?*

Acaso estés condenado a ser un enigma para ti. Y quizás valga la pena aplicar esa lección a tus intentos de atrapar el sentido de ese vendaval de códigos que te rodea y abruma: quizás todo, en el fondo, no sea más que enigma.

Te piden disculpas por la demora y te dejan pasar. Hay agitación en los pasillos. Santana te informa que han revisado todas las computadoras de la Cámara Negra; algunas han sido atacadas por el nuevo virus, otras se han librado. Como la vez anterior, no parece haber un motivo claro que indique la preferencia del virus por algunas computadoras. Las del Archivo están funcionando a la perfección. Te pide que tengas cuidado al abrir tus correos y lo notifiques de inmediato si ocurre algo anormal. Te gustaría decirle que algo anormal ocurre desde hace días: alguien ha penetrado en tu cuenta secreta y te envía mensajes amenazantes que hablan de tu complicidad con los crímenes del primer gobierno de Montenegro. Te quedas callado.

Ganas de orinar. Las punzadas galopantes en la vejiga, la incontinencia reflejada en tu ceño fruncido. Te sacas los lentes, limpias los cristales con un pañuelo sucio.

Kaufberen. Rosenjeim. Uetenjain. Con seguridad tienen algo que ver con la criptología. ¿Acaso criptoanalistas menores que no conoces? ¿Otras de las delirantes reencarnaciones de Albert? Patético y cómico, el creerse inmortal.

Ruth es la historiadora, te podría dar la respuesta en segundos. Se lo preguntarás.

En tu descenso hacia el Archivo, se te ocurre que abrirás la puerta y te encontrarás con Napoleón a caballo, con algo inesperado y fantástico que te saque de la realidad. Hombre de poca fe, quizás sea hora de volver a visitar iglesias. Hace mucho que no lo haces: desde los días de la adolescencia, cuando ibas con tus papás. Y quizás lo que estás sintiendo estos días sean recordatorios de tu mortalidad. Quizás la escritura secreta que buscas es la escritura de Dios.

En tu correo hay un videomensaje de Carla. Te sorprende, una vez más, el parecido con Flavia. No tiene el maquillaje de la noche anterior y su cutis aparece gastado. Una Flavia con otro color y corte de pelo, una Flavia que la vida envejece con rapidez. Te pide que vayas a visitarla hoy, te esperará a las seis. Es urgente, dice, necesita que la ayudes. No tiene nadie más a quién recurrir. Sus papás le han dado de nuevo la espalda.

No quieres conmoverte, caer en una trampa. Pero te descubres pensando que Flavia podría haber sido Carla sin tus consejos y protección. Nadie es inmune a nada.

Luego, inviertes la lógica: Carla es una de las posibles versiones de Flavia. Tu instinto paternal te impide abandonarla. Irás a verla. Apagas el videomensaje.

Ingresas a los pasillos del Archivo, a hacer aquello que te quedó rondando desde que saliste de la casa de Albert. El Archivo contiene varias cajas de material clasificado con la historia de los orígenes de la Cámara Negra. No tienes permiso para leer esos papeles. Pero, ¿quién se enterará?

Quizás allí encuentres pistas que te guíen hacia la verdadera identidad de Albert.

15

Kandinsky nunca sabrá muy bien cómo pudo la Recuperación sobrevivir esos primeros meses en que las fuerzas policiales del Playground la reprimieron. Ni siquiera puede argumentar que su grupo fue subestimado, porque, más bien, el gobierno hizo todo lo necesario para aniquilarlo. Tirado en el piso de parquet de su departamento, escuchando música electrónica con audífonos, algunas veces ha creído que la habilidad técnica de quienes componen la Recuperación ha permitido burlar la maquinaria del gobierno, tan funcional como poco creativa. Otras veces ha sospechado que la guerra de guerrillas elegida como forma de combate ha logrado una flexibilidad de movimiento ante la que un gran ejército muchas veces se encuentra impotente. Incluso, se le ha ocurrido que el gobierno del Playground deja intencionalmente que la Recuperación sobreviva, como prueba generosa de que no es tan totalitario como sugieren sus críticos: en este esquema, la Recuperación se convierte, sin quererlo, en un cómplice del gobierno, pues al combatirlo permite que éste se atrinchere aún más en el poder.

Ha manejado diversas teorías, ninguna muy convincente. Al final, ha terminado creyendo que todo se trata de uno de esos azares en los que se especializa la historia. Muchas cosas pudieron fallar en cualquier instante y no lo hicieron. Una vez que el grupo logró sobrevivir la dura batalla de los primeros meses, todo fue más fácil: su leyenda se fue diseminando en el Playground y atrajo a individuos marginales al sistema, seres con un gran talento para manipular las reglas técnicas del Playground, y ansiosos en su deseo de atacar, al menos de forma simbólica, las estructuras de poder que lo sostenían en la realidad real.

Sus dedos tamborilean sobre el parquet al ritmo de la música. Componen en un teclado invisible la letra para acompañar la canción de *Air*, un grupo francés que ha estado escuchando esos días. Sus dedos nunca dejan de moverse, ni siquiera en sueños. Le duelen los huesos de la mano. ¿Tendrá el síndrome del túnel carpal? Ha leído en la red que los síntomas son adormecimientos, hormigueos y dolores en los dedos, las manos y las muñecas; todo coincide. No debería ser difícil solucionar el problema. Pero no quiere hacerse ver. No cree que en Río haya especialistas para ese síndrome debido al uso frecuente de teclados de computadoras. O quizás se trata de un pánico asociado con clínicas y hospitales: tiene miedo a perder el control, ha soñado que le inyectan anestesia y jamás despierta. O acaso sea un paso más en su progresivo abandono de todo contacto físico con otros seres humanos.

A veces, lo golpea la ansiedad: quedará paralizado, incapaz de escribir una sola letra por el resto de sus días. Ni siquiera habrá cumplido los veinticinco años.

Suspira, iluminado en la noche por las luces azulinas de la pantalla de la computadora. El viento huracanado golpea las ventanas.; lleva puesta una chompa de alpaca y aun así tiene frío. Ha recorrido una enorme distancia en poco tiempo. Ahora, tiene que rechazar a los voluntarios que quieren formar parte de la Recuperación. Todo lo hace online, a través de avatares, sin interés alguno de conocer offline a quienes están a cargo de ellos. Esto es cada vez más complicado y requiere de olfato y mucha paranoia, pues no faltan los agentes de seguridad que quieren infiltrar el grupo: es tan fácil inventar identidades en el Playground. Esa misma facilidad le permite la defensa: se ha creado más de quince identidades con las que revisa constantemente tanto a los candidatos para ingresar a la Recuperación como a quienes ya están en ella; su receloso entorno –sus escasos avatares de confianza– también hace lo mismo. Ha habido un par de infiltrados, a quienes se ha logrado eliminar a tiempo. Duerme poco, cada vez menos, pero sabe que la única forma de preservar la integridad de la Recuperación es a través de un trabajo microscópico. Sólo sobreviven los líderes dispuestos a no dar nada por sentado. Un poco de paranoia –o mucho de ella– siempre ayuda.

Se quita los audífonos y se incorpora, estirando los músculos faltos de ejercicio; suenan sus articulaciones como el crujido de un palo de escoba al romperse. A tientas en la oscuridad, se dirige al refrigerador en busca de comida. Sopa agridulce en un recipiente de cartón. La vacía en un plato hondo y lo pone en el microondas. Hace días que no sale a la calle. Su barba crecida y su melena desprolija necesitan de un corte.

Mira por las ventanas el contorno difuso de la Ciudadela en la cima de la montaña. Las dependencias locales del Ministerio de Informaciones. Si supieran que su computadora almacena tanta información sobre el gobierno como todos los edificios de la Ciudadela.

Sobre una mesa se hallan archivadores con toda la información que ha bajado de la red sobre la licitación de la electricidad en Río Fugitivo. La empresa que se hará cargo, GlobaLux, es un consorcio ítalo-norteamericano. Ha entendido eso como el símbolo más grosero de la política neoliberal de Montenegro. En una carrera desesperada hacia la privatización total, el gobierno ha continuado la obra de los anteriores y se ha ido desprendiendo del control de sectores estratégicos de la economía nacional. Ya no quedaban muchos: los ferrocarriles habían pasado a manos chilenas, el sector telefónico lo tenían los españoles, la aerolínea nacional había tenido un interludio brasileño para luego recalar en manos de un grupo local –detrás del cual se hallaba, decían los rumores, un holding argentino–. Los norteamericanos miran con codicia el gas y el petróleo, y ahora, junto a italianos, se harán de la electricidad en Río Fugitivo. Este último golpe es, para Kandinsky, señal de la abdicación definitiva del gobierno a las fuerzas descontroladas de la globalización. Y cuando no hay nada que no pueda ponerse en venta, entonces es hora de extender la Recuperación del mundo virtual del Playground hacia aquel en el que se sostiene la torpe realidad.

Termina la sopa. Es hora de salir a la calle e iniciar la Resistencia.

Por supuesto, «salir a la calle» es sólo una metáfora. Es hora de ingresar a las computadoras e iniciar la Resistencia.

Kandinsky ha hecho, desde los tiempos de Phiber Outkast, todo lo posible por borrar sus huellas del mundo. Ahora ni siquiera sale con mujeres: aunque extraña el contacto que tenía con ellas –sus mohines coquetos, su inteligencia despierta, su sofisticada sensibilidad–, y está seguro de que al rehuirlas ha perdido algo muy importante, está convencido de que la misión que se ha encomendado a sí mismo hace peligroso cualquier tipo de contacto. Incluso el anónimo, se dice, cuando tiene ganas de deambular por las calles del Playground en busca de avatares que lo lleven a mujeres. Es un monje del siglo XXI, su departamento un monasterio, la computadora el instrumento que le permite aislarse sin aislarse. Debería raparse el pelo, ponerse una túnica y convertir a su movimiento en una secta religiosa.

Lo ayuda mucho que nadie lo conozca. La mística de BoVe en el Playground se debe, entre otras cosas, a que nadie sabe quién lo controla. Pero, ¿cómo montar el ataque a GlobaLux y al gobierno sin conocer a los hackers que formarán la Resistencia en la vida real? ¿Podría confiar simplemente en los que controlan a los avatares de la Recuperación en el Playground? Imposible: hay algunos cuya identidad no es correlato de su actuación en el Playground. El Playground es un mundo de fantasía, un universo donde uno prueba múltiples identidades, se recubre con ellas como en un gran carnaval callejero, y se deshace de ellas al final de la fiesta.

Camina en la alta noche por las calles lluviosas de la ciudad semidesierta. Llega a la calle donde viven sus papás y se acerca a la casa. Hay una silueta recortada en la ventana: su hermano. Termina de confirmar lo que su intuición le había dicho antes: ha emprendido un camino sin retorno. Se encuentra lejos de ellos y no hay forma de oficiar algún día de hijo pródigo, como quiso creer durante mucho tiempo.

Y sin embargo lucha por ellos. Lucha por darle dignidad y valor al trabajo de sus papás. Lucha por darle un futuro a su hermano. Algún día lo entenderán.

La caminata le hace bien. Al volver a su departamento, decidirá que no es hora todavía de dar la cara. Después de horas de hackear en los archivos de quienes están a cargo de los avatares de la Recuperación, llegará a la conclusión de que puede confiar en cuatro de ellos. Uno de ellos es Rafael Corso, un Rata que trabaja en las inmediaciones de un centro comercial en Bohemia. El otro es Peter Baez, un estudiante de informática que trabaja en el Playground. Los otros dos son Nelson Vivas y Freddy Padilla; ambos se ganan la vida trabajando en la edición digital de El Posmo.

Esa misma noche, les envía un correo electrónico encriptado y pide chatear con ellos en un secreto IRC del Playground. Allí les cuenta de sus planes. Todos aceptan sin que Kandinsky necesite insistir mucho.

El grupo que Kandinsky ha bautizado como la Resistencia comienza a operar un par de semanas después. Los primeros ataques son dirigidos a grandes corporaciones: un virus en el sistema financiero de la Coca-Cola en Buenos Aires; un rechazo de servicio en AOL-Brasil y Federal Express en Santa Cruz. Lana Nova, que acaba de recibir un upgrade y ahora es capaz del doble de expresiones faciales que podía hacer originalmente, informa que lo único concreto que sabe la policía es que los ataques provienen de Río Fugitivo. Con orgullo, algunos editorialistas señalan que en cuestiones de capacidad técnica, «nuestros jóvenes no tienen nada que envidiarles a los del llamado Primer Mundo».

Trancurren los meses. GlobaLux se hace cargo de la electricidad en Río y, como primera medida, decreta el alza de las tarifas en un promedio del 80% (a algunas empresas les toca un alza del 200%). El gobierno no le presta atención a los primeros síntomas del descontento popular: manifestaciones violentas frente a las oficinas de GlobaLux. Poco después, los noticieros anuncian que en Río Fugitivo se ha formado la Coalición, un grupo heterogéneo de partidos políticos, sindicatos, trabajadores fabriles y campesinos, dispuesto a enfrentarse al gobierno.

Kandinsky, que ha decidido unir la lucha de la Resistencia a la de la Coalición, se ríe al encontrarse sin quererlo con una compañía tan heteróclita. Viejas y nuevas formas de lucha aúnan fuerzas, sin saberlo, en contra del mismo enemigo. Y si bien cree que, ideológicamente, lo suyo va más allá de la lucha coyuntural de la Coalición –lo suyo debe ser un ariete lanzado hacia el núcleo sólido de las fuerzas de la globalización operando en el país–, lo cierto es que en lo concreto marchan lado a lado los hackers adolescentes que sólo pueden enfrentarse a la realidad a través de una pantalla, y los curtidos sindicalistas con dinamitas en la mano a la hora de las protestas callejeras.

Sentado frente a la computadora, Kandinsky planea su próxima movida. Le duelen los dedos de la mano izquierda. Debería descansar unos días. No lo hará: se cree capaz de vencer el dolor físico. Se siente poderoso, iluminado por una misión divina. Nada puede detenerlo. Hará lo que tiene que hacer, cueste lo que cueste, caiga quien caiga.

Tres

1

Flavia se sienta frente a la computadora y toma un trago de refresco de guaraná. No están sus papás y hay silencio en la casa; sólo se oyen los maullidos de la gata siamesa de los vecinos: está en celo y la noche anterior no ha dejado dormir mucho al vecindario. Por la ventana entreabierta ingresa la brisa de la mañana, un soplo de aire que agita las ramas de los árboles y llega a su espalda, acariciándola.

Coloca en el estéreo un compact de música tecno y trance. No saldrá de la casa hasta terminar su misión. Rafael se lo merece. Es inexperta en el tortuoso asunto de las relaciones sentimentales, y no sabe cómo hubiera ido todo con Rafael, pero está segura de que nunca más volverá a encontrar a alguien tan parecido a ella. El dolor quema su pecho; se ha prometido no dejarse vencer por éste mientras no encuentre a Kandinsky.

Se había entregado a Rafael cuando ella hacía de Erin y él de Ridley. ¿Contaba? ¿Eran esos avatares extensiones de sus personalidades, o tenían una identidad independiente de ellos? Así como podemos ser nada más que conductos a través de los cuales nuestros genes logran perpetuarse, quizás no seamos más que instrumentos para que nuestros avatares se tornen realidad en la pantalla de una computadora. Ella era el avatar de un avatar, y controlaba avatares que vivían en el Playground, que a su vez controlaban avatares que vivían en una computadora en el Playground…

Una de las tácticas que más éxito le ha dado en su búsqueda de hackers ha sido la de crear un «mejor amigo». Debido a que todos los hackers recorren la red con apodos, es muy fácil para Flavia, o para cualquiera, ocultar su identidad. Flavia suele disfrazarse de amigo en línea del hacker de turno, y para ello utiliza algunas identidades que ya ha creado y consolidado tanto en el Playground como en los IRC, o crea una nueva de acuerdo a las necesidades del momento. Tiene «mejores amigos» para los hackers más peligrosos. A través de ellos, les habla de aburridos tecnicismos y sitios a atacar, e intercambia chismes del mundo de los hackers; comparte su odio por la autoridad y a veces les revela intimidades de su vida. Una vez establecida la confianza, los hackers hacen lo propio con ella. Flavia es muy buena para crear amigos entre sumisos y arrogantes; alguna vez intentó crear amigas, pero no llegó lejos: el mundo de los hackers es casi exclusivamente masculino y las pocas mujeres en actividad deben resignarse a no ser tomadas en cuenta, o a ser hackeadas sin descanso hasta verse, en muchos casos, obligadas a cambiar de oficio (se acepta que Flavia esté a cargo de TodoHacker porque allí está de periodista y no de hacker).

Revisa en su archivo en el disco duro todos los datos que dispone de Kandinsky. No son muchos: alguna vez estuvo asociado a un hacker que hace rato dejó de circular, Phiber Outkast; tiene algo contra el colegio San Ignacio; sus tácticas de ataque al gobierno son similares a las de un grupo en el Playground llamado la Recuperación. Esos datos los ha conseguido subrepticiamente en IRC y en salas de chateo en el Playground; si bien el mundo de los hackers aparece impenetrable a primera vista, lo cierto es que ellos necesitan comunicarse entre sí, y a menudo lo hacen en canales abiertos. Se creen protegidos por el hecho de que sus palabras escritas en salas de chateo desaparecerán en minutos; las computadoras de Flavia, actuando al unísono, recorren las salas de chateo y quince mil canales de IRC preferidos de los hackers en busca de palabras clave, y archivan mucho de lo que encuentran.

Kandinsky es más cuidadoso que el hacker normal; aun así, ha dejado datos suficientes para que Flavia empiece su búsqueda. La gente –incluso los de la Cámara– cree equivocadamente que la mayoría de los hackers cae cuando se descubren sus métodos técnicos, o las huellas digitales que han dejado en los códigos utilizados. En el gran mundo computarizado del siglo XXI, Flavia utiliza métodos deductivos que aprobarían esos grandes del XIX, Auguste Dupin y Sherlock Holmes. Una frase de John Vranesevich, el más grande experto mundial en hackers, es su emblema: «Yo no estudio el mecanismo del revólver, sino a la gente que aprieta el gatillo».

El primer paso es conectarse con algún socio pasado o presente de Kandinsky. En su base de datos busca «Phiber Outkast». La computadora le devuelve el nombre de siete hackers que alguna vez utilizaron ese seudónimo. Cuatro le parecen interesantes. Flavia decide utilizar el nombre de Wolfram. Primero, establece un sistema de vigilancia en las computadoras de los cuatro hackers. Al final de la mañana, se ha quedado con uno, ahora llamado GusanoPhatal. Los archivos le indican que está en sus veinte y trabaja en una compañía de sistemas de seguridad anti-hacker en las Torres XXI.

Por la tarde, Flavia hace que Wolfram le envíe a GusanoPhatal un mensaje acerca de las debilidades inherentes en los sistemas de seguridad anti-hacker. GusanoPhatal no se sorprende ante el mensaje –los hackers están acostumbrados a extraños buscando entablar conversación en salas de chateo– y contesta con un largo discurso en que le dice que el único sistema que no ha podido burlar en el país es el de *FireWall.* Chatean sobre sistemas de seguridad a lo largo de dos horas. Wolfram le dice que conoce secretos de *FireWall.*

```
GusanoPhatal: como
```

Flavia se arriesgará. Los hackers escriben la «f» como «ph». En inglés suena mejor, piensa Flavia, pero, por si acaso, cuando se escribe con hackers adopta ese estilo:

```
Wolfram: phui amigo d K me lo dijo ha-
ce mucho staba phurioso sabia d phire-
wall sabia d todo
```

GusanoPhatal se encuentra en una posición difícil: si admite que conoce a Kandinsky y era su socio en los días en que se hacía llamar Phiber Outkast, aceptará que es un hacker proveedor de sistemas anti-hacker. Desaparece de la sala de chateo.

Vuelve a la medianoche. La tentación de hacer conocida su amistad con Kandinsky resulta irresistible:

```
GusanoPhatal: s PHUCK hipocrita he-
cho al gran activista con conciencia
Wolfram: ran amigos
GusanoPhatal: hac mucho no vale la
pna
```

Es evidente, sin embargo, que vale la pena: haber conocido en persona a Kandinsky, haber sido su socio, le da a GusanoPhatal un prestigio por asociación. Es un secreto que sale a la superficie en todo su esplendor sin mucha insistencia de parte de Wolfram. Como un hombre sobrio recordando con nostalgia sus días de alcohólico irredento, GusanoFatal le dice a Wolfram que Kandinky es Kandinsky gracias a él, y procede a contarle anécdotas de sus inicios. Flavia, con shorts grises y una camisa de manga larga, lee, graba, registra, y termina la conversación con un dato concreto: Kandinsky vivía en una casa muy pobre cerca del colegio San Ignacio.

A la mañana siguiente, Flavia habla con Ramírez-Graham y le pasa la información; Ramírez-Graham le dice que la mantendrá al tanto de lo que averigüe.

Se acuesta al fin. Pero no puede dormir. Lo que ha hecho no es suficiente.

Hay una frase que vuelve a su memoria: «Tu papá está obsesionado con tu culo». ¿Quién la había pronunciado? ¿Cuándo?

Se levanta. Se dirige al cuarto de sus papás. La cama está tendida: su mamá no durmió en la casa. En el sofá del living, en el que Clancy se halla recostado, no encuentra la frazada que usaba su papá cuando dormía allí. Pregunta a Rosa por ambos. No los había visto, no habían bajado a desayunar. Extraño, son tan rutinarios y predecibles. Acaso los agarró el bloqueo. Pero hubieran llamado.

¿Ayudará en algo atrapar a Kandinsky? ¿Era cierto que se había enamorado con tanta rapidez de Rafael? Apenas lo había conocido. ¿Estaba enamorada o creía estarlo?

Tu papá está obsesionado con tu culo.

Ahora sí, recuerda de dónde proviene esa frase. Y vuelve a subir al segundo piso, al escritorio. Encuentra los álbumes de fotos en la parte superior de un estante. Los revisa hasta dar con el que buscaba. Fotos tomadas por su papá cuando ella tenía entre once y catorce años. Vecinos y familiares siempre comentaban lo linda que era, lo bien que le sentaba la transformación de niña a mujer. Un día, su papá llegó a casa con una Pentax; le dijo que quería sacarle unas fotos, sería un juego entre los dos. Haría de cotizado fotógrafo de modas, ella de supermodelo del momento. Así, Flavia posó para él, en el living y en su dormitorio. Jugaba a ser mayor, y se pintaba los labios y se maquillaba las mejillas y los ojos, y usaba jeans apretados y poleras cortadas que dejaban su cintura al descubierto. Su mamá estaba encantada con las fotos, y Flavia, orgullosa, mostraba el álbum a las amigas. Hasta que una amiga le señaló lo obvio: en la mayoría de las fotos, las nalgas redondas de Flavia habían sido el objetivo central del fotógrafo.

¿Podía ser que esas sesiones no hubieran sido tan inocentes como ella pensaba? No volvió a posar para su papá, ocultó el álbum (no fue capaz de tirarlo a la basura, como había querido primero), y dejó de privilegiar su femineidad: no volvió a usar maquillaje, renunció a cualquier tipo de ropa que pudiera ser considerada sensual o provocativa. De esa época databa su afición a los pantalones y camisas que no le realzaban la figura, y el estilo descuidado de su cabellera.

Tira el álbum al basurero. Y comienza a sospechar cuál es la ley de las compensaciones que había estado funcionando para ella. Le había costado entenderlo, pero ahora estaba segura de que el mundo, para ella, estaba manchado desde hacía mucho. Y que, de una forma u otra, estaba buscando en torno suyo algo o alguien que le devolviera al mundo su manto sublime. Rafael había sido el primero en ocupar de manera convincente ese espacio. Que existiera alguien como él expiaba la culpa de papá.

Y ahora que Rafael no estaba, el hueco volvía a abrirse. De nada servía atrapar a Kandinsky. O sí, de algo servía, pero lo cierto era que nadie le devolvería a Rafael.

Debía hacerlo. Debía continuar.

Luego, debía preocuparse por resolver el problema de fondo. ¿Se lo diría a mamá? ¿A las autoridades?

Perdería el tiempo con mamá. Hablaría de inmediato con la policía. Haría que lo arrestaran. No quería volverlo a ver.

2

La celda es pequeña y maloliente; siete mujeres se amontonan en ese espacio reducido. Dos tienen bebés en brazos, uno llora desconsolado: tiene la cara sucia, manchas de tizne en las mejillas. Hambre, se dice Ruth, la rabia palpable en el temblor en los labios. Hambre, y no harán nada.

Se acerca a los barrotes de la celda, y llama a gritos a un policía apoyado en el vano de la puerta que da al patio; alto y de bigotes, con un laque en la mano, el policía se acerca.

—Está bien que nos castiguen a nosotras —dice ella—. Pero, ¿las wawas también? No va a parar hasta que le den leche.

—Paran. Lo he comprobado muchas veces. Terminan durmiéndose de cansancio.

—No es manera de tratar a la gente.

—Nadie les dijo que se metieran en problemas. Agitadoras de lo peor. Salen a la calle a armar lío y creen que porque son mujeres no haremos nada. Esta vez se jodieron.

—Ni siquiera los animales merecen este trato.

—¿Y qué sabe usted lo que se merecen? Se ve que es la primera vez que usted llega aquí. Vaya acostumbrándose.

Se da la vuelta y desaparece. Ruth murmura insultos entre dientes. Está descalza, le duelen las plantas de los pies. Le han quitado el manuscrito y sin él se siente inerme ante el peligro. También le han quitado la cartera con el celular. Fue un error haber ido a la universidad en un día tan cargado de acontecimientos. ¿Cuál era su apuro? Debía haber esperado a que pasaran los bloqueos, a que se desmilitarizara la ciudad.

Se dirige a un rincón y se sienta en el suelo, la espalda contra la pared. Se lleva las manos a la nariz; acaricia el tabique. Le arden las fosas nasales. Hilillos de sangre acaso se amontonan allí y se aprestan a abandonar el cuerpo. No debe olvidarse en insistir con el médico, llamarlo mañana a primera hora.

Trata de tranquilizarse: esos incidentes de sangre goteando de su nariz no son nada especiales. Se trata tan sólo de la tensión de las últimas semanas. Lo demás, una hipocondría desbocada. Es cierto, le había ocurrido lo mismo a su mamá. No había hecho caso a lo que ocurría en su cuerpo, no se había imaginado que sus células degenerarían con tanta prisa, y así le había ido. Al menos ella le hace caso a su organismo; ya se había hecho ver, y ahora sólo faltaba enterarse del resultado. No debe conjeturar nada hasta ponerse en contacto con el doctor. El cáncer puede ser hereditario, pero eso no significa que a ella le haya tocado aquel azar genético.

Esa tarde hacía ya tantos años, había ido a visitar a su mamá después del trabajo. Ella estaba en su cuarto, recostada sobre dos almohadas en la cama. Tenía una bata manchada de flemas. En la penumbra, le sorprendió su calvicie, la forma súbita en la que la piel tersa de las mejillas se había contraído sobre sí misma y se mostraba arrugada como un odre vacío. En menos de dos meses, había pasado de una madurez llena de vitalidad a un agónico final. Lloraba, y se acercó a calmarla. «No me toques», dijo la mamá, firme. «No me mires… Me da vergüenza que me mires». Ruth había tratado de bromear. «Ay mami, ni en la enfermedad dejas de ser coqueta». «Quiero que te vayas… Tú, tus hermanos, tu papá… ¡Déjenme sola!». Agitaba las manos, respiraba con dificultad. Ruth quiso calmarla; quizás no había llegado en un buen momento. Pero hacía dos meses que no había un buen momento. Una noche, la mamá se había quejado a su esposo de dolores en el pecho; al día siguiente, el médico que la vio en el hospital la derivó a un especialista, no sin antes decirle que temía lo peor. Al final del día, el cancerólogo confirmó las sospechas y fue lapidario: el cáncer estaba tan avanzado en el hígado y los pulmones que no le daba seis meses de vida. «Pero si yo no fumo mucho», gritaba la mamá en los pasillos del hospital. Era mentira: fumaba dos cajetillas al día. Ruth se sentó al borde de la cama. Observó a su mamá buscando algo detrás de las almohadas. De pronto, ella blandía un revólver entre sus manos. «¡Deja eso, mami! ¿De dónde lo sacaste?». Era el revólver de cacha nacarada que papá había comprado una época de robos en el vecindario. «Ándate, hijita... No aguanto más». Ruth trató de quitarle el revólver. La mamá apuntó contra su propio pecho, y disparó.

Una mujer que está a su lado la sobresalta oprimiendo sus manos entre las suyas. Tiene el rostro redondo y los ojos rojizos y muy abiertos.

—Ay, mamita —dice—, tienes que interceder por nosotras cuando salgas.

—Puede ser que tú salgas antes que yo.

—Cómo ha de ser eso. Mirate nomás tus ropas. Al ratito seguro te van a sacar. Así nomás es la cosa.

—¿A ustedes por qué las agarraron? De por ahí lo mío sea más complicado.

—Estábamos bloqueando la avenida que da al aeropuerto. Llegaron estos milicos sin corazón y nos hicieron corretear con laques y nos agarraron y también a nuestros maridos. Pero es que hay que protestar. Nos han subido la luz muchísimo, y con lo poco que ganamos no hay derecho. Ya estamos cansadas de que nos metan el dedo a la boca.

—Te doy toda la razón. En toda la ciudad es lo mismo.

—Primera vez que he visto salir a la calle a las señoras jailonas, bien pintadas, seguro tus amigas deben ser. Se creen lo máximo.

—Quizás sea la última que las veas hacer algo así.

—Algunas dicen que si nos uniéramos siempre contra el gobierno todo sería más fácil. Cómo pues, yo les digo, si no hay nada en común entre ustedes y nosotras.

—En eso también te doy la razón.

—Igual no te olvides de nosotros. Eulalia Vázquez me llamo.

Señala a la mujer a su lado.

—Y ella es la Juanita Siles.

—Si ustedes salen primero, acuérdense de mí. Ruth Sáenz.

Se dan la mano. Ruth cierra los párpados, invadida por el cansancio. Debería estar en casa, relajándose en la tina, sumida hasta el cuello en agua caliente. Las veces que tuvo que pelear por el baño con Flavia, que solía pasar horas en él. ¿Qué puede hacer una persona tantas horas en el baño? Y Miguel no la dejaba implantar su autoridad, defendía a Flavia y la dejaba salirse con la suya.

El bebé sigue llorando. Quisiera hacerlo callar, y que de paso desaparezcan el llanto y los gritos de sus compañeras de celda. Las entiende, sabe por lo que están pasando, pero es difícil mantener la calma con tanta desesperación en derredor, y ella, más que nada, quiere conservar la cabeza fría.

Se le ocurre que Miguel tiene toda la culpa del curso extraño de su vida. Quién podría haberlo imaginado, cuando lo conoció la atrajeron los largos silencios en los que se perdía, las miradas evasivas, los gestos humildes que procuraban no llamar la atención. Introspectivo e inteligente, tenía todo lo que Ruth buscaba en un hombre: odiaba a los que había conocido en su adolescencia y en su primera juventud, bulliciosos, torpes, agresivos en su masculinidad. Miguel, además, entendía su pasión por el arte de los códigos, que otros habían hallado aburrida y para colmo *fuera de lugar* en el país que les había tocado en suerte vivir. Como le había dicho un enamorado suyo, «uno tiene el deber de cultivar pasiones que sean más útiles para la nación». Ella había respondido que la nación era un límite arbitrario para las pasiones, que el único confín que servía para ellas era el del universo. Años después, cuando se lo contó a Miguel, éste había aplaudido la respuesta. Ah, Turing de entrecasa: había querido aprender de ella y había terminado siendo mejor que la profesora. No sólo eso: se había entregado al criptoanálisis como si no existiera nada más en torno suyo. Uno debía intentar trascender el contexto en sus actividades, pero eso no significaba olvidarlo del todo.

Discute con Miguel en silencio. Lo ha hecho en tantas ocasiones que se sabe de memoria el intercambio de opiniones, las acusaciones veladas y la sorpresiva firmeza de las respuestas. Los últimos meses ha sido capaz de armarse de valor y decírselo de frente, pero quizás lo haya hecho de manera tardía, cuando el intenso rumiar de las frases no pronunciadas ya ha producido un daño irrevocable. El gesto de hoy no es suficiente para contrapesar tanta rabia y amargura acumuladas, o para reflotar las vidas de ambos, escoradas, dirigiéndose sin prisa hacia el abismo.

Agotada, se duerme. Será una noche intranquila en la que despertará varias veces debido al llanto de los bebés o alguna de sus compañeras de celda. El cansancio la ayudará a volverse a dormir con rapidez. Tendrá pesadillas: las aguas sangrientas del río Fugitivo se llevarán consigo sus manuscritos. Querrá leer un libro, y descubrirá que ha sido escrito en un código incomprensible para ella.

Al día siguiente, por la tarde, el policía de bigotes se acerca a la puerta de la celda y la llama. Se incorpora, sorprendida. Las otras mujeres se agolpan a la puerta, imploran que se las deje libres. El policía abre la puerta y le pide a Ruth que la acompañe.

Traspone el umbral. La pálida luz que se filtra por una ventana hiere sus ojos; sólo entonces se da cuenta de que en su celda se hallaba en la más completa oscuridad, y que debía esforzarse para distinguir en la penumbra los rostros y las siluetas de sus compañeras de prisión.

Observa la lluvia por la ventana. Se esfuerza por encontrar algo de poesía en el precipitado caer de las gotas de agua fragmentando el día en líneas paralelas.

—Apúrese —dice el policía, refunfuñando—. El jefe necesita hablar con usted.

3

Ramírez-Graham toma una taza de café tinto en su despacho. Ha terminado de leer las carpetas que había sacado del Archivo. Ha aprendido poco de Albert, y mucho de Turing. Lo que sabe lo entristece. Debe alejarse de la política tan pronto como pueda –su trabajo de oficina era un cargo político–, volver a sus algoritmos. Debe escapar de la Cámara Negra.

Baez lo llama. «Jefe, necesito que venga inmediatamente a la sala de monitoreo». Ramírez-Graham no tiene ganas de moverse. Baez cree que todo es urgente.

—¿Algo que ver con la hija de Turing?

Había hablado con ella hacía un par de horas. Después había hablado con Moreiras, el jefe del SIN en Río Fugitivo. Minutos atrás, Moreiras lo había llamado con la información: había pocas casas como la que buscaba en las cercanías del San Ignacio; se trataba de un barrio residencial de clase media acomodada. Sin embargo, le tenía una primicia: habían descubierto que en una de esas casas, que también era una tienda de reparación de bicicletas, no sabían cómo localizar al hijo mayor, un joven de unos veinte años. ¿Podía ser que el cerco al fin se estrechaba?

—Mucho que ver con nuestro Turing —dice Baez.

Ramírez-Graham se levanta molesto: le era imposible hacer una pausa en la Cámara Negra. En sus oficinas en la NSA podía descansar más que aquí, y aun con más trabajo; acaso eso se debía a que en la NSA no era el jefe, y podía escabullirse unos minutos de sus responsabilidades. Acaso era otra diferencia cultural: en Río Fugitivo, nadie parecía ser capaz de tomar una decisión por cuenta propia, y debía incluso firmar las órdenes para la provisión mensual de papel higiénico para todo el edificio. Ahora, era cierto que Baez era uno de sus subordinados más capaces e independientes. Debió llamarle la atención al comienzo, por no consultar con él cuando explotó el tema de la Resistencia. Baez había querido encargarse de Kandinsky como si fuera un problema menor, y no le informó de la gravedad de la situación hasta dos semanas después del primer ataque a los sitios del gobierno, cuando no le quedó otra que hacerlo. De todos modos, ese frustrado acto de independencia le hizo ganar puntos a los ojos de Ramírez-Graham, que muy pronto lo convirtió en uno de sus hombres de confianza. Hubo murmullos en los pasillos: Baez no tenía más de tres meses de antigüedad en la Cámara Negra y ya era promovido al Comité Central.

En la sala de monitoreo están las pantallas del sistema de circuito cerrado con el que se mantiene la vigilancia en el edificio y a los alrededores. Baez está inclinado sobre los hombros de uno de los encargados del control; Ramírez-Graham extrae un Starburst de uno de los bolsillos del pantalón, se acerca a ambos. Su mirada se fija en lo que están observando: Turing, sí, Turing, revisa carpetas en lo que Ramírez-Graham llama el Archivo del Archivo, el pequeño recinto al que sólo él está autorizado a entrar. Para alguien a cargo del Archivo debía ser frustrante tener una isla inaccesible en medio de ese océano de documentos a su alcance. Y una enorme tentación, también, tratar de ver qué se esconde allí, cuáles son los mitos de creación de la Cámara Negra.

Mitos de creación: Ramírez-Graham debe hablar con Turing. Debe revelar para él al verdadero Albert, a la real Cámara Negra. Doloroso, pero alguien tiene que hacerlo. Tanta osadía en ese plan macabro. Really impressive. Era cierto: como decía un profesor suyo, si las ideas no son osadas, ¿para qué tenerlas? Pero no se debía llegar a la conclusión de que la osadía justificaba dejar de lado a la verdad.

—Jefe —dice Baez, ansioso—. ¿Lo va a despedir?

—Si lo despido, tengo que despedir a todos.

—No lo entiendo.

—Yo no estoy seguro si me entiendo —se da la vuelta, masticando su Starburst—. Por favor, le dice al señor Sáenz que lo espero en mi oficina.

Turing ingresa a la oficina de Ramírez-Graham, la mirada en el suelo como tratando de pasar desapercibido. Ramírez-Graham no puede evitar compadecerse de él. A ghost with glasses. Pero no: un fantasma tiene más presencia que él.

—Siéntese, por favor. ¿Café? ¿Dulces? —le ofrece el paquete de Starburst.

—No, gracias.

—Me hace un favor. Me costó conseguirlos. Me dijeron que habría en una tienda que vende productos importados, y nada. Una viejita los vendía en el Boulevard.

Ramírez-Graham se levanta y se acerca a la ventana; vuelve a sentarse. ¿Debería decirle todo lo que piensa? No tiene otra alternativa.

—Señor Sáenz, no sé si usted sabe que hay cámaras ocultas en cada oficina y recinto de este edificio. Las cámaras lo han captado varias veces haciendo cosas extrañas en el Archivo. No muy higiénicas, por cierto.

Turing se mueve en su asiento.

—El vaso de McDonalds. El Correcaminos.

—Ah… Lo puedo explicar. Tengo problemas. Incontinencia. Le entregaré un informe médico.

—Dejé pasar eso porque, bueno, no estaba molestando a nadie —alza la taza de café, la sostiene en el aire como si se hubiera olvidado de ella; Svetlana siempre se reía de ese gesto suyo, le decía que parecía estar posando, inmóvil a la espera del flash del fotógrafo—. Pero hace unos minutos las cámaras lo captaron en la sección prohibida del Archivo. Sí, ya sé, debíamos haber separado esa sección del resto del edificio, poner una puerta y siete candados. Era mucha tentación tenerla ahí, tan a la mano. Somos humanos, después de todo. Uno de los tantos problemas que encontré al llegar. Pero uno no tiene tiempo de ocuparse de todo, por más buena voluntad que tenga.

—No estaba haciendo nada malo, robando documentos. Curiosidad, simplemente.

—Usted quería saber algo de Albert. De su creador.

—Alguien aquí lo insultó. Y quería cerciorarme de que no era cierto.

—Y no encontró los documentos. No los encontró porque yo los saqué. También tenía curiosidad. Albert es un gran enigma para todos. A propósito, ¿cuál fue el insulto?

—Que Albert... era un fugitivo nazi.

—Yes, sí, escuché esos rumores. Lamento informarle que no sé cuánto de verdad habrá en ellos. Pero no creo que son ciertos. Sean ciertos. Cuando volvió la democracia lo hubieran extraditado como a Klaus Barbie.

—Eso es verdad. No le hicieron nada. Después de 1982 dejó de ser el jefe, pero siguió de asesor y todos sabían que en realidad él era el que estaba a cargo de todo.

—Tuvo suerte. Lo que se hace en la Cámara es tan secreto que mucha gente tardó en darse cuenta de su rol durante las dictaduras. En fin. No sé qué decirle. Eso sí, le puedo decir otras cosas importantes.

Turing emite unos ruidos guturales, como si se estuviera aclarando la garganta.

—La última vez que lo visité —dice—, pronunció tres palabras. Kaufbeuren. Rosenheim. Uetenjain. He averiguado que las dos primeras son nombres de ciudades alemanas. No las había escuchado bien, pero buscando encontré cómo se escribían correctamente. Kaufbeuren, Rosenheim. No tengo idea de la tercera, pero quizás no escuché bien. Mi esposa sabría, pero no sé dónde está. La he llamado varias veces, pero parece que su celular no está prendido.

—Y las ciudades alemanas le hacen pensar que Albert no era un agente de la CIA sino un nazi. Quién sabe. Quizás fue un agente de la CIA que trabajó en Alemania en los años de la guerra fría. Pero no quiero hablar de eso. Tengo algo más importante que decirle.

No tenía pruebas definitivas, pero estaba seguro de no equivocarse. Pertenecía a una cultura en la que las cosas se decían de frente. Sería muy doloroso para Turing, pero a la larga le estaría haciendo un favor. Evitaría que sigue… siga viviendo en una mentira.

—Señor Sáenz —dice—. Usted es una de las glorias más grandes de la Cámara Negra. Por eso, me da mucha pena tener que decirle lo que le voy a decir. ¿Recuerda sus primeros años aquí? ¿Cuando adquirió su fama de infalibilidad? ¿De ser capaz de descifrar todo lo que Albert ponía en su escritorio? Le voy a decir cómo logró hacerlo.

Carraspea, se aclara la garganta.

—Lo logró porque todos esos mensajes estaban destinados a ser descifrados.

—No entiendo.

—Es muy fácil, y a la vez muy complicado. Comenzaré por el principio. Albert. De acuerdo a los documentos confidenciales que leí, a fines de 1974, al tercer año de la dictadura de Montenegro, Albert, que se hallaba en Bolivia como asesor de la CIA, solicitó una audiencia con el ministro del Interior. Le dijo, palabras más palabras menos, que a fin de año lo destinarían a otro país, pero que estaba dispuesto a dejar la CIA y quedarse en Bolivia si se le ofrecía trabajo. Le dijo que un gobierno como el de Montenegro necesitaba tener un servicio especializado de inteligencia, y que él podía poner a disposición de Montenegro su experiencia en la CIA y hacerse cargo de organizar ese servicio. El ministro le dijo, palabras más palabras menos, lo que leí no eran transcripciones de grabaciones sino el informe que el ministro le envió al presidente, que el Estado ya tenía un organismo de inteligencia.

Ramírez-Graham se acerca al acuario, da unos golpes al vidrio como si quisiera llamar la atención de los escalares. Se acaba de acordar que no los había alimentado. Lo hace mientras sigue hablando:

—Albert respondió que el gobierno no tenía algo como la NSA. Una agencia encargada exclusivamente de interceptar señales electrónicas e información codificada de todo tipo, y de decodificarla para mantener al gobierno al tanto de los planes de la oposición. Los tiempos que se venían hacían perentorio el establecimiento de esta agencia. La infiltración comunista en Sudamérica, el financiamiento soviético y cubano a partidos políticos y grupos guerrilleros marxistas debían combatirse con todas las armas de las que pudiera disponer el Estado. El ministro le dijo que Albert no trabajaba en la NSA. Albert respondió que un tiempo había oficiado de enlace entre la CIA y la NSA, y que sabía de lo que hablaba. El ministro encontraba cosas que no casaban en Albert. Su acento, por ejemplo, no tenía nada que ver con el de un norteamericano hablando español. Era, como decirlo, tan confuso como el de un alemán que luego había aprendido inglés y después español. Aun así, lo encontró fascinante.

—Todo eso ya lo sé —dijo Turing, impaciente.

—Espere. Espere un poco. De lo que viene no tengo pruebas contundentes. Hay muchas cosas que están en los documentos entre líneas, como susurradas. Pero me juego el puesto por lo que le voy a decir. Entonces, le decía, al ministro se le ocurrió una de esas ideas por las que se consideraba más inteligente que sus compañeros de promoción en el Colegio Militar. Aceptar la idea de Albert y radicalizarla.

Una pausa. Toma un sorbo de su café.

—De vez en cuando era necesario eliminar a algunos opositores y unos militares con escrúpulos se oponían a ello, pues no se debía jugar con el prestigio del ejército. Esos militares habían formado el grupo Dignidad. Pedían, entre otras cosas, que se aclarara el significado de «delito político», nombre que usaba el gobierno para justificar que un opositor fuera arrestado, exiliado, o cualquier otra cosa que decidiera hacer con éste. Y que no se detuviera a nadie sin pruebas concretas. Y a veces, usted sabe, las pruebas no existían.

Toca el cristal tras el que se encuentra la máquina Enigma. ¿Cómo habría sido utilizar una de ellas? ¿Cómo era posible programar sistemas criptográficos sin un programa de software?

—El ministro pensaba que era mejor pecar por comisión que por omisión, como lo hacían los gobiernos en Chile y Argentina. Mejor equivocarse de mala fe, que dejar vivo a un posible agitador comunista. La guerra sucia no admitía guantes blancos. Los militares del grupo Dignidad encontraban insuficiente ese argumento. Pero quizás podrían aceptar la necesidad de eliminar a ciertas personas si se les presentaban pruebas convincentes de su participación en maniobras conspiratorias. Se podría aprovechar a Albert.

—¿Aprovechar?

—Se podrían fraguar mensajes interceptados, y utilizarlos como mejor conviniera. Le dijo a Albert que volviera. Consultaría con el Presidente. A la semana, se había aprobado el plan de montar en secreto la Cámara Negra, organismo que dependería del SIN y del que estaría a cargo, en principio extraoficialmente, Albert.

—Mentira. Albert nunca fue usado por nadie. Era muy inteligente como para eso.

—Los primeros meses de 1975, Albert fue usado por el sector duro del gobierno de Montenegro. Sin embargo, hacia fines de 1975 ya formaba parte de la conspiración. Se había dado cuenta de que estaba siendo usado; al comienzo, no había dicho nada; luego, había revelado que sabía lo que ocurría, y que estaba dispuesto a continuar con su trabajo. Quizás no le quedaba otra opción: sabía mucho, y si renunciaba, sería eliminado.

Hay azoro en la mirada de Turing. Ramírez-Graham nota la pesadumbre en el rostro, pero no debe detenerse. Termina su café.

—Para ese entonces, se había adquirido cierta sofisticación a la hora de fraguar la información supuestamente interceptada. Por ejemplo, se ponían avisos con mensajes secretos en los periódicos, luego se descubría los mensajes y se acusaba a algún grupo opositor de haberlo hecho publicar. Así cayeron, por ejemplo, los militares y civiles involucrados en el plan Tarapacá para derrocar al gobierno. El gobierno no tenía pruebas contundentes para deshacerse de ellos. Inventó los mensajes secretos que hablaban de la conspiración para eliminarlos y luego justificarse ante los del grupo Dignidad.

—¿Y cuál es mi parte en todo esto?

Ramírez-Graham hace una pausa.

—Albert había sugerido que, para evitar sospechas al interior de la Cámara Negra, la información fraguada debía llegar a la menor cantidad posible de criptoanalistas; la mayoría se ocuparía de analizar mensajes verdaderos. Albert tenía un criptoanalista favorito al que le entregaba toda la información fraguada. Lo había elegido porque lo encontraba inmune a los vaivenes políticos, incapaz de pensar en las consecuencias de su trabajo o de tener remordimientos a causa de éste. Un hombre que vivía en la historia como si se hallara fuera de ella.

Por primera vez en toda la conversación, Turing levanta los ojos y se encuentra con los de Ramírez-Graham.

—Lo siento, señor Sáenz. Todos los mensajes que usted descifró los sacó Albert de un manual de la historia del criptoanálisis. No será difícil probar eso. Capítulo uno, un código de sustitución monoalfabética. Capítulo dos, un código de sustitución polialfabética... En realidad, ni usted ni este edificio tuvieron más razón de ser que la de ocultar cuán siniestra podía ser la dictadura de Montenegro a la hora de dar cuenta de sus enemigos. La inercia permitió que usted sigue aquí y este edificio continúa funcionando una vez acabadas las razones que dieron origen a su existencia. Créame, señor Sáenz, entiendo cuán difícil es todo esto para usted. Entiéndame, es también difícil para mí. Después de enterarme de todo esto, ¿usted cree que me es fácil seguir aquí?

4

Bajo una luz de neón roja, el recepcionista del Edificio Dorado visita el Playground en la computadora. Su avatar se encuentra en un burdel de prostitutas modeladas en algunas de las más conocidas estrellas porno. Acaba de cerrar un trato con una mujer alta de botas hasta las rodillas y pechos al descubierto. Ella toma de la mano a su avatar y lo conduce a través de cortinas de seda, hacia un pasillo de paredes rojas con una hilera de habitaciones contiguas a ambos lados. Le preguntas quién es ella. Quieres entablar una conversación normal. Algo que te devuelva al mundo cotidiano. Va a ser difícil, lo sabes. Uno no debería enterarse de aquello que no está preparado para saber.

—Briana Banks23 —es la primera vez que oyes su voz débil, como si sus cuerdas vocales no fueran capaces de tensarse para producir un sonido de densa textura—. Los que tienen los derechos registrados deben estar haciendo más dinero en línea que la verdadera Briana Banks. Hay más de setenta réplicas en el Playground.

Aprieta el botón de pausa; la imagen del Playground se congela. Admiras a Briana, los glúteos firmes enfundados en shorts plateados, las piernas larguísimas; con los senos prominentes y la cintura ajustada, parece una excesiva creación digital, la obra de un afiebrado diseñador gráfico que se pasó la noche revisando catálogos de pin-ups y decidió superar a sus modelos. Lo más inverosímil es que exista alguien como ella en el mundo real. Y sí, existe, te dices; y no sólo una.

El recepcionista te da la llave dorada de la habitación 492. «Así que Carla de nuevo», dice, una sonrisa cómplice entre dientes. «Nada mejor para nosotros que un cliente contento». Bajas la mirada sintiendo la sangre subir a tus mejillas; te escabulles, diriges tus pasos vacilantes hacia el ascensor. No es fácil vivir. Nunca lo ha sido. Menos ahora.

Uno. Dos. Tres. Cuatro. Cinco. Seis. Observas con detenimiento los números blancos en el centro de los botones negros. Antes de apretar el cuatro te preguntas si en una progresión tan sencilla podría ocultarse un mensaje secreto. No hay que dar nada por descontado; hasta los lugares más inocuos son capaces de esconder una escritura, una firma. Y pocas cosas tienen para ti el poder de un mensaje sin descifrar. Como si el milagro del mundo ganara fuerza por el solo hecho de esconderse.

Te gustaría quedarte horas en esa caja metálica ruidosa, en esa cripta de paredes espejadas. Que no se detuviera su ascenso. Abrirías luego la puerta y saldrías a un territorio desconocido, en el que no habría esa ansiedad que te visita ahora. Porque nada es lo que parece, y las traslúcidas aguas del río se han vuelto pantanosas. Las mujeres de tus fantasías aparecen con los brazos marcados por la cartografía de las drogas. La leyenda de tu trabajo se ha tornado para los jóvenes en un anecdotario tan memorable como obsoleto. Los actos de toda tu vida –tu ininterrumpido servicio a la nación– son para algunos las consumadas huellas de una carrera criminal; no ayuda haber descubierto hoy que acaso estén en lo cierto, y que para colmo gran parte de tu vida haya sido una mentira.

Sales de las entrañas del ascensor a un espacio familiar. ¿Con quién te encontrarás detrás de la puerta hacia la que te diriges? ¿La porrista californiana o la verdadera Carla? ¿Y qué tiene que ver ella con el desordenado resto de tu vida? ¿Es que todo remite a un plan del que apenas vislumbras las entrelíneas? ¿Es que un designio secreto conjura las huellas de tus pasos y a la vez te conjura?

Extrañas a Albert. Él te hubiera dicho que la paranoia es saludable. Hombre admirable, tu descubridor; sin embargo, ni siquiera él te hubiera preparado para lo que descubriste hoy. El insolente de Ramírez-Graham. Y lo peor de todo es que creías que tenía razón. Sería difícil, muy difícil, vivir con esa certidumbre.

Fueron únicos los años junto a Albert. Te emocionaba el solo hecho de saber que se hallaba en el mismo edificio, que podías caminar unos metros y encontrarte con su presencia aplastante en su despacho, su vozarrón abrumador, su inteligencia de escándalo. Trabajabas mejor, te aplicabas a la tarea, sentías que luchabas por un objetivo que trascendía a tu nimiedad de hombre. Le habías dedicado toda tu vida a ese extranjero. Vivías a la caza de secretos, sabías que todos albergaban enigmas en sus vidas, y sin embargo carecías de éstos para él. Sí, sospechabas que él no te trataba de la misma manera, había cosas que te escondía. Pero, ¿esconder todo el sentido de tu trabajo en la Cámara Negra? Ninguna criptografía habría sido suficiente para escribir en clave tanta mentira.

Ah, Albert: había sido muy cruel contigo. Y lo peor de todo es que estabas dispuesto a perdonarlo, intentar al menos entenderlo. ¿Quién eras tú, después de todo, para ponerte a su nivel, atreverte a cuestionarlo, indagar en las causas últimas de sus motivos? Te interesaba preguntarte por el porqué que había detrás del porqué, pero, cuando se trataba de Albert, ingresabas a un territorio vedado.

Carla abre la puerta y te observa inmóvil a medio camino entre el ascensor y su habitación. Está descalza y lleva un baby-doll púrpura que encuentras incongruente para ese momento. Es el que llevaba puesto una de las tardes que más recuerdas de tu relación, cuando tuvo una de sus tantas explosiones. Se encontraban en la cama mirando televisión; acababan de hacer el amor, tú fumabas y ella bebía una lata de ron con Coca-Cola. De pronto, Carla hizo una broma acerca de tu miembro. Dijo que le recordaba al de un cliente con el que había estado la semana pasada. El comentario te dolió: sospechabas que ella seguía viéndose con algunos clientes, pero preferías no tocar el tema, y mejor que ella no lo tocara. Te pusiste a leer una carpeta con las nuevas reglas de trabajo instituidas por Ramírez-Graham. Transcurrieron diez minutos. Ella apagó el televisor y te pidió disculpas; no le respondiste. Te quitó la carpeta, rompió las hojas una por una y las tiró al piso. Te levantaste y te vestiste, las medias al revés, la corbata suelta. Dijiste que volverías cuando a ella se le pasara el enojo. Cuando ella se sintiera mejor. «Lo cual quizás nunca ocurra», dijiste, sin mirarla. Te gritó: qué sabías tú de su vida. Qué de sus problemas. Intentabas ayudarla, pero todo era superficial: no entendías lo difícil que era luchar contra una adicción. «Hijo de puta», te gritó. «Maricón. Egoísta. No entiendes qué es el dolor de verdad». Cuando salías del cuarto, te tiró la lata de ron con Coca-Cola, que se estrelló contra la pared y te salpicó el saco. Estabas tan ofuscado que bajaste por las escaleras (si había un ascensor a la mano, no había por qué no tomarlo). Llegaste a tu auto con ganas de desaparecer de la vida de Carla. Sin embargo, no pudiste partir: te quedaste sentado en tu Toyota, rumiando tu remordimiento. Volviste a la 492: si no la ayudabas tú, ¿quién lo haría?

—¿Te ocurre algo? Me tienes esperando y ahora te encuentro aquí. Llamé abajo y me dijeron que habías subido, y no llegabas nunca.

¿Cómo responder a su pregunta? ¿Cómo decirle que acabas de descubrir que los últimos veinticinco años de tu vida han sido un engaño? ¿Cómo decirle que es cierto, tienes las manos manchadas de sangre? Lo peor de todo: la sangre no es sólo de gente culpable.

Te le acercas, y te desmoronas en sus brazos.

5

Las nubes grises discurren veloces. Se escuchan los truenos en la distancia. Los relámpagos iluminan el cielo por un instante. Inmóvil... Entre estas sábanas olorosas. Orinándome entre las piernas... La baba cayéndome por la boca entreabierta. Debo fingir que se aproxima la muerte...

No llegará. No llegará.

Soy una hormiga eléctrica...

He estado muchas veces en esta situación. Un cuchillo me cruzó el vientre hace cinco siglos. Una bala explotó en mi cerebro hace más de un siglo. Persisto... No sé qué más hacer...

Turing se ha ido hace mucho... Por suerte... Pasará las horas rastreando mis palabras. Como si tuvieran un sentido. Quizás lo tengan... Yo no lo puedo encontrar. Me falla la memoria. Lo cual es raro. Si es que se tratan de memorias mías... Y no de otra cosa. Por ejemplo. De un parasitario recuerdo de alguno de los otros seres que fui yo... Que soy yo.

Me quedo conmigo mismo. Como suele ocurrir. Agotado por mis propias ideas. Incapaz de ser sorprendido por mis sensaciones...

Soy muchos... Pero soy uno...

Los historiadores se preocupan por los conductores de las guerras. Creen que quienes dictan los movimientos de tropas son los principales responsables... Del curso de los acontecimientos... También se preocupan por los soldados. En su valor o cobardía se encuentra el destino de una nación. No les interesan mucho los criptólogos... Los que cifran y los que descifran. No es emocionante el trabajo de oficina... Muchas matemáticas... Demasiada lógica...

Y sin embargo el curso de las guerras lo han determinado ellos.

Nunca tan verdadero esto como en la Primera Guerra Mundial. Durante el día se libraban batallas salvajes... Quinientos mil muertos alemanes. Si sumamos Verdún y el Somme. Trescientos mil franceses... Ciento setenta mil británicos...

Pero la batalla real estaba en los salones de los criptógrafos y los criptoanalistas... La radio se había inventado. Los militares estaban fascinados... Por la posibilidad de comunicarse entre dos puntos sin necesidad de cables... Eso significaba que había más mensajes. También significaba que todos se podían interceptar... Los franceses eran los mejores. Los franceses éramos los mejores. Interceptamos un millón de palabras de los alemanes a lo largo de la guerra. Se creaba un código... Y se lo descifraba... Se creaba otro... Se lo descifraba... Así sucesivamente. Guerra sin descubrimientos criptográficos para la historia. Buenas intenciones todas... Que terminaban en fracasos. Entregando todos sus secretos.

Yo fui en la guerra el francés Georges Painvin... Trabajaba para el Bureau de Chiffre en París... Me dedicaba a buscar puntos débiles en los códigos alemanes. Uno de los más importantes era el ADFGVX... Comenzó a utilizarse en marzo de 1918. Poco antes de la gran ofensiva alemana de ese mes. Mezclaba procedimientos de sustitución y transposición de una manera intrincada... Como el código se transmitía en Morse. Las letras ADFGVX eran claves. Pues no eran nada parecidas entre sí en clave de Morse. Y no había posibilidad de confusiones.

En marzo de 1918 París estaba a punto de caer. Los alemanes habían llegado a cien kilómetros de distancia. Se preparaban para el ataque final... A los aliados sólo nos quedaba la posibilidad de penetrar el código ADFGVX... Y así enterarnos del lugar donde concentrarían el ataque.

Y yo... Georges Painvin... sólo me dediqué a eso. Y enflaquecí. Un kilo. Dos kilos. Diez kilos. Quince kilos... Hasta que la noche del 2 junio logré descifrar un mensaje escrito en ese código... Eso permitió que se descifraran otros mensajes.

Uno de ellos pedía municiones con urgencia… El mensaje había sido enviado desde un lugar a ochenta kilómetros de París… Entre Montdidier y Compiégne. Si los alemanes necesitaban municiones allí… Se debía a que atacarían por esa zona. Nuestros aviones de reconocimiento lo confirmaron. Soldados aliados fueron enviados a reforzar esa parte de la línea de fuego… Los alemanes habían perdido el elemento sorpresa. Y luego perdieron la batalla.

Tengo flemas en la garganta… Me… Cuesta… Respirar… Se me cierran todos los pasajes. Aun para alguien inmortal. Hay dolor… Y la unánime sensación de la pronta muerte.

Soy una hormiga eléctrica… Conectado a estos tubos. Me gustaría escaparme. Saltar por la ventana rumbo a la libertad… Como lo hice alguna vez.

Esta espera en busca de otro cuerpo me gasta… En quién me encarnaré esta vez. En quién continuará el espíritu del Criptoanálisis…

Acaso es un adolescente que se aísla en la sala de juegos. Con un crucigrama… Con acrósticos… Con anagramas… O haciendo cálculos en una computadora. Tratando de crear sus propios algoritmos… Un algoritmo que llegue a la raíz de sus pensamientos. Nuestra inteligencia tiene algo de artificial… O quizás la inteligencia artificial de las máquinas es la que nos permite entender la nuestra… Es el prisma a través del cual nos miramos.

Ahora acabo de escuchar un disparo… Y no puedo hacer nada. El guardia que estaba en la puerta ha disparado. O acaso le han disparado a él… Acaso vienen en mi búsqueda. No me sorprendería. No me sorprende nada… Salvo la larga espera… Lo larga que es la espera…

No sé dónde fui niño. No sé si fui niño.

Yo trabajaba en Kaufbeuren.

Llueve. Y hay truenos. Acaso el disparo fue un trueno. Pero no. La confusión es imposible.

Pero lo que hizo Painvin. Lo que hice yo. No fue tan importante para el curso de los acontecimientos… Como lo ocurrido con el telegrama Zimmermann... De esa decodificación sí se puede decir que alteró el destino final de la guerra. Y nadie lo discutiría... Ni siquiera los historiadores que no saben nada de criptografía. O quizás sí.

Ocurrió en 1917... Los alemanes habían llegado a una conclusión. La única manera de derrotar a Inglaterra era eliminando las provisiones que llegaban a la isla del extranjero... El plan consistía en utilizar submarinos para hundir a todo aquel barco que intentara llegar a la isla. Incluso los barcos neutrales... Incluso los barcos norteamericanos... Había el miedo de que Estados Unidos reaccionara a los ataques... Y decidiera ingresar a la guerra. Había que evitar eso... Entonces los estrategas germanos tuvieron un plan absurdo. Pero lo aprobaron...

Sabían que había tensiones entre los norteamericanos y los mexicanos. La idea era lograr que México declarara la guerra a los Estados Unidos... Este ataque mantendría ocupado a Estados Unidos... La defensa de su territorio le impediría concentrarse en Europa... Había también la posibilidad de que Japón se aprovechara de la guerra y desembarcara tropas en California... En ese entonces... México mantenía buenas relaciones con Japón. Eso tenía nerviosos a los norteamericanos.

Los pasos se acercan. Vienen hacia mí. Una sombra recortada en el vano de la puerta. Abro los ojos. Con mi mirada vacía. Como si no los tuviera abiertos.

No conozco a ese hombre. Tiene manchas en las mejillas. Color vino.

La decisión de acordonar la isla británica con una guerra de submarinos fue tomada en el castillo de Pless... En la alta Silesia... Donde se encontraba el comando alemán de estado mayor. El canciller Hollweg estaba en contra del plan... Pero quienes dominaban la conducción de la guerra eran Hindemburg y Luddendorf... Ellos lograron convencer al Kaiser.

El hombre se detiene junto a mí... Tiene un revólver entre las manos. Con silenciador... Podría no usarlo... Podría desconectar los tubos que me permiten respirar. Y me convierten... En una...

Hormiga eléctrica…

Seis semanas después de que se tomara la decisión. Ingresó a escena el recién nombrado ministro de relaciones exteriores… Arthur Zimmermann… Le envió un telegrama a Felix von Eckhard. Embajador alemán en México.

En su parte saliente… El telegrama decía…

Planeamos iniciar una guerra irrestricta de submarinos el primero de febrero. Se hará un intento. Pese a todo. De mantener a Estados Unidos neutral. Si esto no funciona. Proponemos una alianza con México bajo las siguientes condiciones. Conducir la guerra de manera conjunta. Llegar a la paz de manera conjunta. Apoyo total y acuerdo de nuestra parte para que México reconquiste sus territorios perdidos anteriormente. En Texas. Nuevo México. Y Arizona.

Un disparo en el pecho.

El telegrama fue transmitido por telégrafo. En México no había estaciones de radio con la capacidad técnica suficiente para recibir el telegrama desde Berlín.

La bala me lacera la carne…

Entonces fue enviado a la embajada alemana en Washington. Gracias a un acuerdo con Woodrow Wilson… Los alemanes utilizaban cables norteamericanos para enviar sus mensajes codificados entre Berlín y Washington. Así que ahí no había nada sospechoso.

El fluir de la sangre en el pijama.

Lo que no sabían los alemanes era que los mensajes entre Berlín y Washington. Pasaban por Inglaterra.

Un charco que se extiende… El fluir de la vida…

Más exactamente. Por la Sala 40. La prestigiosa sección de criptología de Inteligencia Naval. En el edificio del Almirantazgo. Ochocientos operadores de radio. Ocho criptólogos.

Un charco que se apaga. Pero no se apaga.

El hombre de las mejillas manchadas sale de la habitación. Albert cierra los ojos. Está muerto… Yo estoy muerto… Era hora. Deberé buscarme otro cuerpo.

Yo estuve arrestado en Rosenheim. Mercados. Ruinas. Torres medievales. Un valle. Un niño.

En ese entonces los operadores de radio encriptaban códigos siguiendo secuencias en libros de códigos... Era un método rudimentario y peligroso. Cuando se hundía un barco enemigo... Lo primero que se intentaba encontrar eran los libros de códigos. A fines de 1914... Un destructor alemán fue hundido. En una caja de aluminio. Fueron encontrados varios libros y documentos... Los hombres de la Sala 40 descubrieron que uno de los libros de códigos era el *Verkehrsbuch*. Que se usaba... Entre otras cosas... Para el intercambio de mensajes entre Berlín y los agregados navales... De sus diferentes embajadas en el exterior...

Cuando llegó el telegrama Zimmermann a la Sala 40... Dos criptólogos... El reverendo Montgomery y Nigel de Grey. Leyeron la primera línea.

130. 13042. 13401. 8501. 115. 3528. 416. 17214. 6491. 11310.

En la primera línea generalmente estaba el número del libro de código usado para cifrar el mensaje... El número 13042 les hizo recuerdo a otro número... 13040... Pertenecía a un libro de códigos que usaban los alemanes y que poseían los de la Sala 40... También tenían un libro con las variantes de ese código. De modo que fue fácil. Para mí. Montgomery... Y para mí... De Grey... Descifrar al menos las partes principales del mensaje.

Estoy muerto. Otro cuerpo.

Cuando usaban libros de código. Los alemanes sólían cifrar sus mensajes dos veces... Como precaución... Sin embargo... No habían procedido así con el telegrama Zimmermann. En febrero de 1917... El presidente Wilson fue informado del contenido del telegrama. En marzo... De forma sorpresiva... Zimmermann admitió la autenticidad del telegrama. El 6 de abril... Estados Unidos le declaró la guerra a Alemania.

Estoy. Muerto.

No lo estoy.

Otro cuerpo. El mismo.

Hormiga eléctrica.

6

El juez Cardona encuentra una farmacia en una esquina a dos cuadras de la casa de Albert. La puerta está cerrada; toca un timbre y, al rato, una mujer de ojos pequeños y nariz aguileña se asoma por una ventanilla a un costado. Abre la puerta. «Pase, pase», dice, dándole la espalda, hurgando cajones en busca de alcohol y gasa. Cardona apoya el maletín en el suelo. El agua chorrea por sus ropas y moja el alfombrado. «Discúlpeme, estoy ensuciando todo». «No se preocupe». Cardona siente los brazos y las piernas frías, la incomodidad de la ropa húmeda adhiriéndose a su cuerpo; quisiera estar ya de regreso en el hotel, sentarse junto al radiador o a una estufa que lo calentara. «Siéntese», dice la mujer, señalando una silla sobre la que está recostado un gato siamés. «Se mojó enterito. Y hay que curarlo de inmediato. Se le puede infectar. ¿Cómo se ha hecho eso?». «Gracias, señora», dice Cardona sin moverse, aferrado a su maletín. «Se me ocurrió estar en el momento indebido a la hora indebida. Me crucé con la manifestación en la plaza». «Lo siento, lo siento. Pero si me lo pregunta, le diré que estoy totalmente de acuerdo con lo que ocurre. El último mes nos subieron la cuenta de la luz en un ochenta por ciento. Habráse visto. Vienen a lucrar en un país pobre. Siéntese, por favor». Cardona se acerca a la silla. El gato se deja acariciar, sin intención alguna de abandonar su sitio; huele a orín y está perdiendo pelaje: pedazos de piel asoman por su espalda. La mujer golpea el mostrador con sus manos; el gato da un salto y se pierde por la parte posterior de la farmacia. Cardona se sienta; el comentario de la mujer lo ha devuelto a sus días en el gobierno. Recuerda una charla que tuvo con Valdivia, el ministro de Finanzas, en los pasillos del Palacio Quemado. Acababan de salir de una reunión de gabinete en la que se había discutido el problema de la formación de alianzas interclasistas opuestas a las licitaciones de recursos y empresas nacionales; Valdivia tenía el rostro preocupado. «Ah, mi estimado juez, nuestro pueblo es duro de roer. Quieren que haya reactivación económica, pero cuando vienen inversionistas de afuera pegan el grito al cielo. No entienden que las empresas capitalistas no son sociedades de beneficencia. Invierten aquí, pero lo hacen porque quieren ganar dinero. Es un círculo vicioso y no sé cómo saldremos de él». «No creo que haya salida», había dicho Cardona. «Un país pobre no está acostumbrado a ningún tipo de triunfo. No está acostumbrado a que la gente gane dinero que no sea para mantener a su familia. De ahí viene el dicho popular de *ganarse la vida*. Trabajar honradamente significa ganarse la vida. Si alguien gana dinero, si acumula mucho para sí, es un egoísta, un corrupto, o ambas cosas a la vez». «Ajá. Queremos la modernidad, el progreso, pero tenemos mucho miedo a perder nuestras tradiciones. Queremos ambas cosas y eso es imposible. El modelo neoliberal está condenado a fracasar aquí, si es que no ha fracasado ya». A Cardona le hubiera gustado decir que no era sólo eso. También se trataba de cómo se estaba aplicando el modelo. En vez de eso, preguntó: «¿Pero cree que la gente llegue a preferir hacer escapar a los inversionistas? Mejor entonces cerremos de una vez las fronteras». «Los harán escapar, y al día siguiente amanecerán con las manos vacías. Será una victoria sin ganadores. De las que nos gustan». La mujer mira de cerca la herida de Cardona. «Va a necesitar un par de puntos» dictamina. «¿Sin anestesia?». «Tranquilo. Será rápido». «¿Dolerá?». «Será rápido». Cierra los ojos y se deja hacer. Se pregunta si tendrá las fuerzas suficientes para llegar a la casa de Turing. Tiene que hacerlo; tiene que terminar lo que ha comenzado.

Sale de la farmacia. La lluvia ha amainado. La herida le arde pero al menos está cerrada. El corte era profundo y había necesitado tres puntos. La casa de Turing se halla en una urbanización a las afueras de la ciudad. ¿Podrá llegar? Ha estudiado los nombres de las calles, por suerte Río Fugitivo tiene avenidas que la cruzan de un extremo a otro y hacen que extraviarse sea difícil. El problema es que, con los bloqueos, es imposible ir en auto (y aun si fuera posible, tampoco puede detener un taxi y pedirle que lo lleve a la escena de su futuro crimen, ¿o sí?). Caminar le tardaría alrededor de cuarenta y cinco minutos, y tal como está la ciudad, llena de manifestantes y policías, habría riesgos. La lluvia podría regresar con fuerza y tendría que guarecerse en alguna parte. Está agotado, la ropa mojada y con manchas de sangre. Los sempiternos factores en contra, abroquelándose para impedir el acto necesario. ¿Entonces qué? ¿Ir al hotel, darse una ducha? ¿Tirarse en la cama y que las drogas lo visiten? ¿Dejarlo todo para mañana? Imposible. Mañana, Ruth se enterará de la muerte de Albert, atará cabos, y sospechará de Cardona. Sabrá que el juicio de responsabilidades era una patraña. Necesaria mentira que oculta la inclemente verdad. Porque aquí de nada sirve la ley, subterfugio para que los poderosos dicten a su antojo el curso de los acontecimientos, yo siempre supe de eso y no quise creerlo. Acaso pensé que mi palabra, mis convicciones podían vencer. Terca vanidad de vanidades, si era así. Pero no. En el fondo yo sólo quería ser uno de ellos. Y sólo puedo exculparme de mí mismo tomando la ley entre mis manos. Oficiando de juez y verdugo. La derrota de la ley es mi triunfo. Y de mi propia tumba sólo puedo salir a disparos. Se limpia la cara con un pañuelo sucio. Brillan las manchas púrpuras en sus mejillas. Decide continuar.

Cardona recorrerá Río Fugitivo esa tarde del segundo día de revuelta popular, ajeno a los sacudones de la voluntad colectiva pero a la vez paradójicamente seguro de que lo que ha hecho y hará es parte imprescindible de esa voluntad. Una tarde histórica, y yo aquí, ayudando a construir la historia al destruirla. Se topará con calles y esquinas llenas de piedras, maderas y vidrios de botellas rotas; autos que desafiaron el bloqueo y terminaron con las llantas tajeadas; fogatas belicosas pese a la lluvia –que ha cesado, al fin–, llamas en las que se consumen sillas viejas, trastos y papel periódico; desesperados bomberos tratando de apagar los fuegos con mangueras de agua sin potencia; grupos de jóvenes llegados de las zonas populares, dirigiéndose hacia el centro de la ciudad; militares en caimanes y efectivos policiales limpiando de piedras las calles y correteando tras los manifestantes con gases lacrimógenos; periodistas con micrófonos y camarógrafos con cámaras que no dejan de rodar, que capturan a su paso el violento desenfreno y lo muestran al país en vivo e inician su tarea de preservar esas escenas para los noticieros en línea y en la televisión, para los resúmenes semanales del domingo, para los archivos históricos. Nadie reconoce a Cardona. Tampoco hace mucho por ser reconocido. Camina en paralelo a las avenidas más concurridas, evita el enfrentamiento directo con los bloqueadores. Está bien así. Lo alegra haberse retirado a tiempo del gobierno, no ser parte del colapso. Ah, si ésa fuera toda la verdad. Frenéticas caravanas de palabras para escudar la realidad. ¿Se retiró o lo retiraron? Lo habían obligado a presentar su renuncia. Quizás se habían dado cuenta de que no era uno de ellos. O no se habían dado cuenta de que quería ser uno de ellos. De tanto en tanto extrañaba los almuerzos y las cenas en la residencia presidencial. Celeste fue mi corazón, y desacostumbrado al extravío ante tantas atenciones. Montenegro tenía a veces una manera extraña de hablar; se metía un puro a la boca, lo mordía y se ponía a emitir frases. Las palabras salían tambaleando de sus labios, como si estuvieran borrachas. Uno debía hacer un esfuerzo por entenderlas. Hasta en los detalles más mínimos ejercía su poder: obligando a gente como Cardona a que utilizara al máximo su capacidad de concentración para saber qué decía; haciéndoles ver que ellos estaban en sus manos, que, de la misma manera que el puro, los tenía entre sus dientes, y cualquier rato podía morder con toda su fuerza para destrozarlos. A ratos se detiene, agotado, adolorido, y se pregunta en qué terminará todo. ¿Caerá Montenegro? No hay que darlo por hecho: el gobierno ya se ha tambaleado muchas veces, y siempre ha encontrado la forma de sostenerse. Las fuerzas opositoras tienen la voluntad necesaria para remecer los cimientos del gobierno, pero no para darle el empujón final que precipite su caída. Acaso hay miedo a despertar a los fantasmas del golpe de Estado que rondan la historia del país; nadie está feliz ante este presente, pero todavía pesa el esfuerzo que costó la reconquista de la democracia dos décadas atrás. Ante tanta vacilación e incertidumbre, alguien debería hacer con Montenegro lo que Cardona con Albert: acercársele y, a quemarropa, dispararle en el pecho. Fin de la historia. Agotamiento de un barroco entramado, que seguro dará paso a un entramado no menos barroco. Pero que de ése se ocupen otros, los que vienen. Respira aliviado al doblar una esquina y descubrir, tres cuadras al fondo, la urbanización en la que vive Turing.

7

Una noche, a Kandinsky se le ocurre visitar a sus papás. Abren la puerta después de un momento que se le antoja largo. Es su mamá cuyos ojos se iluminan al verlo: se fundirá en un abrazo con ella. Está más flaca, puede sentir sus huesos en la espalda.

—Pasa, pasa, qué sorpresa. Estás muy pálido.

Todos, poco a poco, vamos perdiendo peso, nos desintegramos. Se encontrará en el pasillo con la cara hosca de papá, el overol manchado de grasa, una polera gris deshilachada: le dará la mano con frialdad.

—Creí que nos habías olvidado.

Todo le parece pequeño y sucio y maloliente: ¿aquí había vivido más de quince años? ¿Cómo lo había podido soportar? Observa los cajones amontonándose sobre cajones en el pasillo, la temblorosa luz de la lámpara en la salita con una televisión a colores, las paredes desfondadas por la humedad, el póster del San José y la estatua de la Virgen de Urkupiña con una vela encendida a sus pies en la cocina. Extraña el taller, quisiera ver las bicicletas –desvencijados esqueletos puestos de cabeza– esperando las hábiles manos de su papá, las herramientas sobre una mesa de madera, tornillos y cadenas en el suelo de tierra. Cuando era niño, en Quillacollo, podía pasarse horas mirando a su papá trabajar; de ahí a armar y desarmar lo que caía en sus manos, los radios y televisores que encontraba en los basurales, había poco trecho.

No dice nada. Sospechaba que se sentiría como un extraño, pero comprobarlo duele más de lo que creía. Había mantenido una ligera esperanza: la casa de sus papás era también suya. Acaso ya no había retorno posible. ¿Y ahora qué?

No les pedirá que disculpen su orgullo; asumirá que la visita es ya una disculpa. No les dirá qué es lo que hace; les dará un fajo de billetes y se despedirá, diciéndoles que no les ha fallado, siempre pueden contar con él.

Ingresa a la habitación que compartía con su hermano Esteban: lo golpea el olor a ropa sucia, a aire estancado. Su cama ha desaparecido; Esteban está tirado en la suya, fuma y lee a la luz de una lámpara. Es fornido, más alto que él. Kandinsky estira su brazo derecho. Su hermano no le contesta el saludo, deja caer ceniza en un cenicero en el velador.

—¿Cómo estás, hermanito?

—Jodido, pero todavía honrado.

El tono no invita a continuar la conversación. A Kandinsky tampoco se le ocurre qué decirle, qué preguntarle. Se da cuenta de la diferencia en el vestir: él lleva jeans y una chamarra negra recién estrenados (procura no usar nada de marca, pero le gusta la ropa nueva). Esteban, viejos pantalones cafés y una desteñida camisa roja.

—¿Qué lees?

—Nada que te interese mucho —las palabras mordidas, como tratando de contener la molestia que le causa su presencia—. Al viejo Marx.

—¿Por qué no crees que me puede interesar?

—No eres el tipo.

—Te sorprenderías.

Jodido, pero todavía honrado. ¿Qué le había querido decir? Ahora entiende: la culpa la tiene aquella vez que vino a entregarle un sobre de dinero a su papá. Ellos no saben cómo se gana la vida, y han llegado a la conclusión de que esos billetes sólo han podido ser procurados de manera mal habida. ¿De qué otra manera podía haberlos conseguido? El país no daba para ese tipo de milagros. Son tan honrados, y aun más orgullosos que él: podían perdonar que no hubiera dado señales de vida durante años, pero no que hiciera cosas indignas para salir de la pobreza.

—Están cometiendo una injusticia conmigo.

—Lo que sea. No tienes derecho a reclamarnos nada.

Kandinsky sale de la habitación. Pasa al lado de su papá sin despedirse de él. Le da un beso apurado a mamá y se marcha. Algún día sabrán la verdad. Algún día lo entenderán.

Camina por la acera que bordea el edificio principal del San Ignacio. Sus dedos se mueven con nerviosismo, como si no tuviera tiempo que perder en la programación de un código de software que estudia la lenta decadencia de las familias. Retorna el hormigueo a sus manos y muñecas. A ratos, el dolor se torna insoportable.

Un mastín aparece entre los pinos detrás de la verja, la boca abierta chorreando saliva; sus colmillos golpean el alambre, asustan a Kandinsky. Éste lo escupe y se echa a correr.

En el Playground, Kandinsky se reúne en una sala de chateo privado con los cuatro miembros de la Recuperación que ha elegido para acompañarlo en la siguiente etapa de su plan (Corzo, Baez, Vivas y Padilla). El chat es encriptado con un sistema de 128-bits, uno de los más seguros que se puede conseguir en el mercado. Kandinsky, a través de su avatar BoVe, les dice que todo su trabajo contra el gobierno del Playground ha sido una etapa preparatoria para lo que sigue.

```
Kandinsky: stamos n guerra un nuevo
tipo d guerra sintanc orgullosos
phuron lgidos pa lo + diphicil
Baez: qal s l nmigo
Kandinsky: sist+ d cguridad sits dl
gobirno d las multinacionals con in-
terss n l pais
Corso: objetivos qals
Kandinsky: V final no + no -
Corso: de+iado
Kandinsky: stan a timpo d retirarc
Padilla: todos contigo necsitamos
objetivos spciphicos
Kandinsky: globaLuX lo de+ libre
creatividad dispongan todo l arsenal
virus DOS graphphiti
Baez: somos part coalicion
```

```
Kandinsky: no somos part d nadie pro
muchos pinsan como la resistncia sr-
mos la resistncia somos la resistn-
cia
```

Les pide que cada uno actúe por su cuenta, para evitar que los servicios de inteligencia encuentren estructuras similares que permitan descubrirlos. Se reportarán a él una vez cada semana, en una sala de chateo previamente convenida.

Se despiden. Se vuelven a encontrar en el barrio de los anarquistas en el Playground, esta vez junto a los demás miembros de la Recuperación. Hablan como si la charla en el chat privado jamás hubiera ocurrido.

Los ataques firmados por la Resistencia se inician al mismo tiempo que las protestas de la Coalición contra el alza de tarifas de luz (hay manifestaciones callejeras de todo tipo en las principales ciudades del país, pero el centro de los acontecimientos es Río Fugitivo). Esa coincidencia lleva a los analistas de los principales medios de comunicación, y a los asesores del ministerio de Gobierno, a concluir que ambos grupos trabajan en concierto: las movilizaciones tradicionales, de notables éxitos en buena parte de la segunda mitad del siglo XX, han conseguido unir fuerzas con un nuevo tipo de movilización contestataria al poder, que se aprovecha de la tecnología digital para enviar su mensaje y paralizar a veces por horas, a veces por días, los sistemas de información gubernamental y de algunas grandes corporaciones.

Los medios cubren las masivas protestas nacionales contra el gobierno, en las que el líder de los cocaleros logra, con su discurso antineoliberal y antiimperialista, aglutinar a las fuerzas de izquierda dispersas y fragmentadas durante los últimos quince años. Sin embargo, los analistas no lo consideran un candidato con posibilidades para las elecciones presidenciales del próximo año: dicen que su apoyo está limitado a las zonas rurales del país, y no llega a los departamentos del trópico. Los medios le dan la misma cobertura al líder cocalero que a los movimientos de la Resistencia: están fascinados por la figura de Kandinsky y lo han convertido con rapidez en una mezcla ciberespacial de Don Quijote y Robin Hood (un nuevo Ser Digital, dicen algunos). No hay fotos suyas ni testimonios que den cuenta de su identidad; ese enigma pone en marcha una serie de especulaciones. Algunos dicen que es extranjero, por el apodo que utiliza y porque semejante habilidad tecnológica sólo puede venir de afuera; otros dicen que, más bien, es un rebelde local, y que incluso el gobierno debería estar orgulloso de su labor. Muchos jóvenes de diferentes clases sociales se apropian de lo que él representa –su rebeldía ante los vientos de la globalización, su decisión de enfrentarse a un gobierno entreguista–, y no faltan los aprendices de hackers –los copycats del montón– que intentan seguir sus pasos y atacar los sitios de las alcaldías y prefecturas locales, de una corporación de desarrollo regional...

Echado en el colchón de su cuarto, mirando a Lana Nova dar las noticias en su celular mientras deja que sus manos descansen, Kandinsky disfruta de tanta cobertura positiva para su movimiento. Disfruta aún más de los exitosos ataques de sus subordinados. El más creativo es Baez: ha implementado una versión electrónica de lo que hacen algunos movimientos de jóvenes argentinos y chilenos cuando descubren dónde vive algún oficial de las dictaduras. Los jóvenes van a la casa o departamento del oficial, pintan sus paredes con frases alusivas a su pasado, y dan a conocer al vecindario y los medios que allí vive alguien que formó parte de masacres y torturas. Esa estrategia de ataque es conocida como *escrache*. Baez tiene una lista de viejos funcionarios de la dictadura de Montenegro, y les envía correos electrónicos con un mensaje contundente: *asesino tus manos están manchadas de sangre*. Ciberescrache, lo llama. Ha comenzado con algunos de sus colegas en la Cámara Negra. El siguiente paso será dar a conocer los nombres.

Un fin de semana, Nelson Vivas y Freddy Padilla son asesinados, uno un día después del otro. Vivas es acuchillado la madrugada del sábado, al salir del edificio de El Posmo; el domingo por la noche, Padilla recibe un disparo en la nuca en la puerta de su casa. Los medios informan de estas dos muertes como si se trataran de incidentes aislados; nadie parece saber que ambos son miembros de la Resistencia.

Lo primero que se le ocurre a Kandinsky es que los servicios de inteligencia del gobierno han logrado desarticular su organización, y que pronto les tocará a los otros miembros. Decide no contactarse con nadie durante unos días. Nada ocurre.

Transcurren algunas semanas. Todavía no hay explicación alguna a lo ocurrido con Vivas y Padilla. TodoHacker, un sitio que Kandinsky visita con frecuencia, se ha aventurado a especular que los individuos asesinados eran hackers miembros de la Resistencia, y que el responsable de su muerte es Kandinsky. La razón: Kandinsky es un megalómano, está más interesado en preservar su poder que en luchar contra el gobierno. Delirante. De todos modos, hay algo que le preocupa: ¿cómo supo la responsable de TodoHacker que Vivas y Padilla eran miembros de la Resistencia? ¿Quién es su informante? ¿Alguien de su entorno? ¿O está ella trabajando para el gobierno una vez más?

Descarta a Baez y Corso. No puede haberse equivocado tanto; sin embargo, los vigilará de cerca.

Tiene que ser el gobierno, que está tras su pista y sabe más de lo que cree.

Un hackeo a TodoHacker lo convencerá de que la responsable –una colegial llamada Flavia Sáenz– no sabe más de lo que ya ha informado y está tanteando en la oscuridad, sin pruebas concretas para su acusación. Un día de esos le hará una broma pesada y la invitará a formar parte de la Resistencia. Había que asustarla, hacerle ver que estaban tras su pista.

Se reúne con Corso y Baez en una sala de chateo privado. Les da vía libre para reiniciar los ataques el lunes de la semana siguiente: serán de una magnitud insospechada por el gobierno, e irán creciendo en el transcurso de la semana, para coincidir el jueves con el planeado bloqueo de calles y caminos de la Coalición. Corso parece dubitativo.

El miércoles de la semana siguiente, en pleno, desenfrenado ataque de la Resistencia a las computadoras del gobierno y de GlobaLux, Corso es asesinado a balazos en un cibercafé en Bohemia.

Kandinsky se siente cercado. Decide apagar las computadoras y no salir de su departamento hasta averiguar qué es lo que está ocurriendo. Se pregunta cómo podrá hacerlo con las computadoras apagadas.

8

Carla te ayuda a ingresar a la habitación. Te recuestas en la cama. Ella se echa a tu lado; refugias tu cabeza entre sus pechos. El rojizo resplandor de una lámpara los envuelve en ese atardecer acosado por la noche.

—Estoy cansado. Muy cansado.

—Apuesto que no es sólo eso.

—Cualquier frase que diga sonará melodramática y falsa.

Hablas sin mirarla, como es tu costumbre. Te es más fácil pronunciar las palabras necesarias para velar tus sentimientos, o para expresarlos de manera indirecta.

—Inténtalo —insiste ella.

Después de un largo silencio puntuado por el ruido de autos en la calle, lo haces, tratando esta vez de ir sin rodeos:

—He estado viviendo una vida que no es mía.

—Vaya... Eso no me ayuda a entenderte.

Te gustaría ser visitado por el sueño y despertar en otra realidad. La que te ha tocado en suerte tuvo momentos intensos alguna época; fue tornándose ordinaria los últimos años y, de pronto, se revelaba retrospectivamente mentirosa. Albert, tu jefe admirado, ha sido el dramaturgo que ha provisto tu vida de hechos engañosos que tuvieron consecuencias fatales. Todos tus actos son irreversibles; no hay forma de recuperar a las víctimas de tu talento para el criptoanálisis. Ah, si al menos hubieras fallado alguna vez. Pero Albert te escogió porque sabía que no fallarías. O acaso los problemas que te dio no eran muy difíciles, estaban intencionalmente hechos a la medida de tus talentos.

Y tú que hubieras dado la vida por él. Y tú que, admítelo, todavía serías capaz de dar la vida por él. Qué humillación. Qué placentera y dolorosa humillación.

Te aferras a Carla como si estuvieras a punto de hundirte. ¿Podría ella mantenerte a flote? Eso es pedirle mucho: te basta acariciar sus brazos y encontrarte con las heridas infectadas por el abuso de sus venas. Con tanta metadona en su sistema, no puede ser responsable ni de sí misma. Ha sido ella quien se ha aferrado a ti los meses pasados, y te ha obligado, entre otras cosas, a usar tu tarjeta de crédito –los números encriptados en cada transacción, la presencia de los códigos en los gestos más nimios de la vida cotidiana– para pagar su habitación en la residencial, sus deudas al Edificio Dorado, sus infructuosas horas de desintoxicación en la clínica y, sí, no te engañes una vez más, la metadona comprada a tus espaldas. ¿Es que de veras pensaste que podrías sacarla de su abismo? ¿O es que, acaso, con tu acto de buen samaritano, pagabas culpas inconscientes que amenazaban emerger a la superficie? Ruth tenía razón, después de todo. Y los mensajes también: tus manos estaban manchadas de sangre.

—Miguel, no te entiendo.

—No dije nada.

—Me pareció escucharte murmurar algo.

—No me hagas caso. Debo estar delirando. Mucho trabajo. Mucho estrés.

—¿Qué carajos te pasa? Necesito que te pongas bien. Se me acabó el billete y esta noche no tengo dónde dormir. Me desalojaron de la residencial y tienen mi maleta en un depósito, hasta que les pague. Con todas mis cosas.

Alza la voz. No, por favor: no quieres otra desbocada erupción de cólera.

—¿No tenías lo suficiente para llegar al fin de semana?

—Crees que unos cuantos billetes duran una eternidad. Estoy cansada, Miguel. No podemos seguir así.

Sabes a qué se refiere. La relación que ha entablado contigo no es gratuita. Arrullado por el placer de su piel, hablaste más de la cuenta. Le contaste que la relación con Ruth se había gastado y del amor sólo quedaba una tibia amistad. Insinuaste que si todo continuaba tan bien entre Carla y tú, no te sería difícil animarte a pedir el divorcio. Ah, las cosas que hablaste, la fácil palabrería de las promesas. ¿En serio pensaste que podía haber un futuro para Carla y para ti? ¿Se trataba de uno más de tus complacientes autoengaños? Te imaginas en un departamento alquilado, leyendo frente a la computadora el último número de *Criptología* mientras Carla, tirada en la cama, se inyecta las venas con una aguja afilada y sucia y te pide a gritos que la ayudes a sostener la jeringa. Tienes por ella una mezcla de compasión y cariño, pero jamás amor. Y admítelo, en verdad no gozas mucho del sexo: después de tanto traqueteo de animal enjaulado, te viene el vacío, y sí, la nostalgia por el tiempo pleno de la juventud: cuando el amor no necesitaba del sexo para sobrevivir. ¿O era en la adolescencia?

—No sugiero nada —dice ella, y sabes que miente—. Sólo que hace tiempo pensaba irme a vivir a Santa Cruz. Me quedé porque quisiste que me quede. Veo que todo ha sido en vano.

Su pecho huele a uno de esos perfumes que a ella le gustan, capaces de atontar tus sentidos. Plantas venenosas o flores podridas que triunfan por demolición del rival. Ruth es más sutil con sus olores, más fina en su elección de tímidos jazmines y apagadas almendras. Lo triste es que tú pareces haber perdido hace rato el arte de entender las sutilezas: en el mundo aséptico de la Cámara Negra, en la soledad del Archivo, extrañabas el olor de Carla y no el de Ruth.

—No sé si es el momento para hablar de eso.

—¿Cuándo entonces? Te advierto que si no llegamos a algo, ésta será la última vez que nos veamos.

Un tono de amenaza en su voz. Sólo tú podrías encontrarte en una situación en la que una prostituta drogadicta se siente con el derecho a ponerte contra la pared. Albert no tenía razón: has llegado aquí porque tu pensamiento ha sido incapaz de pensar lo que debía pensar. No hay ninguna lógica que ordene el mundo detrás de las bifurcaciones asociativas de tus ideas. Y si hay un sentido tan valiente como para lograr articular el caos de los hechos –cifrar lo *incifrable*, si es que existe esa palabra–, sólo un ser superior puede estar en el centro de la conspiración.

Carla acaricia tus mejillas cuarteadas por las arrugas, y te descubres a punto de llorar como no lo has hecho desde la infancia, cuando el mundo era joven y tus sensaciones también. ¿Dónde aprendiste esa dureza en tus expresiones? ¿Dónde adquiriste ese caparazón útil para escapar del entorno y sus ambigüedades? El tiempo te ha convertido en un ser que jamás hubieras imaginado a los quince años, cuando tu papá se encerraba en su habitación con una botella de whisky, y escuchabas, amortiguados, los gritos que jamás hubiera proferido delante de sus hijos, el llanto al descubrir que tantas horas semanales de trabajo no alcanzaban para sostener a la familia, y murmurabas para ti que tú no serías así, tú no te esconderías ni de ti mismo ni de los demás.

La besas. En el contacto de los labios hay, durante unos instantes, ternura; como suele ocurrir, todo lo arruina la lengua de Carla, que ingresa, voraz, en tu boca.

Cierras los ojos. Estás agotado, muy agotado.

Cuando los abres, te sorprende la luz del día que entra por las ventanas. Es temprano por la mañana: te habías quedado dormido. Te estalla la vejiga. Carla se despereza a tu lado.

—Buenos días, dormilón. Debemos un montón por este cuarto. Me dio pena despertarte.

—Quisiera ir a una iglesia —dices, de pronto, con una convicción que te sorprende. Carla te mira sin entenderte. Te diriges al baño.

—En serio —continúas hablando mientras orinas—. Necesito estar solo unas horas. Te prometo que volveré por ti.

—No lo digas si no lo sientes —dice ella, sentándose en la cama, mirándote con ojos inyectados en sangre.

Te incorporas. Tu mente había fabricado tus próximos pasos mientras estabas durmiendo en la cama al lado de Carla.

No sabes si tienes un futuro con ella, pero al menos sabes que no tienes un futuro con Ruth. Irás a la Cámara y le presentarás tu renuncia a Ramírez-Graham. Irás a una iglesia a confesar tus pecados, aun sabiendo que no quieres expiación alguna. Irás a casa a pedirle la separación a Ruth. Prepararás tus maletas y alquilarás un departamento. Traerás a Carla a vivir contigo. Verás si puedes rehacer tu vida, manos manchadas de sangre y todo.

Le das unos billetes para la residencial.

—Pagaré al salir —dices—. Te veo aquí esta tarde a las seis, siete.

Le das un beso en la mejilla y sales de la habitación.

9

Flavia se levanta de la cama, el mal aliento en la boca, las mejillas rayadas con las líneas de la almohada. Ha dormido profundamente un par de horas, y ha tenido un sueño extraño en el que se encarnaba en un Ser Digital, ingresaba al Playground y pedía asilo en una embajada: no quería regresar a Río Fugitivo. Se lo concedían y sentía una inmensa liberación.

Se dirige al baño con pasos torpes. Se mira en el espejo: tiene ojeras, y mil venas parecen haber estallado en el blanco de sus ojos. Se lava los dientes.

Apoya sus manos en el lavabo. En un instante, todo retorna a ella, y desaparecen sus esfuerzos por mostrarse fuerte. ¿A quién quería engañar?

No puede creer que Rafael ya no esté más; ya no sea más. Ya no podrá volver bajo la forma de otro avatar, como ocurre con las muertes en el Playground. Todos sus días han ido a dar a ese momento carente de lustre. Tan fácil, terminar con una vida que se desliza, inconsciente de sí misma, por las coordenadas del tiempo y el espacio.

No quiere llorar; ni siquiera unas tímidas lágrimas. Quiere que alguien pague por lo ocurrido con Rafael. Está decidida a volver al ataque. No ha terminado su faena con Kandinsky. Se le ha ocurrido una nueva forma de llegar a él.

Clancy duerme en la cocina. Los pasos sigilosos de Rosa. Afuera, el trinar de los gorriones, el motor inquieto de una cortadora de pasto, un vecino estacionando el auto en su garaje. Los nubarrones han escondido el sol; pronto lloverá. Los campesinos estarían felices, sus cosechas no sufrirían la sequía del año pasado. La temporada de lluvias había comenzado más temprano que de costumbre. Si llovía tanto en noviembre, ¿cómo sería de diciembre a febrero? Repite *enero poco, febrero loco, enero loco, febrero poco*. Su papá solía decir esa frase cuando era niña.

Se sirve un vaso de jugo de naranja, lo siente ácido, capaz de cortar su lengua. Una fila india de hormigas sale de un hueco bajo el fregadero y ataca la azucarera; Flavia las observa, las deja hacer.

Sus papás no han llegado todavía. Papá había dejado un mensaje en el contestador: estaba en la Cámara Negra, había disturbios en la calle y esperaría hasta que se tranquilizara la situación. No quiere verlo. Ha hecho la denuncia a la Dirección del Menor. Le dijeron que debía presentarse en persona; gritó que no lo haría, no iba a volver a salir de su cuarto hasta que tomaran medidas. Le pidieron que se tranquilizara, está usted muy alterada. ¿Y qué le importa eso a usted? ¿Ah? ¿Qué? ¿No tengo motivos? Le dijeron que mandarían a uno de sus inspectores. Les pidió que le avisaran cuándo, así los esperaba. No se lo podían asegurar. Anotaron la dirección de la casa.

Se sienta frente a la computadora. Clancy la ha seguido y se echa a sus pies. Decide poner en marcha el plan que tiene en mente. No será fácil pero peor es nada, la otra opción es cruzar los brazos y rendirme, a veces las ideas más locas son las mejores, y tampoco es que sea tan loca, sólo que las probabilidades, al diablo las probabilidades.

Visita las salas de chateo preferidas por hackers en el Playground. Se deshace de Wolfram, crea a Pestalozzi, un hacker del San Agustín que dice no tolerar a los del San Ignacio. Se pasa un par de horas difundiendo su mensaje de odio. Alguien, piensa, picará el anzuelo.

Por la tarde, ha creado a DreamWeaver, un hacker del San Ignacio que discute con Pestalozzi y lanza profusos insultos a la Resistencia. Flavia debe mantener la charla entre ambos tecleando en dos teclados a la vez. No es fácil, pero ya tiene algo de experiencia. Al caer la tarde, unos cuantos hackers han ingresado a la conversación, y han salido con prisa de ella: el tema no parece despertar la necesaria intensidad de emociones para una discusión acalorada.

Está a punto de hacer un paréntesis –el esfuerzo ha hecho que le duelan las manos– cuando alguien ingresa al chat atacando a DreamWeaver y defendiendo a Pestalozzi. Se llama NSA2002. Mientras sostiene una discusión triangular, Flavia intenta rastrear desde una de las computadoras los pasos de NSA. ¿Desde dónde ha ingresado a la red?

La respuesta la sorprende: NSA2002 ha ingresado desde una computadora de la Cámara Negra. Es posible que NSA2002 esté haciendo telnet desde otra computadora y utilizando la Cámara Negra para confundir a sus posibles perseguidores. Sin embargo, a Flavia le parece mucha coincidencia que la computadora utilizada provenga precisamente de ese lugar. Además, ¿qué sentido tiene hacer telnet para una charla inocua sobre el amor u odio al San Ignacio?

La verdad tiene para Flavia una fuerza incontestable: NSA2002 es Kandinsky, el legendario héroe de la Resistencia, el hombre que está detrás de la muerte de Rafael. Kandinsky trabaja en la Cámara Negra.

Ruth camina a un paso del policía. Suben por escalones de cemento tan empinados que Ruth debe hacer un esfuerzo por mantener el equilibrio; los pasillos huelen a orín. En un descanso de la escalera, una sombra diminuta cruza, rauda, entre los pies de Ruth; imagina que se trata de un ratón.

—Tiene suerte —dice el policía de pronto.

—¿Por qué? No he hecho nada malo.

—O todas han hecho algo malo, o nadie ha hecho nada malo. Y yo creo que todas lo han hecho. Pero algunas son algunas, y la mayoría es nadie.

—¿Es un trabalenguas?

—Cállese, carajo, y sígame.

El policía estornuda; Ruth lo sigue en silencio. Se repite: Eulalia Vázquez, Eulalia Vázquez. Ya se ha olvidado del otro nombre. Escucha el fragor de la lluvia detrás de las paredes y el techo. Le haría bien a sus claveles en el jardín.

El policia, en medio de un ataque de estornudos, la conduce a las oficinas del director, un hombre gordo y sudoroso que ronda los cincuenta. Está sentado detrás de un escritorio de caoba, hablando a través de un Samsung plateado; a sus espaldas, el escudo nacional y una foto del presidente Montenegro; a la derecha, un póster de los River Boys y otro de Jet Li. Hay mosaicos sueltos en el piso y moscas en las paredes y sobre los cartapacios en una mesa enana a un costado.

—Buenas tardes, buenas tardes —apaga el Samsung, se incorpora—. Nos acaban de informar que tenemos entre nosotros a la esposa de un respetable funcionario del gobierno. ¿Cómo es posible eso?

—Eso es lo que yo quisie…

—Es un concepto el que estoy diciendo nomás, no se moleste en contestar. Sabemos lo que ocurrió. Un error.

—Un gran error, diría yo. Estoy aquí más de un día.

—Usted comprenderá, estamos todos en estado de alerta y mejor tomar medidas cautelares, o precautelares, que luego arrepentirnos de lo que no hicimos. Aunque a veces luego nos arrepentimos de lo que hicimos. Complicado es. En fin, usted comprenderá. Y si no comprende, igual ya es difícil arreglar lo que hicimos. Lo que quisimos hacer. Quizás un error por evitar un error. Eso. Le pedimos disculpas. Haremos que salga inmediatamente en libertad.

—No me queda otra que agradecerle, señor…

—Felipe Cuevas, para servirle.

—Quisiera que también se me devuelva lo que me decomisaron.

—Ah, eso es harina de otro costal. O mejor dicho, de nuestro costal. Y justamente de eso le queríamos hablar. Nos informan que ha habido un error. Y que su manuscrito fue incinerado por la policía. Nos piden que le extendamos las disculpas del caso.

Sospechaba que le dirían algo parecido. Era imposible que el manuscrito regresara intacto a sus manos. Sería enviado a la Cámara Negra para su análisis. Allí se descubriría que se trataba de un catálogo de todos los crímenes políticos ocurridos en el país gracias a la eficiencia de los criptoanalistas de la Cámara Negra.

Junta las manos, se mete el índice derecho a la boca, muerde la uña hasta quebrarla. Vázquez, Vázquez, ¿cuál era su nombre? Ya no lo recuerda.

—Salir sin el manuscrito —dice, casi gritando—, es lo mismo que nada. Incluso sería mejor que me quedara adentro.

—No puede quedarse. Necesitamos todo el espacio del que podamos disponer. Hay un montón de arrestos, hoy ha sido todo un caos. Peor que ayer. Que ya fue un caos. Lo cual hace de este día un caos al cuadrado. O al cubo. En todo caso, más que ayer. Y ya «caos» no le hace justicia al caos que se armó.

Ruth deja que se haga un largo silencio. Se escucha el golpeteo incesante del viento y la lluvia en las ventanas.

—No —dice al fin—. No no no no no no no.

—Ya nos parecía. Capitán, haga que firme los papeles y acompáñela a la puerta.

La mirada de Ruth escudriña las paredes desconchadas por la humedad, el piso de mosaicos agrietados, el techo telarañado. Una mosca se posa en su mano; la deja caminar por su antebrazo. Luego se da la vuelta y sigue al capitán. Hace lo que se le ordena de manera mecánica. Firma lo que tiene que firmar, camina por unos pasillos angostos, y llega a la calle. El capitán le entrega su cartera y el celular y se va sin despedirse.

Camina descalza. La brisa acaricia su cuerpo. El sol se ha guarecido detrás de unas nubes plomizas, la lluvia se ha convertido en llovizna.

Lo primero que hará apenas vuelva a casa es llamar al hospital y averiguar los resultados de su test. Después esperará a que llegue Miguel. Necesita una larga conversación con él; o quizás sea corta, quizás ya no haya necesidad de palabras.

Una vez terminado ese capítulo, tratará de contactarse con el juez Cardona. No sabe qué le dirá. Sus pasos van ganando firmeza. En realidad, no sabe qué hará apenas vuelva a casa. Si es que vuelve.

11

Mi destino no se agota en un hombre… Mi destino persiste a todos los hombres…

Pronuncio estas frases en esta tarde de luto y agobio. Con la muerte en el cuerpo e incapaz de morir… Mirando a través de una ventana en la cual se posan los colores del anochecer después de la lluvia. La luz lila del crepúsculo. El verde de un alto molle. Parpadeante bajo la brisa. El celeste apagado del cielo.

El hombre que disparó contra mí se ha ido… Tengo el pecho abierto por el plomo de las balas. Por más de un orificio se escurre mi sangre… Las sábanas se manchan de una sustancia pegajosa más. Están acostumbradas a mi saliva escurridiza… Al sudor de mis poros. A mi orín ácido. Ahora nado en un lago rojizo…

Pasan los minutos… Sé que así no terminaré. A lo sumo me apagaré en esta vida para volver en otra… Me tocará acaso Nueva Zelanda o Pakistán. Seré criptógrafo o criptoanalista… Volveré a tapizar la claridad con un código. O a develarla con otro…

Estoy cansado. Soy Albert. Fui. Soy muchos más.

Huettenhain. No fui Huettenhain.

Pasa alrededor de una hora y el guardia de relevo. Moreno y dientudo. Me descubre… Lo escucho llamar a sus jefes con voz alarmada. Pedir una ambulancia… Quisiera decirle que se calme. Que confíe en mí. O al menos en quien me hizo. En quien nos hizo… Porque ha debido ser el mismo Hacedor para todos. O no… Acaso a mí me tocó un demiurgo travieso. Quizás así se podría explicar esta broma cósmica… De saberme infinito con un cuerpo finito.

Inmortal con un cuerpo mortal…

Mi respiración discurre con levedad. Como si no quisiera hacerse notar. Como si prefiriera la mansedumbre a la desesperación… Como si también supiera lo que le espera. O lo que no.

Dos enfermeros me trasladan sin ceremonia a una camilla… Para ellos soy un bulto más. Abandono mi habitación. Extrañaré la ventana y nada más… Ni siquiera las fotos. Que ya pronto dejarán de pertenecerme. Me suben a una ambulancia… Acaso sea la última vez que recorra las calles de Río Fugitivo. Sus puentes bajo los cuales se esconden mendigos y perros muertos. Y suicidas. Y suicidados…

Es justo que éste sea mi último medio de transporte. Las ambulancias están muy ligadas a mi paso por estos parajes. A las fuerzas de seguridad de este Estado les ha gustado utilizarlas… Sus paramilitares se desplazaron en ellas en más de un golpe de Estado… Un símbolo inocente para tanto crimen.

Y yo detrás de algunos de ellos. Decodificando… O inventando decodificaciones. Para que cayeran los que tenían que caer.

Soy una hormiga eléctrica.

Mi espíritu no tiene moral definida. A veces. Como ahora. Me reencarno en hombres viles… Otras veces en seres que combaten el mal. ¿O son ambos seres el mismo?

Yo fui. Por ejemplo. Marian Rejewski. El criptoanalista polaco que ayudó a desarticular el intrincado mecanismo de Enigma… La poderosa máquina de cifrar nazi.

Con Enigma… El papel y el lápiz quedaban atrás. Y la tecnología se hacía cargo del encriptado de mensajes… Se mecanizaba la capacidad de transmitir mensajes secretos. Enigma se parecía a una máquina de escribir portátil… Uno escribía una letra en el teclado… Los teclados estaban conectados por cables a unos discos giratorios que mezclaban las letras… Así, una letra se convertía en otra. Una frase en otra… Y luego salían de los discos unos cables que se dirigían a un tablero de focos diminutos… Cada foco era una letra. Los focos que se iban encendiendo eran las letras encriptadas que iban formando el mensaje encriptado...

Pero eso no era todo.

Cada vez que se encriptaba una letra. El disco giratorio rotaba un veintiseisavo de una revolución. Para que cuando se volviera a teclear la letra... Fuera encriptada con otra letra... Y se iluminara otro foco. Cada Enigma constaba de tres discos giratorios. Veintiséis por veintiséis por veintiséis... Daban un total de diecisiete mil quinientos setenta y seis opciones. Y mejor no hablo del reflector... Y del anillo... Que complicaban aun más la cosa.

Fue inventada por el alemán Arthur Scherbius en 1918... Comenzó a producirse en masa en 1925. Y a ser usada por el ejército alemán el año siguiente... El ejército alemán llegaría a comprar treinta mil Enigmas. Cuando comenzó la Segunda Guerra Mundial. Ningún país se podía comparar a Alemania en la seguridad de su sistema de comunicaciones... Con Enigma. Los nazis tenían una gran ventaja sobre los aliados... La perdieron gracias a mucha gente. Sobre todo Rejewski...

Y el inglés Alan Turing...

Yo fui alguna vez ambos hombres. Yo ayudé a derrotar a los nazis.

Yo fui Rejewski. Nací en Bromberg... Ciudad que después de la Primera Guerra Mundial pasó a pertenecer a Polonia. Y se llamó Bydgoszcz... Estudié matemáticas en Götinga. Era tímido. Usaba lentes gruesos... Me dediqué a la estadística porque quería trabajar en una compañía de seguros... En 1929 recibí una oferta para ir de profesor asistente a la universidad de Poznan... A cien kilómetros de Bydgoszcz. Allí encontré mi verdadera vocación. Allí me encontré conmigo mismo. El Biuro Szyfrów del gobierno polaco había organizado un curso de criptografía al que se me invitó... Se había escogido Poznan porque al pertenecer a Alemania hasta 1918... La mayoría de los matemáticos allí hablaba alemán. La intención del Biuro era preparar a jóvenes matemáticos... En el intrincado arte de descifrar los códigos del ejército alemán... Hasta ese entonces se asumía que los mejores criptoanalistas eran quienes trabajaban con el lenguaje. La llegada de Enigma cambió todo. El Biuro pensó que los matemáticos podrían hacerlo mejor... Y acertó... Al menos conmigo.

Los enfermeros me han dado por muerto. Como tantos otros en tantas otras ocasiones.

La ambulancia avanza y se detiene. Avanza y se detiene... El chofer tiene que bajarse a hablar con la gente que todavía bloquea las calles... Escucho las frases entrecortadas de las negociaciones. Por favor. Déjennos pasar... Tenemos un anciano que agoniza. Le piden plata... A veces vienen a asomarse a la ventana trasera... A verme tirado en la camilla. Con la boca abierta...

Una hormiga eléctrica que parece apagada.

Seguimos el camino.

Para atacar Enigma. Me basé en el hecho esencial de que la debilidad de todo sistema criptográfico radica en las repeticiones... La repetición básica en Enigma estaba al comienzo. En la clave del mensaje... Que constaba de tres letras y se repetía dos veces por cuestiones de seguridad... Esta clave determinaba la posición de los discos giratorios. Su secuencia... La posición de los anillos... Etcétera... Y se encontraba en el Manual de Cifras de las Fuerzas Armadas. El codificador indicaba así cuál era la clave que utilizaría. El que recibía el mensaje leía la clave y ajustaba su máquina para la señal que llegaría... De modo que el texto cifrado fuera automáticamente descifrado.

A mí se me ocurrió algo muy sencillo... Si las seis primeras letras de un mensaje eran la clave... Y se trataban de un mismo grupo de tres repetido dos veces. Digamos DMQAJT... Entonces la primera y la cuarta letra. La segunda y la quinta. La tercera y la sexta. Representaban a las mismas letras. Sólo que estaban codificadas bajo diferentes permutaciones...

Si uno tenía una buena cantidad de mensajes de Enigma cada día. Se podía conseguir mucha información acerca de las primeras seis permutaciones... Teníamos a nuestra disposición al menos cien mensajes al día. Así fuimos descubriendo la clave diaria… La señal clave… Nos tomó un año hacerlo… Luego la comunicación de los alemanes se nos hizo transparente. La década del treinta nos la pasamos peleando diariamente contra las claves de Enigma.

Nadie debería subestimar lo que hicimos… Nadie debería subestimar lo que hice.

Incluso construimos una máquina. Llamada bomba… Capaz de revisar en menos de dos horas todas las posibles estructuras iniciales de Enigma… Hasta dar con la clave diaria. Todo eso terminó en diciembre de 1938… Cuando los alemanes decidieron hacer más segura su máquina. Y le añadieron dos discos giratorios. Eso fue suficiente para hacer imposible la decodificación. El primero de septiembre de 1939. Hitler invadió Polonia… Comenzó la guerra. Y yo no pude hacer nada. Cuando más se necesitaba de mí…

Nos volvemos a detener. Abren la puerta. La luz me llega a los ojos. La siento avanzar por mis retinas… Hemos llegado a un hospital… Los enfermeros cargan la camilla. Ingresan a la sala de emergencia. Debería decirles que no hay emergencia alguna… Ocurrirá lo que tenga que ocurrir.

Quizás me vaya. Quizás no.

En el fondo da lo mismo…

Acaso ése es mi castigo.

Kaufbeuren. Rosenheim. Nombres que vuelven.

El niño… ¿Dónde fui niño? Hay imágenes de un valle. Y de un niño. Pero no sé si ése es mi valle. Y si yo soy ese niño.

Yo fui Alan Mathison Turing. Nací en 1912 en Londres. En 1926 comencé a asistir a Sherborne. En Dorset. Era un adolescente tímido… Sólo me interesaban las ciencias. Hasta que conocí a Christopher Morcom… A él también le interesaban las ciencias. Fuimos amigos durante cuatro años… Sobrevino la desgracia en 1930. Christopher falleció de tuberculosis… Nunca se enteró de mis sentimientos hacia él. Nunca me animé a decírselo… Fue. La única. Persona. Que amé. En. Mi. Vida.

Decidí dedicarme a las ciencias. Christopher había ganado una beca para ingresar a Cambridge... Yo también quise obtenerla. Para hacer por él lo que él no podría hacer... Y la obtuve en 1931. Puse una foto suya en mi mesa de trabajo... Y me concentré en mis estudios. Cuatro años más tarde obtuve mi tesis doctoral... Me fui a Princeton durante un par de años. En 1937 publiqué mi trabajo más importante de lógica matemática. «Sobre números computables». Allí. Describía una máquina imaginaria cuya función consistía en seguir pasos predeterminados para multiplicar. O sumar. O restar. O dividir. Una *máquina de Turing* para una función particular... Luego se me ocurrió una *máquina universal de Turing...* Capaz de hacer todo lo que podía hacer cada una de las máquinas de Turing...

Las primeras computadoras saldrían de estas ideas. Una vez que hubiera la tecnología adecuada.

No es casualidad que yo quiera encontrar los algoritmos que permiten el funcionamiento de nuestro cerebro... Los pasos lógicos a través de los cuales el pensamiento permite ser pensado... El orden que se esconde detrás de nuestra desordenada asociación de ideas...

Cada uno de nosotros es. A su manera. Una máquina universal de Turing. El mundo funciona como una máquina universal de Turing. Hay un algoritmo que regula todos los latidos del universo... O quizás se trata de algunas líneas de código... Todos los pasos. Desde los más sencillos a los más complejos... Esto se comprobará. Una vez que haya la tecnología adecuada... Podrán pasar años. Décadas. Siglos. Lo único cierto es que yo... Que me desangro en una prolija habitación de hospital. Estaré presente.

En 1939 fui llamado por *The Government Code and Cypher School* para trabajar como criptoanalista. Cuarenta millas al norte de Londres. En una mansión aristocrática en Bletchley... Se encontraba la sede de los esfuerzos del gobierno por interceptar y leer los mensajes enemigos... Trabajaban allí diez mil personas. Éramos los herederos de la prestigiosa Sala 40 en la Primera Guerra Mundial. Los primeros meses en Bletchley...

El trabajo contra Enigma... Se basó en los descubrimientos de Rejewski... Pero yo debía encontrar una alternativa.

La guerra fue complicando rápidamente la situación. Ahora Enigma constaba de ocho discos giratorios. Y en mayo de 1940. Las primeras seis letras del mensaje desaparecieron... Los alemanes habían encontrado otra forma de transmitir la clave. Las bombas que construí para enfrentar a Enigma eran mucho más complicadas que las de Rejewski... Terminé el primer diseño a principios de 1940. La primera llegó a Bletchley en marzo de ese mismo año... Y se llamó Victoria... Era capaz de escanear en poco tiempo la inmensa cantidad de señales interceptadas diariamente... En busca de palabras que los militares usaban con frecuencia. Como *oberkommando*... Comando Mayor... Luego los decodificadores se ponían a trabajar.

La idea base era que en Enigma... Una letra jamás era encriptada con la misma letra. Así que si en el texto cifrado aparecía la O... Era seguro que la palabra *oberkommando* no comenzaba allí. Estas palabras que uno asumía que podían existir en un mensaje eran necesarias para el funcionamiento de las bombas... La bomba codificaba estas palabras con la mayor cantidad posible de opciones... Si una combinación de letras era descubierta. Entonces la bomba podría indicar la clave del día usada para esa señal...

Era. En efecto. La precursora de un computador.

Al comienzo... Podía tardar una semana en encontrar la clave. Las bombas de diseño más avanzado podían tardar a veces menos de una hora. En 1943 había sesenta bombas en funcionamiento... Gracias a ellas... El primer año de la guerra... Inglaterra ya era capaz de leer los mensajes secretos del ejército alemán... Gracias a ellas... Churchill supo del intento de Hitler por conquistar Inglaterra. Y se preparó para defenderla...

Una de las principales razones de la derrota nazi. Se debe. A la derrota temprana de Enigma.

Hay un rumor de voces en la habitación... No entiendo lo que dicen de mí. Me han puesto una intravenosa y pronto la anestesia invadirá mi cuerpo... Se apagan las luces...

Se me viene a la mente una imagen borrosa. La de Miguel Sáenz en su primer día de trabajo en la Cámara Negra. La espalda inclinada sobre el escritorio.

Me dio la impresión de un ser tan dedicado a su labor. Tan poco afecto a las distracciones… Que parecía una computadora universal de Turing… Todo lógica… Todo input… Y todo output… Ahí se me ocurrió bautizarlo como Turing.

Él siempre creyó que el apodo se debía a su talento para el criptoanálisis.

La razón era otra.

12

Ramírez-Graham está en en la cocina de su departamento preparándose un sándwich cuando suena el celular. Es Flavia, la voz ansiosa. Ella le dice que Kandinsky está operando desde la Cámara Negra.

One of my guys? ¿Puede ser posible? Yes indeed. El sospechoso puede ser él mismo, Ramírez-Graham. ¿Por qué no? En la NSA le habían enseñado que uno debía sospechar hasta de sí mismo.

—¿Estás segura de que no hay la posibilidad de una equivocación?

—Siempre la hay. Pero supongo que si pidió mi ayuda es por algo, ¿no? Si nos apuramos, quizás haya tiempo de agarrarlo. Voy a tratar de mantenerlo en el chat. Hay la posibilidad de que esté haciendo telnet, pero bueno, no se pierde nada probando.

—Insisto: ¿estás segura? No quiero llamar a la policía por una falsa alarma.

—Será falsa si seguimos hablando. Y no estoy segura de nada. Hice lo que se me pidió, ustedes se ocupan del resto. Una falsa alarma no será el fin del mundo. Apúrese.

Ramírez-Graham cuelga y llama al inspector Moreiras. Le pide acordonar la Cámara Negra y no dejar salir a nadie.

—Ha sido un día muy duro y parece que no se acaba. ¿Se da cuenta de lo que me está pidiendo?

—Es importante. Me hace caso, por favor. Después le explico todo.

Moreiras refunfuña y cuelga. Ramírez-Graham termina de preparar su sándwich de huevo. Había llegado a su departamento hacía apenas una media hora: las protestas en la plaza se habían extendido por todo el Enclave, y no había podido salir del edificio hasta que la policía desbloqueó las calles aledañas. Sólo esperaba estar cerca del final. Ya no le importaba que fuera una adolescente quien le diera las claves para la solución del problema; ya sólo le interesaba agarrar a Kandinsky y volver a Georgetown.

En la calle, aspira el olor fresco del ambiente después de la lluvia. Se le ocurre que pronto podría estar viviendo la escena de una película que ha debido ver (no recuerda cuál es, quizás jamás la haya visto: prueba contundente, se dice, de lo cinemática que se ha tornado la realidad que está viviendo): el criminal atrapado en uno de los pisos del edificio, mientras que el jefe de policía grita órdenes a través de su walkie-talkie y se va acercando con paso decidido –o acaso en ascensor– al piso del enfrentamiento final. Por fin vería la cara de Kandinsky, si la tal Flavia tenía razón. Yeah, right.

Desde su auto, vuelve a hablar con Moreiras y Flavia. Moreiras le informa que la Cámara Negra ya ha sido acordonada y que pronto lo vería allí.

—Pedimos que todos bajaran a la Sala Vigenère. Hay alguien que no lo ha hecho, está encerrado en uno de los despachos del último piso.

Donde se encuentran las oficinas del Comité Central… ¿Uno de su entorno? ¿Santana, Baez, Ivanovic…? Could I have been duped that bad?

Flavia le dice que Kandinsky sigue en el chat.

—Lo mantienes ahí quince minutos más —pide Ramírez-Graham.

—Me preocupa algo, no sé… El problema era complicado. Y la solución, muy fácil.

—Los más grandes criminales cometen los errores más estúpidos.

—Igual decepciona.

Las calles aledañas a la Cámara Negra están más oscuras que de costumbre, como si los propietarios de casas y edificios de la zona estuvieran evitando gastos innecesarios de electricidad, o como si un repentino apagón de GlobaLux las hubiera obligado a una noche más tenaz de la que suelen tener. Un grupo de soldados se sube a un caimán: Ramírez-Graham escucha en la radio que el gobierno ha llegado a un acuerdo con la Coalición y ha ordenado la desmilitarización de la ciudad.

Aun con tanta tiniebla, ninguna casa o edificio cercano iguala al de la Cámara Negra en su capacidad de fundirse a plenitud con la noche, como si un agujero negro se situara en su vértice más alto y se lo tragara. Ramírez-Graham ingresa al edificio, queda enceguecido por la vibrante luminosidad interior. Moreiras y tres policías lo esperan bajo el gran sello de la Cámara Negra, el hombre inclinado sobre una mesa y el cóndor atrapando entre sus garras una cinta con un lema en Morse.

—Mis muchachos están tomando declaraciones. A todos, menos al que se quedó en el último piso.

—¿Falta alguien en particular?

—Faltan muchos. Algunos ya se habían ido a sus casas cuando usted llamó, así que no sabemos quién puede ser el que se quedó en el último piso. ¿Subimos? Usted conoce bien cada planta, la disposición de las salas. No por el ascensor, es arriesgado.

Moreiras es corpulento y tiene la papada caída, pero hay algo dulce en su rostro, una expresión beatífica que no va con su puesto. O acaso, piensa Ramírez-Graham, gracias a que parece buenito puede tomar las decisiones que toma.

—¿Ya sabe que estamos aquí?

A Ramírez-Graham el hombre inclinado en el sello de la Cámara Negra le recuerda a Miguel Sáenz. Lo había visto en la tarde, cuando se acercó a su despacho a presentar su renuncia. La había aceptado; al despedirse, lo había llamado Turing por primera vez. Le había palmeado la espalda, había bromeado con él y lo había acompañado hasta el ascensor. Turing no había podido irse debido a los disturbios; lo habían visto deambulando por los pasillos del edificio, entre las manos una caja con sus efectos personales. Se detenía frente a una pared o una ventana y se quedaba mirándolas como si estuviera leyendo en ellas un mensaje secreto.

—Estoy seguro que sí —dice Moreiras—. Han cortado las luces del último piso. Tengo a mis hombres vigilando las puertas de acceso, pero a oscuras no pueden hacer mucho.

—Eso se puede arreglar. Tenemos un generador para casos de emergencia. Daré órdenes de que enciendan las luces.

Ya no imagina cunas vacías ni juguetes desparramados en el living de un departamento en Dupont Circle. Ya ocurrió lo que ocurrió. Ahora sólo piensa en Svetlana, en sus rizos negros y la silueta de su cuerpo menudo en la penumbra de su habitación. Tiene miedo: no quisiera llegar al último piso y que un disparo lo espere. No quiere más ironías en su destino; espera tener la oportunidad de volver a encontrarse con ella, para decirle lo mucho que la extraña y pedirle perdón por haberse equivocado tanto. Will you? Por más que sus palabras y sus gestos sean recibidos con glacial desapego, quiere una oportunidad para actuar como tiene que actuar, aunque sea por una sola vez.

Yeah, right. I need a good answer, damn it. La necesito.

Suben por la escalera iluminada por focos de luz amarillenta. Ramírez-Graham camina detrás de todos; hubiera preferido quedarse en la planta baja y dejar que de esto se ocupen los del SIN, pero es el jefe de la Cámara Negra, debe dar ejemplo de valor. Además, quiere ver la cara del traidor. ¿Sería posible que fuera uno del entorno? El rostro sonriente de Svetlana lo acompaña en cada uno de sus fatídicos pasos. No debería ser tan pesimista.

Llegan al último piso. Las luces han sido encendidas. Moreiras le susurra a Ramírez-Graham no se mueva, deje todo en mis manos. Ramírez-Graham se dice para qué diablos le ha pedido que los acompañe si luego no lo dejará participar en la acción; no es que quiera hacerlo. Moreiras les pregunta a los policías si están listos. Afirman con un leve movimiento de cabeza, como si no estuvieran seguros de su afirmación, como si supieran que la pregunta es retórica y que de ellos no se espera la verdad sino una respuesta también retórica.

Moreiras abre la puerta de un empujón y se zambulle detrás de una mesa a la derecha. Los otros policías lo siguen e ingresan a la sala; uno va hacia donde está Moreiras, los otros dos a la izquierda. So this is it, se dice Ramírez-Graham. The real thing. Esto es de verdad y no me lo estoy imaginando ni estoy viendo una película. Y sin embargo, nadie me quita que esto no es auténtico. Mejor: esto no parece tan de verdad like in the movies. Of course, un disparo en el hombro me hará cambiar de opinión. Lo real: eso que duele.

Pasan unos minutos en silencio. Moreiras pide a gritos que se entregue todo el que se encuentre en el piso. Nadie contesta.

Vuelve a gritar, dándole una última oportunidad. Nadie contesta. Avanza por el pasillo empuñando su revólver con las dos manos, moviendo su cuerpo de izquierda a derecha. Los policías lo siguen. No ha recorrido más de veinte metros cuando se escucha un estrépito de cristales rotos y el retumbar de disparos; Ramírez-Graham se tira para atrás, no sabe de dónde han venido los disparos. Cuando se levanta, observa desde la puerta una conmoción en el pasillo. Moreiras está tirado en el piso, el rostro salpicado de sangre; uno de los policías trata de reanimarlo mientras el otro lo cubre y el tercero avanza disparando.

De pronto, Ramírez-Graham escucha un grito; otro cuerpo se desploma. Desde donde se encuentra no puede ver de quién se trata. El policía le avisa que se trata del que le disparó a Moreiras. Se incorpora y salta al pasillo: el policía que trataba de reanimar a Moreiras lo mira con expresión de desamparo.

—¡Ya no respira! —exclama, y vuelve a echarse sobre el cuerpo de Moreiras.

El policía que disparó les hace señas con la mano de que el peligro ha pasado. Ramírez-Graham se le acerca. Ambos avanzan hacia el cuerpo tirado al fondo del pasillo.

Ramírez-Graham no necesita mirarlo para saber que Kandinsky es Baez, que Baez es Kandinsky. Ha llegado el fin de su carrera en Río Fugitivo.

Ahora sí, sospecha que Flavia tenía razón. El final decepciona. Y sólo puede pensar que, esa noche, había sido fácil atrapar a Kandinsky porque Kandinsky quería ser atrapado.

13

El juez Cardona observa a los guardias en la cabina de metal a la entrada de la urbanización, sus siluetas recortadas detrás de un vidrio acaso reforzado a prueba de balas. No sería de extrañar: la vorágine de nuestros días, el exabrupto de la violencia, a veces premeditada y en gran parte regida por el azar. ¿Cómo era esa frase que me gustaba? De esa novela, en el colegio. Jugué mi corazón al azar y me lo ganó la violencia. Digamos que era así. No importa cómo es; vale más cómo queda en nuestra mente, cómo ciertos procesos biológicos se las ingenian para construir nuestra memoria de las ruinas de lo real. Uno de los guardias lee el periódico; levanta la mirada y Cardona descubre que es bizco. El otro observa un canal de noticias en la televisión. Cardona conoce la rutina: le pedirán su carnet, llamarán a la casa para confirmar que lo esperan. Imposible franquearlos. Lo mejor es dar marcha atrás y sentarse en la parada del colectivo a un par de cuadras. Allí, en el atardecer de brisa húmeda después de la lluvia, fumará un cigarrillo y será visitado por la memoria de su prima hermana, o acaso por su fantasmagórico vaivén en el Palacio Quemado. El banco de la parada está vacío; se sienta con el maletín apoyado en las rodillas, y lo toma, de pronto, el cansancio. Le duelen los puntos sobre el ojo derecho, tiene las piernas pesadas. Ya no aguanta la camisa y los pantalones mojados, el rechinar de los zapatos de cuero. Se toca las manchas de vino en las mejillas; ¿habrán crecido? Suelen ser imprevisibles, pero no fallan en situaciones de tensión nerviosa: islotes capaces de convertirse en archipiélagos desmesurados. Tiene ganas del Polvo de Marchar Boliviano, de anestesiarse y hacerse ajeno a su cuerpo. Mirtha no estaría orgullosa de él. Nadie lo está, ni siquiera él mismo. Eso es lo que me redime, mi disoluta carga mortal, mis irrebatibles falencias, mi inherente podredumbre. Hago todo esto para ser capaz de volverme a mirar frente a un espejo, y sé que no hay salida, nada puede salvarme, ningún disparo en la frente de nadie. No hay espejo que valga. Igual disparo, de todos modos, ya más allá de mí mismo, porque entre hacerlo y no hacerlo, mejor hacerlo. Debería encerrarme en un falansterio abandonado, sería mejor así. Cree escuchar el agitado fluir de la sangre en sus arterias. ¿Cuál es el ruido que hace la sangre al discurrir en su interior? ¿Como un desbordado torrente de agua? ¿Así de exasperante? ¿O acaso, mejor, como un quieto riachuelo una tarde de sol? Parezco, en la superficie, un arroyo, pero en las profundidades estoy más cerca del explosivo murmullo de una inundación. No puede permanecer sentado; se dirige hacia la cabina donde están los guardias. No sabe todavía qué les dirá; algo se le ocurrirá. El bizco lo ve acercarse y abre una ventanilla: El otro sigue absorto mirando la televisión. «Buenas noches, ¿en qué lo puedo ayudar?» «Busco a Ruth de Sáenz. Soy el juez Gustavo Cardona. Tenía una entrevista con ella». «¿Me permite su carnet?». El juez abre su billetera y le entrega el carnet. El guardia mira la foto y luego observa con detenimiento a Cardona. «Su cara me es familiar». «A mí también. En las mañanas, todavía soy capaz de reconocerme». «Estoy hablando en serio». «Yo también. Fui ministro de Justicia hace unos años». «¿En el anterior gobierno?». «En éste. No estuve mucho tiempo. Cuatro meses, para ser exactos. Usted sabe cómo es la cosa, entramos y salimos como cartas de una baraja». «Disculpe, mi memoria no es de las mejores. No he visto a la señora desde ayer. Han sido unos días caóticos, con esto de los bloqueos. Pero parece que ya llegaron a un acuerdo». «Me lo va a decir a mí. Estos puntos se los debo a los malditos bloqueos. Cuándo aprenderemos. Como si el gobierno escuchara alguna vez al pueblo. ¿Y a su esposo?». «¿Don Miguel? Tampoco lo he visto desde ayer. Suele llegar tipo siete, veremos qué pasa hoy. Ya son las siete, ¿no? De todos modos, llamaré. Su hija debe estar. Este gobierno es frágil y cualquier rato se cae. ¿No escuchó las últimas noticias? Llegó una comisión de ministros a hablar con GlobaLux. Parece que rescindirán el contrato». El guardia alza un teléfono y marca unos números. Cardona mira a ambos lados, mueve los pies, trata de disimular su nerviosismo. Se concentra en las imágenes de la televisión: un periodista entrevista a unos jóvenes cerca de la plaza principal. ¿Qué opinión le merece la renuncia del prefecto? ¿La toma de las instalaciones de GlobaLux? ¿La decisión de los ejecutivos de GlobaLux de abandonar el país y exigir una millonaria indemnización al gobierno? Las respuestas hablan del triunfo del pueblo, llevado de la mano por la Coalición. Ilusos. Dos días de destrozar la ciudad, más de diez muertos. Un paso adelante, veinte atrás. El pueblo no ha ganado nada, el pueblo sigue sin luz. Pero es cierto que Montenegro ha perdido el rumbo, está chocho, está más frágil que nunca y de un soplo se cae. Sólo es cuestión de que el vice se anime. No lo hará, nadie se animará. Una lealtad mal entendida hará que dejen acabar su mandato a Montenegro. Y mientras tanto la recesión se ahonda y el país se hunde. «Su hija dice que pase», dice el guardia. «Sus papás no están, pero ella dice que los puede esperar en la casa». El guardia abre la puerta. Cardona hace un gesto de agradecimiento con la cabeza. Se detiene. «¿Necesita revisar mi maletín?». «No se preocupe, no es para tanto. Segunda cuadra, la cuarta casa a la derecha». El juez Cardona camina por la empedrada calle principal de la urbanización. Las casas a la izquierda y a la derecha son todas iguales, desde el diseño de la chimenea en el tejado hasta las paredes de ladrillo visto y la forma serpenteante del ingreso al garaje; sólo cambian detalles como la prolijidad o descuido de las plantas en el jardín, o el color amarillento o azulino del resplandor en las ventanas del segundo piso. Tiembla ante la posibilidad de equivocarse de casa y terminar sus días confundido por un asaltante. Segunda cuadra. Primera, segunda, tercera, cuarta... Se detiene. Toca el timbre. La hija de Ruth abre la puerta y lo hace pasar. Está descalza, tiene una sudadera gris con un logotipo amarillo de Berkeley; con esas mechas estrafalarias, ¿se creerá una hija rubia de Bob Marley? La nota apurada. «Buenas noches. Pase, pase. A decir verdad, no sé dónde está mi mamá. Mi papá llamó y dijo que llegaría un poco tarde. Siéntase en su casa, si quiere beber algo hay cerveza y limonada en el refrigerador. Ahora, con su permiso, debo volver a mi cuarto». «Estás apurada», dice Cardona, su mirada deslizándose por el cuerpo de la adolescente. «¿Se puede saber qué es tan importante?». «Disculpe. Si se lo digo, no me lo va a creer». «Puedes intentarlo». «Es algo muy secreto». «Prometo no abrir mi boca. Seré una tumba. Todos seremos una tumba». Flavia entorna los ojos como si cavilara. Hace un mohín orgulloso. Adolescente al fin, se dice Cardona. Incapaz de refrenarse. Con muchas ganas de hablar. Qué decepción, que nada deje de conformar al estereotipo. Pero Flavia se da la vuelta y sube a saltos por la escalera. Cardona se queda solo, preguntándose si la conversación que acaba de tener ha sido real. Se dirige a la cocina, abre el refrigerador, se sirve un vaso de Paceña. La encuentra amarga. Termina el vaso y se sirve otro. Se sienta sobre la mesa, se deja llevar por la domesticidad de lo que le rodea: frascos de condimentos alineados contra la pared –ajo, orégano, comino, hierbabuena–, una lata de aceite de oliva, manchas de café en el suelo de mosaicos, un vaso rajado al lado de la licuadora. Turing, el mismo hombre capaz de hacer su trabajo con tanta frialdad y eficiencia como para ser responsable de muchas muertes, también desayuna aquí, se sirve un café caliente, le pone sal a su revuelto de huevos el domingo por la mañana. Ah, que yo fuera capaz de compasión: éste sería el momento ideal para que me asaltara ese sentimiento. Se pregunta quién llegará primero. Saca el revólver del maletín, lo pone en el bolsillo derecho de su saco. Observa el lento desplazarse del reloj en la pared.

Menos de media hora después, la puerta principal se abre y Miguel Sáenz asoma, titubeante, a su propia casa. Desde la cocina, Cardona observa a una persona incómoda de hallarse donde se halla. Los lentes de gruesa montura, el saco arrugado, los zapatos de cuero negro: no es él la persona adecuada para juzgar en este momento la apariencia exterior de otro hombre, pero no deja de sorprenderlo el aire fracasado y patético de

Sáenz. ¿Es él el responsable indirecto de la muerte de su prima hermana y de tantos otros? Esperaba una figura más segura de sí misma, alguien cuyo talento se impondría a primera vista. Cardona se levanta de la mesa y se apoya en el vano de la puerta que separa la cocina del jol de la entrada. Sáenz alza la vista y se encuentra con Cardona. «¿Quién… quién es usted?». «El juez Gustavo Cardona. Buenas noches, Turing». «¿Qué busca aquí? ¿Quién lo dejó entrar?». «Su hija». «¿Está bien ella?». «Muy bien». «No lo conozco. ¿Espera a mi mujer?». «Lo espero a usted. Sólo a usted». «¿Es algo importante?». «Ni se lo imagina».

Al final, no fuiste a tu casa ni tampoco a una iglesia: algo, acaso la fuerza de la costumbre, te impulsó a dirigirte a la Cámara Negra. Lo hacías para presentar tu renuncia, te dijiste; sin embargo, sabías que ésa era sólo una excusa. Querías despedirte del edificio donde había transcurrido la mitad de tu vida. Debiste dejar tu auto a dos cuadras: el bloqueo te impedía pasar, y preferiste evitar problemas. Te dejaron pasar caminando después de pagar unos pesos a los bloqueadores. Te sorprendió no ver soldados; acaso el grueso estaba en la plaza y en los puentes. No tenían suficientes efectivos para estar en cada esquina. Aun así, no se justificaba la ausencia de autoridad cerca a un lugar estratégico para la seguridad nacional. Debías ver el noticioso en tu celular, enterarte de lo que ocurría.

Te invade la melancolía al ingresar al ascensor Otis en el que habías viajado tantas veces. Así terminaba todo: no con una explosión sino con un sollozo lastimero. Vas al fondo de la tierra, al país de los muertos. Vas al Archivo, ya eres parte del Archivo.

Limpias tu escritorio, pones todos tus efectos personales y papeles en una caja de cartón. Borras archivos en la computadora, ordenas tu correo. Das una vuelta de despedida por los pasillos del Archivo. ¿En qué estante archivarían tu carpeta? ¿O se desharían de todo este piso, y todo lo que fuiste y lo que hiciste sería apenas unos cuantos bits en la memoria de una computadora? Era tu destino: código eras y en código te convertirías.

Orinas unas gotas en una esquina del recinto. Ya no querías usar el vaso con la imagen del Correcaminos. ¿Te filmarían? Ya no importaba.

Le presentas tu renuncia a Ramírez-Graham. Crees detectar algo de emoción en sus palabras; acaso no sea una mala persona, después de todo. Acaso su único problema sea que el puesto de Albert le quede demasiado grande. No es su culpa: cualquiera hubiera salido perdiendo en la comparación con el gran creador.

Los policías no te dejan salir. Linares te dice que una orden indica que todo el personal debe quedarse en el edificio hasta nuevo aviso: la situación, que parecía haber sido controlada por los militares la noche del jueves, ha vuelto a empeorar. Hay disturbios en la plaza principal.

La noticia no te molesta. Está lloviendo y mejor esperar bajo techo a que la lluvia pase. Confías en que la autoridad impondrá el orden. Mientras tanto, tienes más tiempo para despedirte del edificio.

Fue una lenta procesión, ir por cada sala, decir adiós a esas paredes que contenían tantos momentos históricos, y de paso a quienes trabajaban entre ellas. Sabías que no te ibas del todo: algo de tu espíritu quedaba aquí.

Los charcos en las calles están alumbrados por tenues, intermitentes focos de sodio. Cuando saliste del edificio, no había luz en las calles aledañas. Debiste caminar unas diez cuadras hasta que apareciera la luz. Vas contando los focos, tratando de ver si su intermitencia podía formar un mensaje coherente en morse; no hay que descuidarse, el mundo te habla sin cesar, es tu deber escucharlo y tratar de entenderlo. De vez en cuanto, asoma el sentido; en general, el mundo vomita signos delirantes, frases que no conducen a nada, imágenes desprovistas de su contexto.

Suena tu celular: un videomensaje de Santana anuncia una situación de emergencia en la Cámara Negra. Pide a todos los que se encuentran en el edificio que no traten de resistirse a los agentes del SIN y cooperen con ellos. Que se reúnan en la

Sala Vigenère. No entiendes lo que ocurre. Te habías ido del edificio hacía cuarenta y cinco minutos. Haces un esfuerzo por desentenderte del asunto: te repites que ya no trabajas allí.

Descubres un mensaje de Ruth del que no te habías dado cuenta: quiere hablar con urgencia contigo. Había tenido una emergencia, por un exceso de celo policial había pasado la noche anterior y todo el día de hoy en la cárcel. La habían liberado hace un rato, estaba deambulando por la ciudad y llegaría tarde a casa. Piensas: Flavia se ha quedado sola toda la noche. Ojalá no haya pasado nada.

La llamas. Pobre, cómo se sorprenderá cuando le digas que te marchas de casa. Cuando le pidas la separación, acaso el divorcio. Le habías prometido a Carla que le pedirías el divorcio. Quizás lo mejor sea separarse unos meses, ver cómo va la cosa con Carla y luego recién pensar en algo tan definitivo como el divorcio. Debes reconocerlo: son muchas las cosas que te unen a Ruth. Los años no pasan en vano.

Escuchas su voz y te das cuenta de que hay ciertos temas que es mejor hablarlos en persona. Le dices que lamentas lo que le había pasado, y que llegarías pronto a casa. Te dice que todavía no ha llegado a casa. Le dices que renunciaste a la Cámara Negra; sorprendida, te pide que le cuentes detalles. Después, después.

—Más bien —dices—, quiero pedirte un favor. Tú que sabes mucho de historia, ¿te dicen algo las ciudades de Kaufbeuren y Rosenheim?

—En Kaufbeuren estaba uno de los centros de inteligencia más importantes de los alemanes durante la Segunda Guerra Mundial. Y Rosenheim… estoy casi segura que fue una de las ciudades donde los aliados reunieron a los prisioneros alemanes del servicio de inteligencia, entre ellos varios criptoanalistas. Te lo podría confirmar después. ¿Por…?

Ah, Ruth, que en ese tema tenía respuestas para todo: la extrañarías. Vas armando poco a poco la historia de Albert.

—Una pregunta más… ¿Te dice algo Uetenjain?

—¿Me deletreas la palabra?

Lo haces.

—Erich Huettenhain —dice, sin pensarlo mucho—. Con hache y dos tes. A muchos criptoanalistas nazis se les dieron nuevas identidades y se los puso a trabajar para el gobierno norteamericano y el inglés. Huettenhain era uno de esos, de los más importantes: ninguno de los éxitos criptoanalíticos nazis fue logrado sin su participación. Fue llevado de forma clandestina a Estados Unidos, y trabajó para los americanos durante la guerra fría.

Un criminal de guerra trabajando para el gobierno... Los norteamericanos sí que eran pragmáticos. ¿Podía ser...?

—¿Tú crees... que Albert pueda ser Huettenhain?

—La edad no cuadra. Quizás su hijo. Y gracias. Pudiste haberme preguntado cómo estoy de salud...

Ruth cuelga. Imaginas una historia. La de Albert, un joven criptoanalista nazi que operaba en Kaufberen y que, cuando llegaron los aliados, fue trasladado a un centro de detención en Rosenheim. Un brillante criptoanalista que tenía un mentor llamado Huettenhain. Cuando a éste se le ofreció la libertad a cambio de una nueva identidad y la colaboración con el gobierno norteamericano, aceptó, y sólo pidió que al joven Albert se le ofreciera el mismo trato. A Albert se le dio una nueva identidad; hizo carrera en la CIA durante la guerra fría, y en los años setenta fue destinado a Bolivia. Cuando te conoció, vio la posibilidad de replicar contigo la relación que tenía con Huettenhain...

Ambos rumores eran ciertos. Albert era un nazi, pero no un fugitivo. Albert era un agente de la CIA. Y quizás no era casual que, cuando deliraba, cuando asumía la identidad de algunos de los criptógrafos y criptoanalistas más importantes de la historia, jamás había hecho mención alguna a alguien que trabajara entre 1945 y 1974: los años que mediaban entre su ingreso clandestino a los Estados Unidos y su llegada a Bolivia. Los años en que trabajó para la CIA. Quizás el alemán Albert, para hacer lo que tuvo que hacer por los Estados Unidos –un país enemigo, después de todo–, debió bloquear su vida anterior a

1945. Pero ahora que le llegaba el delirio y la muerte, lo que bloqueaba eran sus años de traición a la patria. La Cámara Negra lo había librado de su destino norteamericano.

Era posible. Nunca sabrías toda la historia. Pero te bastaba saberte parte de ese gran continuo criptoanálitico que iba de Huettenhain a Albert, y de Albert a ti.

El jeep de uno de tus vecinos se detiene al lado de la acera. Te ofrece llevarte a casa. En el jeep, hablan sobre la forma en que el gobierno no solucionó a tiempo un conflicto sin mucha importancia, y dejó que se le escapara de las manos.

—Pero no me preocupan tanto los bloqueos —dice el vecino—. Ya estamos acostumbrados a ellos, incluso no les hacemos mucho caso. ¿Sabe qué me preocupa? Los virus en las computadoras, los ataques a los sites. No ocurría aquí antes, y ahora ha ocurrido y hay que tomarlo en serio. Yo trabajo en el aeropuerto, y estamos de lo más vulnerables a un ataque de esos. Un virus nos paralizaría de golpe y plumazo.

—Los de la Resistencia son unos cuantos —dices, sin mirarlo—. No tenemos todavía el nivel tecnológico como para que el cibercrimen sea un problema.

Estás minimizando una verdad: la Resistencia le ha hecho la vida imposible a la Cámara Negra. Y los ataques no sólo han sido generales, sino también particulares. Con los mesajes que te enviaban a tu correo secreto –porque estás seguro de eso: eran los de la Resistencia–, habían logrado infiltrarse a tu inconsciente, y conseguido algo que Ruth había intentado en vano durante años: hacerte sentir culpable.

Estás haciendo grandes esfuerzos de racionalización para descartar tu culpa. Has convocado a todas las fuerzas de tu pensamiento, y a veces éste parece pensar lo que tú quieres que piense, pero en el fondo sigue sus propios senderos a su capricho. Tú quieres programar tu pensamiento, pero es tu pensamiento el que te programa a ti.

—Igual —dice el vecino—. Con lo interconectadas que están las computadoras, es suficiente que sean unos cuantos. Será un gran problema. El gobierno no tiene un peso para hacer lo que debería hacer: crear una unidad especial para este tipo de crímenes.

¿Cómo decirle de la Cámara Negra?

—Y la empresa privada —continúa—, como siempre, bien gracias. Yo veo lo de ahora como una muestra apenas. Lo serio vendrá después, en unos años.

—No somos buenos para planificar —dices, sin ganas de continuar la charla—. Respondemos a todo como venga, sobre la marcha.

Continúan el camino en silencio.

Buscas un noticiero en el celular. Lana Nova, los pómulos relucientes y una camiseta negra que le marca los senos, anuncia que la represión policial ha causado once muertes en Río Fugitivo, dos en el altiplano paceño, y una en el Chapare; hay también tres policías muertos. El gobierno, acosado en varios frentes, había decidido ceder a las demandas de la Coalición, y prometía reunirse pronto con los policías en huelga en La Paz, los cocaleros en el Chapare, los aymaras en las provincias aledañas al lago Titicaca y los empresarios cruceños. Montenegro ha decidido sobrevivir a sus últimos meses, no arreglar ningún problema del todo, simplemente lanzarlos hacia adelante para que cargara el fardo el gobierno que asumiría el próximo agosto. Las elecciones eran dentro de siete meses; en enero comenzaban las campañas presidenciales, y ya asomaban como candidatos el líder de los cocaleros y el tan fotogénico como tonto ex alcalde de Cochabamba. No entiendes la débil actitud de Montenegro: si no impone su autoridad, eso lo sabe él más que nadie, reinarán el caos y la anarquía, y cualquier grupo de descriteriados se sentirá con la fuerza suficiente como para poner en jaque al Estado. De hecho, ya lo están haciendo. No sabes mucho de política, y no quisieras meterte a analizar las múltiples aristas del conflicto; lo único que sabes es que el país está como está por una falta escandalosa de obediencia al principio de autoridad.

Apagas el Ericsson. Tu último pensamiento te ha sorprendido con la fuerza de una epifanía: en el fondo, si tu trabajo volviera a consistir en el desciframiento de los códigos secretos de grupos opositores al gobierno, tratarías de hacerlo como siempre lo has hecho, con eficacia, sin importarte las consecuencias derivadas de ello. Las causas y los efectos se concatenan de una forma inevitable, atrapando a culpables e inocentes en su tela, y todos se paralizarían si se pusieran a pensar en las reverberaciones últimas de sus actos. A uno no le queda más que hacer de la mejor manera posible aquello para lo cual ha sido traído al mundo. ¿Si Albert te usó, se rió de tu buena fe? El problema no es tuyo, sino de Albert. Tú hiciste lo que se te había encomendado hacer; no te competía saber si eras engañado.

Ese deseo de visitar una iglesia: un instante de debilidad. No hay arrepentimiento posible: cuántos hombres, a lo largo de los siglos, han sido pobres inocentes trabajando al servicio de gobiernos deleznables. ¿Significa eso que su inocencia está manchada? Sí, quizás, pero la culpa no es suya. De otro modo, habría que pensar que la historia es un juego de niños correctos. Que sólo se salvan quienes han trabajado para gobiernos bondadosos y ecuánimes, y por ello utópicos. *Asesino: tus manos están manchadas de sangre...* Sí, lo están, debes asumirlo. Como lo están las de casi todos los habitantes del país durante esa década, cómplices por obra u omisión de lo que ocurría en torno suyo. Te dan pena las muertes injustas debidas a la eficiencia de tu trabajo. Te dan mucha pena. Pero tú, más allá de asumir tu responsabilidad, no puedes hacer nada.

El auto se detiene a la entrada de la urbanización; uno de los guardias alza la barrera amarilla. Tu vecino te deja en la puerta de tu casa.

En el jol, te topas con alguien a quien no conoces. Es alto y robusto, tiene manchas en las mejillas y parece que la lluvia lo ha agarrado. ¿Qué diablos hace en tu casa? ¿Un amigo de Ruth? ¿De Flavia? Seguro hay una explicación.

—Soy el juez Gustavo Cardona. Buenas noches, Turing.

—¿Qué busca aquí? ¿Quién lo dejó entrar?

—Su hija.

—¿Está bien ella?

—Muy bien.

—No lo conozco. ¿La espera a mi mujer?

—Lo espero a usted. Sólo a usted.

—¿Es algo importante?

—Ni se lo imagina.

—No me quiero imaginar nada. Dígamelo rápido. Antes de que llame a la policía.

—Soy primo hermano de una mujer asesinada en 1976. Esa mujer murió gracias al trabajo de usted y de su jefe, Albert.

—Usted es el que me mandó los mensajes.

—Yo no envié ningún mensaje. Se me ocurrió que alguien debía decirle no a la impunidad. Otros jueces se han ocupado de los paramilitares, de los que apretaron el gatillo. Otro, más ambicioso que yo, se ocupará de Montenegro algún día, aunque no sé si con nuestra justicia podrá llegar lejos. Yo me ocuparé de ustedes.

—Usted delira.

—Todos deliramos. Sólo que el delirio de algunos es menos inofensivo que el de otros.

Cardona saca su revólver y dispara. Un golpe en la boca del estómago te deja sin aire; la sangre salpica tus anteojos, que caen al suelo y se hacen añicos. Te agarras el estómago y te desplomas. Tirado en el suelo, alcanzas a ver una sombra apoyada en la baranda de la escalera en el segundo piso; la sombra grita. Es tu hija, es Flavia.

Piensas, porque no sabes hacer otra cosa que pensar, porque el pensamiento sólo se desconecta con tu muerte, que ahora todo adquiere un sentido. Ahora entiendes que tu destino era el de intentar en vano descifrar los códigos que te llevarían a dar con el Código. Lo tuyo no era el desciframiento sino la búsqueda del desciframiento. Tus pequeñas victorias no pudieron contra la opacidad del universo. Pero en esa opacidad crees observar la paciente labor de un Ser Superior, alguien que está más allá de todos los códigos y los explica a éstos. Incluso te explica a ti, que también eres código, como lo es el hombre que te acaba de disparar, y la pequeña Flavia, y Ruth, y Albert. Todos hermanados en el extravío, códigos en busca de otros códigos en el laberinto que les había tocado habitar por algunos melancólicos años.

Tu último pensamiento es que has dejado de pensar, en realidad nunca pensaste, siempre deliraste, el desconocido tenía razón, todos deliran, lo tuyo es un delirio, el pensamiento es una forma de delirio, sólo que hay delirios más inofensivos que otros.

Quisieras que tu delirio hubiera sido inofensivo. Sabes que no lo fue. Lo aceptas. Estás en paz. Cierras los ojos.

Epílogo

Tocan a la puerta. Kandinsky no sabe si abrirla. Ha estado varios días sin salir del departamento. Pero se dice que la policía no tocaría la puerta con tanta amabilidad. Pregunta en voz alta quién es.

—Baez.

La respuesta lo sorprende. ¿Se trata de un engaño?

—No conozco a nadie con ese nombre.

—Usted sabe quién soy. Confíe en mí. No tengo nada que ver con la policía.

Abre la puerta con timidez, descubre a un joven de mirada nerviosa, con una camisa café que cubre la parte superior de los jeans. Lo hace pasar. Baez se detiene en medio de la sala desierta.

—Así que usted es…

—Así que tú eres…

Se abrazan con cautela. A pesar de que son los únicos sobrevivientes de la Resistencia, a Kandinsky le extraña ese contacto físico: esto es algo nuevo, está acostumbrado a dialogar con su avatar en las salas de chateo o en el Playground. Todavía no sabe qué decir, ni entiende lo que está ocurriendo; espera que Baez hable.

—Me imaginaba su departamento de otra manera. No sé. Pero no tan desierto. No tan minimalista. Desordenado. Con las paredes llenas de pósters.

—¿De los hackers que admiro? No hay tal.

—Emblemas revolucionarios, algo por el estilo.

—¿Las paredes llenas de graffiti? No necesito nada de eso aquí.

Baez se acerca al rincón donde se encuentra la computadora. Toca el teclado.

—No puedo creer que me encuentro en presencia del gran Kandinsky.

—¿Cómo llegaste aquí?

—Fácil. Cualquiera lo hará muy pronto. Yo sabía el nombre de su avatar como jefe del grupo en el Playground. Recuerde que yo trabajé alguna vez en las oficinas que están a cargo del Playground. Eso fue antes de entrar a la Cámara Negra. Estaba a cargo de los archivos secretos donde se guardaban las identidades verdaderas de todos los que participaban en el juego. Teníamos órdenes estrictas de no revelárselas ni a nuestros familiares, si lo hacíamos nos despedían.

Kandinsky siente las punzadas y se agarra las manos.

—¿Le duelen? Debería hacerse ver. Tiene que cuidarse, lo necesitamos. Decía. Yo de vez en cuando le pasaba los nombres a un Rata amigo mío. Y descubrí un punto vulnerable en el sistema, un punto desde el cual podía hackear desde lejos sin que nadie sospechara de mí. Cuando dejé el trabajo, seguí ingresando al sistema, para conseguir algunos nombres y ganarme unos pesos cuando el Rata los vendía. Lo hice hace mucho para descubrir quién estaba detrás de BoVe. Me enteré de dónde vivía usted, pero preferí mantenerlo en el misterio. Vendría a verlo sólo cuando fuera necesario. Claro, para mí fue fácil porque sabía qué era lo que estaba buscando. Supongo que a alguien de la policía se le ocurrirá sumar dos más dos algún rato.

Kandinsky esboza una sonrisa; no se ha equivocado al creer en el potencial de Baez como un hacker de cuidado. La corporación a cargo del Playground, blanco predilecto de los hackers, posee un sistema de seguridad que ha logrado frenar a los que han querido burlarlo.

—¿Y por qué querías hablar conmigo, si se puede saber?

—Porque Ramírez-Graham, mi jefe en la Cámara Negra, se encuentra detrás de la Resistencia y está cada vez más cerca de llegar a usted. Se está haciendo asesorar por la encargada de TodoHacker.

—Es una chiquilla idiota. No podemos tenerle miedo.

—Yo la respeto mucho. Sabe todo de nosotros. Y su eficiencia es letal: gracias a ella han caído algunos en años pasados. De los importantes.

—Estás hablando de una mujer.

—Sí, ya sé. Se dice que no hay hackers mujeres. Y las que lo son, no son de las buenas. Pero hay excepciones a la regla, y ella es una. No se trata de tenerle miedo; se trata de no subestimar a nuestros enemigos.

—¿Fue gracias a ella que tu jefe hizo asesinar a los otros miembros de la Resistencia?

—No. De eso me ocupé yo.

Kandinsky espera que un gesto de Baez le indique que se trata de una broma; su seriedad lo sorprende.

—Mi jefe... Ramírez-Graham iba a llegar a ellos tarde o temprano —dice Baez—. La gente de la que se rodea es de primer nivel. Y ellos, presionados, iban a terminar hablando. Así que, a través de mi amigo el Rata, contraté a alguien para que se encargara de ellos. El último, Rafael Corso, fue eliminado minutos después de que se reuniera con Flavia. No sé si llegó a confesarle todo, no sé cuánto sabe ella. Pero situaciones extremas requieren actos extremos de nuestra parte. Yo entiendo que ellos han sido sacrificados por una causa mayor. Y también estoy dispuesto a sacrificarme por esa causa. La nuestra, la de la Recuperación. La de la Resistencia.

En la voz de Baez hay un fanatismo que Kandinsky jamás hubiera esperado encontrar. Sí, sabía que era uno de los más dedicados activistas, ya desde los tiempos del barrio anarquista en el Playground; había acertado al incluirlo en la Resistencia. Pero hay algo que lo asusta en él. Esa decisión, quizás, de ver a las personas como goznes perecederos de una gran maquinaria. Baez se decía responsable de la muerte de tres correligionarios. No había remordimiento en él, como si se tratara de uno más de esos jóvenes perturbados que se pasaban tantas horas frente a la pantalla, ensimismados en el Playground, que al final no distinguían entre las muertes virtuales en el Playground y las reales fuera de éste. Eso nunca le había ocurrido a él; él tenía muy clara la separación entre ambos mundos. Que uno fuera más aburrido y prosaico que el otro, eso era otro tema; con todos sus defectos e injusticias, en el mundo real se encontraba el objetivo de su lucha.

—¿Tú los hiciste matar? ¿A nuestros compañeros de lucha? ¿Así de fácil?

—No fue nada fácil tomar la decisión. Pero tengo un plan, y una vez que se lo cuente usted aceptará que es lo mejor para salvar al grupo. ¿Se siente bien?

Kandinsky deja que sus brazos caigan, flácidos, a sus costados: no siente sus manos, están como adormecidas. Antes, el síndrome sólo afectaba su mano izquierda; comenzó, entonces, a teclear únicamente con la derecha. Ahora ésta también se veía afectada.

—Sigue, sigue. No me hagas caso.

—¿En serio? Me preocupa. Bueno. Yo no era nadie antes de conocerlo a usted. Perdía mis días yendo de trabajo en trabajo, sin rumbo alguno. Trabajar para la compañía a cargo del Playground fue algo revelador. Allí sentí que estaba poniendo mi talento al servicio del enemigo. Me di cuenta de que no era suficiente un buen trabajo. Había que encontrar una causa en la que creer con pasión, por la cual vivir. Y morir.

Baez camina mientras habla, mueve los brazos, lo mira con fervor. Kandinsky está acostumbrado a dominar las situaciones y no sabe cómo recuperar la iniciativa. Escucha con la boca entreabierta cada una de las palabras de Baez, la forma en que una sorpresa se acumula sobre otra.

—Y lo encontré a usted y logré encaminar mis pasos —continúa Baez—. Todo tuvo sentido, de pronto. Usted me enseñó mucho. Con tantos seguidores, me eligió. Ahora mismo, no me la creo que estoy frente a usted. Me eligió, y quiero hacer algo para retribuir lo que hizo por mí. Y quiero que me deje ser Kandinsky.

—¿Qué tú seas yo?

—Asumiré su identidad en el Playground para confundir a Flavia. Mi jefe... Ramírez-Graham lanzará a sus sabuesos detrás mío. Darán conmigo y creerán haber dado con Kandinsky. Me enviarán a la cárcel, y se felicitarán por su triunfo y creerán haber solucionado el problema. Kandinsky quedará como un héroe, un icono de la rebelión contra el neoliberalismo y la globalización. Usted desaparecerá durante un par de meses, y luego reaparecerá en la red bajo otra identidad. Será, quizás, un discípulo de Kandinsky, alguien dispuesto a continuar la lucha. Y reclutará gente y la Resistencia renacerá de las cenizas. Conmigo encarcelado como Kandinsky, lograremos que quede vivo el mito, y con usted libre, su talento para usar la tecnología seguirá al servicio de la gran causa...

Baez hace una pausa, se aclara la garganta.

—Me mira como si estuviera loco. No lo estoy. Cree que confundo el mundo real con el virtual. Para nada. Por eso quiero sacrificarme. Por eso quiero que usted siga vivo.

Cuando Baez termina de hablar, Kandinsky está convencido de que el plan, tan arriesgado como improbable, es digno de su admiración. Se descubre sintiéndose, por primera vez en su vida, delante de alguien más inteligente y más apasionado que él. Y lo irónico es que ese ser lo admira y acaba de utilizar su inteligencia y su pasión para ofrecerle una puerta de escape. Debía decirle, más bien, que era él quien debía sacrificarse para dejar que Baez escapara.

No lo hace. Se acerca y lo abraza.

—Espero que algún día me visite en la cárcel –dice Baez—. Con una identidad cambiada, por supuesto.

Kandinsky observa el rostro de Baez: se ha ensombrecido, tiene un aspecto trágico que no va con el tono jocoso de sus palabras.

Dos días después, Kandinsky se entera de la muerte de Baez en un tiroteo en la Cámara Negra. Los medios despliegan fotos a colores de un Baez adolescente, hablan del fin de Kandinsky y de la desarticulación de la Resistencia. La única victoria de Montenegro entre tantos fracasos recientes, dicen.

Al ver las fotos, Kandinsky entiende que le ha permitido a un ser anónimo elegir una muerte gloriosa. Comprende un poco más por qué Baez hizo todo lo que hizo: en su plan hubo una mezcla extraña de arrogancia y desprendimiento. Baez decidió despedirse del mundo jugando a ser Dios y de paso creándose un pasado heroico, una mitología que lo rescatara del olvido. Kandinsky está vivo, pero siente su identidad usurpada. No lo había pensado así cuando aceptó el plan de Baez; quizás debía, nomás, seguir siendo Kandinsky hasta el final, cualquiera que éste fuera.

No hay tiempo para lamentaciones. Kandinsky debe pensar en sus siguientes pasos. Sus dedos tamborilean dolorosamente en el aire, van programando su futuro. Lo primero: hacerse ver por un especialista.

Cuando sale de una clínica cruceña con las manos vendadas, se siente, por fin, libre de volver a casa de sus papás. Su hermano lo ve bajar de un taxi, y luego entrar a la casa acompañado por el taxista, que lleva su maleta. No lo detiene; acaso lo ha encontrado desprevenido la determinación de sus gestos, la firmeza de sus pasos, la convicción de reclamar un espacio que nunca dejó de ser suyo del todo.

Kandinsky abrazará a sus papás y les dirá que los ha extrañado mucho. Le preguntarán por sus manos y les contará que se había fracturado un par de dedos en una pelea. Se instalará en el que alguna vez fue su cuarto, le dirá a su hermano que disculpe la intrusión: promete no molestarlo para nada. Tirará su sleeping en el suelo y dormirá una larga siesta. Al despertarse, se preparará para más preguntas a la hora de la cena. Mejor contarles la verdad sobre sus manos: total, no era nada comprometedor. Se inventará una identidad parecida a la de Baez: había conseguido un título de programador, había entrado a trabajar a la compañía a cargo del Playground, había renunciado porque sentía que estaba trabajando para el enemigo. Justicia poética, después de todo.

Espera quedarse unos meses en casa de sus papás, al menos hasta que cumpla veintiún años. Estará todo ese tiempo alejado de las computadoras, dejará que sus dedos descansen. Después, volverá a la carga. Ya tiene pensado el nombre de su nuevo grupo: KandinskyVive.